放学后的小巷

钟声礼 著

人民文学出版社

图书在版编目(CIP)数据

放学后的小巷/钟声礼著. —北京：人民文学出版社，2021
(黑猫文库)
ISBN 978-7-02-016840-8

Ⅰ.①放… Ⅱ.①钟… Ⅲ.①长篇小说-中国-当代 Ⅳ.①I247.5

中国版本图书馆 CIP 数据核字(2020)第 252570 号

责任编辑　卜艳冰　王皎娇
封面设计　钱　珺

出版发行　人民文学出版社
社　　址　北京市朝内大街 166 号
邮政编码　100705

印　　刷　上海盛通时代印刷有限公司
经　　销　全国新华书店等

字　　数　190 千字
开　　本　890×1240 毫米　1/32
印　　张　9.75
版　　次　2021 年 7 月北京第 1 版
印　　次　2021 年 7 月第 1 次印刷

书　　号　978-7-02-016840-8
定　　价　59.00 元

如有印装质量问题，请与本社图书销售中心调换。电话：010－65233595

献给钟声礼与他的堕落巷——

目录

序　章	1
不加香菜	5
蓝莲花	28
万柳常年青	63
商业街秘闻	104
碎　镜	138
暴雪、枪与魔法	173
堕落之源	208
夜月夜谈	246
终　章	282
后　记	294

序　章

　　就在此驻足吧，诸位。请往右手边望去，这条约有两百米的小巷子正是目的地所在。此巷巷名来自一段不可考证的古事。大约是三国时期的事，一代枭雄曹操曾经在某场战役中，判断此巷为兵家必争之地，故在此布兵操练，巷子便有了"练兵巷"的称谓。

　　岁月如梭，经历了千年的岁月，远古时期围绕着巷子的那些建筑此时已经反复更迭，只是巷子还在——真是怪事。众所周知，巷子之所以是巷子，就是被无数的建筑、土墙所包围，形成了细长的小道。但是，正如少了四个边的正方形已经不能被称为正方形一样，失去了那些古建筑的巷子，还是原有的巷子吗？

　　这条巷子现如今被各种现代的建筑、青瓦白墙所包围，早就不是当年的"练兵巷"了吧！我想，大概是有人们的口口相传，说起曹操练兵的巷子时，只是印象模糊地往此处一指，说道："曹操大概就是在此处练的兵。"久而久之，这条无辜的巷子便背负起了"练兵巷"的美名。

　　故事的舞台，就是这条莫名其妙的巷子，可在我与友人之口中，从来不会谓之"练兵巷"，而把它称为"堕落巷"。

　　在我与友人的求学生涯中，此巷占据重要席位。之所以称其是"堕落巷"，是因为友人总是在放学时路经此巷，难以控制贪玩的本性，进入巷内吃喝玩乐一番，消磨了大把的宝贵光阴。要是把那些时间全部用来学习，此刻的我想必已坐在名校名师的课堂上，仔细聆听和蔼老教授的谆谆教导，考虑如何为国家的发展出一份力。

正是这条巷子，让我和友人的人生变得凄惨！要怪的话，只能怪它！这条毫无疑问迫使我们"堕落"的巷子，称其为"堕落巷"再贴切不过了！

讽刺的是，"堕落巷"这一名称，不比苏轼为自己"不识庐山真面目"而找的借口"只缘身在此山中"，而是在一开始，在我们年纪尚轻、还身在巷中的时候，就已经识得巷子的本质，察觉此巷不简单！友人早就发现，若是在此巷耗费了太多时间，一定会使我等深陷泥潭不可自拔！

可惜，面对巷内不断冒出的邪恶诱惑之爪，我们没有能够抵挡，只能如行尸走肉一般晃晃悠悠地走进巷子，耗费大把的光阴！真是悲哉，悲哉！

以上，纯属戏言，请诸位不要当真。

不过确有真实的地方，那便是我们确实在此巷消磨了大把的时光。

诸位，故事的引子，就暂时说到这里，接下来请允许我向各位稍稍介绍一下巷子的构成。

巷子东西朝向，长二百来米。从宿周路路边的万柳井车站往此处看，目所能及的地方便是巷首，而巷口处凌乱摆放着的红蓝塑料板凳，是巷子的最初风景线——卖鸡蛋饼和鸡汁豆腐脑的小摊。稍稍深入，向左有一条岔道，进去拐上几个弯，便来到了名震全城的万柳高中。不去管那条岔路，顺着巷子直直地前进，有约莫五十米，毫无店家的清净之道。那是自然，两边均是青瓦白墙，左手边围起来的就是刚刚提到的万柳高中，右手边的墙，是贯穿巷子始终、仅仅为了"围住"而设的围墙。白色墙壁上不知道什么时候起被街头的"艺术家"们涂鸦上各种奇异的图像，也算是为这段无聊的路增添了一丝乐趣。到了巷中，左手边的铁门里是我的小学，宿周小学，滑稽的是，门牌的上面却显示着"大学"。接着走，便能看到最市井的区域，正是这一部分构成了整个巷子的核心风貌。那是鳞次栉比的商家，我们常以"小店"概括，有售卖孩子们最喜欢的辣条；也有学习用的笔和书本……最有名的就是其中的"时代书店"，既能买到难以在其他地方购买到的绝版漫画和奇奇怪怪的私印杂本，也出售最为常见的学习资料。这些店面的最后，是一家动漫店，里面陈放的都是一些奢侈之物，售价动辄几十起步，对于小学时拮据的我来说是只可远观的圣域。走出了市井之地，就来到了虚假的荒漠——看似波澜不惊的街道下，隐藏了这个巷子里最黑暗的地带——游戏厅。横拉的玻璃门里面用白色的布罩着，从外面无法窥见内部的秘密。时不时有初中生、高中生，甚至小学生出入，偶尔会有成年人气势汹汹地进去，然后带着一个满脸苍白的孩子出来……我很惭愧，在此巷度过了多年的小学生涯，但是从没有洞察此处的秘密。最终，便到了巷尾——住宅区。出巷子左转掉头，兜个小圈子，姑且还算是在巷内的那个住宅区，是我的青梅竹马夜月姑娘的家。

诸位，这是我最熟悉的巷子，它有着"堕落之巷"的恶名，同时也承载了我十几年的青春，是我青春的舞台。我的简述大概不能让各位一口气搞清这些刻在我脑海最深处的景色。那么我们就从巷口开始，重新为诸位讲述放学后的"堕落巷"的故事吧。

不加香菜

三国名将颜良勇冠三军，据传其与徐晃交手胜于第二十回合，使得曹营众将皆栗。此战风光被后世铭记，只可惜不知道从哪里来了个红面大汉，脚蹬赤兔马，手持青龙偃月刀——

"颜良正在麾盖下，见关公冲来，方欲问时，关公赤兔马快，早已跑到面前；颜良措手不及，被云长手起一刀，刺于马下。"

《三国演义》里寥寥数语，勇将颜良就成了衬托红面关羽的绿叶草，可谓是一时英雄埋没于墨黑的泥土！可悲可叹！

巧合，此将恰好与吾友颜良同名，所以我除了哀叹颜良的时运不济，也赞叹颜良能有我这样的好友。

颜良，可谓是我初中时代的"奇葩"。如今人们用奇葩形容怪异的人，而我用奇葩，是为了体现他的与众不同。颜良在相貌英俊、棱角分明的同时，还过分地含有一丝温柔。他在中学生中已经算是高个，身材也不过分消瘦，身任体育课代表，比我矮一些却跑得比我更快。各项运动中就没有不精通的，称得上是体育万能之人。除此之外，成绩方面更是无人可挡，我本以为这样文武双全的角色只会出现在漫画里，没想到竟然活生生地坐在我的身边，让我好生嫉妒！

第一学年的期末测试，他豪取年级第一的荣耀，颁奖之日台下掌声雷动，他在众女生的尖叫之下把最新款山地自行车这一奖品推下了台。我面前的孟同学气得直跺脚。我安慰他，就算不是颜良得了这辆自行车，也轮不到排名两百名的他。听完我严密的逻辑后，他满意地点了点头表示理解，并且友好地往我肩膀上捶了一拳。真的很疼。

　　颜良的逸闻真是说多少都不够，从刚刚进入学校，他带着无数的奖状就已经被班主任当作班级的门面，教导我们应该向他学习。凑巧，此时的我与我的第一任同桌流星因为上课无视教学纪律，肆意地说笑，被班主任点名批评，她把我叫到办公室，拿出入学的成绩单亲切地对我说："你这个成绩是吊车尾啊！"

　　这不是比喻。

　　我未曾想到我的入学成绩真的是最后一名……如此有戏剧性的事情真的发生在了刚刚入学的初中生身上，我不免有些怀疑自己。同时环顾教室，没想到这些人看似古怪，每一个人都比我优秀！呜呼，我的人生低谷大概就是从此刻开始的吧。

　　总之，在班主任的批评之后，我和前任同桌理所当然地被调开了，他去和一个看起来难以接近的女同学同桌，而我的身边，则调来了班级的门面颜良同学。

　　我不免有些怀疑老师是不是想在班级里寻找什么戏剧的爆点，把第一名和最后一名安排在一起到底用意如何，事到如今我也想不明白，总之，我就稀里糊涂地和颜良同桌了。

　　我一边赌气，一边无所谓地听着课，与身边的优等生无话可说。他肯定是一个不苟言笑的白痴书呆子，我的确是这样想的。

　　事实与我所想相悖。

我与他的友情萌生于一段笑话。又是在一个无聊的下午，课堂的气氛凝重，压得我这个青春期初中生喘不过气来，这难道就是教育吗？要不是老师看起来凶狠，我肯定要拍案而起痛骂如今的填鸭式教育制度，只可惜我还是孩子，同时也是个胆小鬼。

哼，此刻就饶了你吧。我注视着老师的脸，心胸宏大地想着。同时她正好说到知识点，虽然我没有听见她说了些什么，却依旧故作深沉地点点头，她满意地笑了笑。

万般无聊之下，我随口和颜良说起了一个笑话。大概是太无聊了，这个笑话也冷得出奇，重点是这个笑话之腐旧，恐怕是我爷爷讲给我奶奶听的吧。

相信多数初中生都买过漫画或者笑话书吧？而这个笑话，是只要买过几本笑话杂志的人都应该见识过的，所以在我的认知里，没听过这个笑话的颜良不愧是怪人学霸。

但就是这样一个腐旧又寒冷的段子，引发了颜良的爆笑。在我十数年的生命中，还从未见过有人会笑成这个样子。他把书立起，脸埋在桌子上，手紧紧地捂着嘴巴，双眼依旧笑得完全睁不开。他的肩膀不断地抽动，难以忍受的笑声从他的桌面传出。我一脸嫌弃地望着他。

这时候，老师投来了怀疑的视线。

没错，颜良太可疑了。

但为什么最后是我被罚站了呢，我怎么也想不明白。

不过我总算知道了，他不是什么书呆子，顶多是没怎么听过笑话的人而已，我对他的态度也自此发生改变，最终成为朋友。

堕落巷巷首的小摊子对我们来说是多么地美妙，恐怕难以一言蔽之。总之，升入初中之后，我虽然难得在平日出入巷内，但是好在从中学通往万柳井车站的路途会经过巷子。有时懒得进去，不过在巷首的口子吃上一碗热腾腾的豆腐脑，也未尝不可。

升入初中二年级的那年，十四岁的我厚颜无耻地向父母索要了一台山地自行车，售价高达799元，是名牌货中最廉价的自行车。对山地自行车深深着迷的孟同学看到之后，总是和我一同顺路回家。其实，买了自行车之后，就不必再绕道万柳车站，但是习惯了常走的归途，我还是偶尔会和朋友们推着自行车走上一段路，最终在路口分别，然后骑着车往反方向的家归去。

归途的群体不太固定，最多的时候可能有六七个人，最少的时候两个人也说不定。这些"好朋友"可不会好心地在校门口等待我，要是晚上一分钟，群体就会四分五裂，各自归家。

一群乌合之众。

今天的归途小分队是孟同学、颜良和我。我推着自己车子和颜良并肩而行，孟同学骑在自行车上，把挡位调到最低，缓慢地配合我们的步伐。偶尔骑快了，他会像一个斥候一样，往前骑一段，再折返我们的身边。

"新车子真帅啊。"颜良拍了拍我新车的坐垫，发自内心地夸奖，引得我不由得自满了一阵。

"还行还行。"

"还是名牌！不便宜吧。"

"一般一般。"

一边这样吹捧着,一边走到了堕落巷的巷口。

"两位,"我站定后,向他们说道,"如今我们正是长身体的时候,在刚刚的体育课进行了剧烈的运动之后,肚子里的热量恐怕早就消耗殆尽了!"

"阿礼,你要是想让我请你喝豆脑,就没有必要再说下去了,因为我这个月的零用钱已经见底了。"颜良缓缓摇头。

"没关系,我可以请哦。"孟同学慷慨解囊,盛情邀请,此时我应该没有拒绝的理由,这是男人之间的信任!要是再说什么"我请,我请!"就有些做作了!

并不是因为我抠门。

"算了吧……总是你们请也不好,下个月再吃吧。"颜良苦笑着说。

我看了看他的脸,颜良最近的脸色有些发黄。

"兄弟,我看你脸色蜡黄,肯定是感冒了!这秋冬交替之日,一定要好好保暖啊。来,不要客气,去吃一碗豆脑暖暖身子吧。"

他张了张嘴,好像有什么话要说,但是终究没有把话说出来。我们也不理他,孟同学直接把口袋里的十块钱掏出来塞到颜良手里,让他去买三份豆脑。

他犹豫了一会儿,为难地收下了,嘴里还不忘说上一句见外的"谢谢你"。

三个人走进了巷口。颜良负责买三碗豆脑,一碗三元,三碗九元,能余一元。豆脑摊上放着两个大桶,里面分别装着鸡汁和豆脑。桶的旁边是一些配菜，小葱、香菜并列排在一起，旁边还有醋和辣椒。摊主只需要先打一碗豆脑和鸡汁，然后按照从左到右的顺序依次加入调料，就可以几乎不用思考地配好一碗豆脑。

我和孟则来到豆脑摊旁边的蛋饼摊，看看能不能买上一些富含碳水化合物的食物，能够暂时把体内缺失的能量补充上。

"孟哥，就由我来请你们两个吃蛋饼好了。"

"不然呢？"

我白了他一眼。的确，要让刚刚付了豆脑钱的他再来买蛋饼，确实不厚道，但是这样理直气壮的回答实在是让人高兴不起来。

蛋饼摊由一对中年夫妇掌厨，夫人把油乎乎的面团切成合适的大小，擀成饼状，再交由丈夫。丈夫会把面团放在黑色的铁板上油煎。此摊有两种蛋饼。其一是真正的蛋饼，圆形的面饼被煎至蓬松，表层的面会稍稍鼓起，此时面饼已经分为上下两个部分，是中间的因热度膨胀的空气让面饼鼓起。把表层的面皮用筷子挑开，注入打散的蛋液，稍稍炙烤一会儿，再翻个面。完成后，刷上自家制的辣酱，便可以食用。这便是鸡蛋灌饼。其二，则是在油煎面饼时，趁着面饼内的空气还没有蓬松，直接在饼的中间铺上韭菜粉丝，用面饼的周边向内包裹上。和圆形的鸡蛋灌饼不同，被包裹上的饼是四方形的，最后再翻面，煎到定形。这是单纯的韭菜粉丝煎饼，大概可以叫韭菜盒子一声表哥。

鸡蛋灌饼售价一块五，韭菜粉丝煎饼售价八毛。

"比起那天花乱坠的技术，中途打开面皮，注入鸡蛋，我看还是朴实无华的韭菜饼更适合我们朴素的中学生。"

"可是没有鸡蛋。"

"想起往日,早饭吃的韭菜盒子,多么美味,我觉得还是韭菜饼比较好。"

"那你就自己买韭菜饼,我和颜良要鸡蛋灌饼。"

"不可以,好兄弟要有福同享!鸡蛋灌饼的味道太过清淡,所以才需要刷上辣酱。反观韭菜饼,咸甜适中,不需要任何的辅助调味,显然更好吃。"

"那加一点钱,让老板在韭菜饼里加个蛋怎……"

眼看他再说下去就不妙了,我眼疾手快地掏出五元钱,对老板说:"三个蛋饼,谢谢。"

韭菜饼加蛋,只怕要卖到两元一个。差点就自讨苦吃了。

两分钟后,我和孟手捧香喷喷的鸡蛋饼走到了旁边的豆脑摊位,从一边拿来三个叠在一起的塑料凳子,费了半天劲儿才把它们分开,摆在了简陋木桌的旁边。

颜良双手拿着两碗豆脑,端到我们的面前。他对我说:"阿礼,今天带月票了吗?"我点点头。颜良的家和我家是反方向,在学校两千米之外,但是并没有公交车到他家附近,所以他总是走路回家。

"怎么,要借吗?我记得没有公交车到你家吧。"

"不是借月票。你带月票的话,今天可以坐车回去吗?车借给我骑,明天还你。"

"没问题。"我把钥匙从口袋里拿出来,丢给他。

"谢啦。"

孟一边搅拌着豆脑，把褐色的鸡汁和白色的豆脑搅拌到模糊，一边开口问颜良："怎么不坐下吃？"

"今天有点事，所以要骑阿礼的车回家，就不留下来吃了，我让老板打包了。"

"什么事啊？"

"不是什么大事。哦对了，"他突然想起什么，说道，"这次豆脑和蛋饼的钱我还是付自己的那一份吧，给你们。"说完，他撂下自己的那一份钱。

我知道再拗下去也无济于事，只能无奈地耸耸肩："好吧。蛋饼给你。"

接过蛋饼，他把打包好的豆脑和蛋饼的塑料袋挂在车把手上，向我们道别，扬长而去。

望着他的背影，我想到最近好像很少和颜良一起回家，今天我才发现，他的身材好像更加消瘦了。

"新车就给人骑，你根本不爱你的车！"孟说。

孟同学，深谙山地自行车之道。不知道从什么时候起就混迹山地自行车的报废厂，从垃圾堆里捡到一个又一个可以重复利用的道具，把它们安装在自己的自行车上。眼前的这辆车，除了最开始的车架子是原来的样子，从车轱辘到变速器，没有一样是原装之物。改装自己的车，就是这个男人最大的乐趣。

他给自己的车起了一个华丽的名字"山岚号"，山风为"岚"。我曾告诉他"岚"在日语里是暴风雨的意思，他大喜，从我这里剽窃了创意。命名为"山岚号"的山地自行车，是速度比暴风更快的豪迈比喻。但是我没有告诉他的是，在中文里"岚"只是山间雾气的意思。

"这有什么所谓，反正明天还我。"

"借是要借的，但是难道你不应该表现得纠结一些吗？自己的爱车刚刚到手就要被别人带回家……"

"我可不像你对自己的山地自行车抱有什么畸形的爱……"

"什么叫畸形的爱！这是男人的浪漫！"

我不搭他的话，喝下一大口拌匀的豆脑。

"嗯？"我皱了皱眉。

"怎么了？"

"不知道，总感觉味道有些不太对……"我看了看碗里的豆脑，白花花的豆脑上撒着漂亮的葱花。

"你要食物中毒了。"他也喝下一口。

"食物中毒也是你先死，傻瓜的代谢要比常人更快。"

"所以可以把毒物都代谢干净。"

"什么歪理！"嘴上这么说，但是我在心中窃笑。

他眉目突然紧锁："不对，你是不是说我是傻子来着。"

"没有。"我咬了一口蛋饼。哎，果然没有韭菜粉丝饼好吃。

"难道你就没发现今天我的车子有什么不一样的地方吗？"

"搞什么，你现在简直就像一个单独剪了刘海的少女，扭扭捏捏地问男朋友有没有发现今天自己有什么不一样的地方。"

"什么刘海？为什么要单独剪刘海？"

我叹了一口气，果然这个人的脑子里只有自行车。"当我没说,"接着我瞄了眼他的车,"没发现什么不同。"

"你得骑上去才知道。"

"你不是说不要随便给别人骑自己的车吗?"

"又没让你骑回家。"

我把食物放在一边,走到车子旁。

还没有骑上去我就已经知道了,车把手上的变速器和之前不一样了,一看就是高级货。骑上车之后,屁股感受到了绝佳的触感,应该是连坐垫一起换了。简单在巷子里骑了一小个来回,虽然变速器很高级,但是似乎和这辆车还没有完全调适好,换挡的时候会有些不顺。

最滑稽的是,高档的变速器有七个挡位,但是实际上他的车轮的转盘只有六个挡位,也就是说变速器最多只能从七挡调到二挡。

"这也太弱智了吧!"我对此表示遗憾。

"没办法,把铰链和齿轮一起换了得好几百。"

"捡不到吗?"

"怎么可能捡得到。"

我坐下,把蛋饼三口解决。"刚刚骑的时候感觉变挡有点涩。"

"嗯?前齿轮后齿轮?"

"后面的。"

"大概是没调好,七挡的变速器改六挡会有点问题,链条经常掉。"

"可惜。"

"你的车也是六挡的，要是七挡的话，就给你换上。"

"免了吧，我可不想骑到半路突然'掉链子'。"

"不过，颜良的车是七挡的吧。"

那是颜良在上学期期末考试的时候得到的奖品，是一辆名牌高级山地车。但是我们一次都没有见过颜良骑。

"他是新车，不需要从垃圾堆里捡来的变速器吧。"

"这个变速器和他车子应该是同一品牌，换上的话不怎么需要调试或者磨合，直接就能用。"

一阵过堂风，这在处于风口的巷口是常见的现象，差点把几张没人坐着的塑料板凳吹倒，我随便按住了一个凳子。一个奇怪的疑问随着风跑进了我的脑袋里。

"他为什么借我的车，不骑自己的车呢？"

以他家的距离到学校骑车正合适，为什么从来都不骑呢？

"不知道啊，他得奖的那天，还是我帮忙把他的车子抬上楼的呢。"

"然后呢，自行车就放在家里了？是用来供着的吗？"

还散发着香味的鸡汁豆脑，我仔细地嗅了一下，浓郁的香味扑鼻而来。厚重的芡汁包裹豆脑，少许鸡肉丝和木耳漂浮其间，中和了豆脑软绵绵的口感。但是总感觉好像少了一些什么。

"我知道了！"孟激动得差点把简陋的木桌掀翻。

"什么？"

"知道为什么你觉得味道有点不对了。"

"为什么？"

"因为这里面没有加香菜啊！"

不知道在哪本书里看到过，全世界有七分之一的人类不喜欢吃香菜。这个数据未免也太小了点吧。就我身边的人而论，大约有二分之一的人讨厌香菜的味道。在我还小的时候，第一次吃到一种叫做"糁汤"的早餐，浓稠的汤汁裹着蛋液以及各种鲜味食材，一口气吃下去，奇妙的香气瞬间让活力充满全身，我一瞬间就爱上了这种早餐。

而那股香气就来自香菜。也就是说，在我还不知道香菜是什么的时候，我就已经爱上香菜了。听说亚洲有些国家有一种火锅叫香菜火锅，身边的人——哪怕是平时不讨厌吃香菜的人，听闻此事无一不侧目嫌弃。除了我，还有颜良。

男人认可男人绝不是那么容易的事，特别是在第一眼没有对上的情况下，抱着偏见审视对方就会不经意地想，为什么有这么混蛋的人！最开始的交往中，一个笑话让我对颜良消除了些许的嫌隙。但我认可他，则是在一个寻常的中午。

那天中午，我坐在面馆里，面前放着的是一碗牛肉拉面。十元一份，除了汤面之外，只有几片可怜的牛肉片。我拿起一边的香菜往碗里添加着，一勺、两勺、三勺……身边的友人 B 微眯着眼，对我的行为表示不解，自言自语地"呜哇"了一声。我失望地摇摇头，感叹道："人类何时才能相互理解。"

颜良端着一碗四块钱的素拉面坐下，抬起眼看了看我。我问："怎么了？"他反问："好了吗？"原来他在等我手头上的香菜，我赶忙放下了勺子。

他把装着香菜的小碗端了起来，又舀了满满一勺香菜，添到我的碗里。

他这是做什么？为什么无缘无故对我示好？难道他是为了上次上课的时候，自己爆笑引起老师怀疑最后却让我当了替罪羊的事情道歉吗？确实，应该好好道歉！但是道歉的方式是给对方一勺香菜，这可真是闻所未闻。

香菜落在我的面上，我道了声谢，正准备接过香菜说我自己来吧。谁知道，他下一秒就把碗里剩下的所有香菜都倒到了自己的面上。

他面前的这道菜，是我从未见过却早有耳闻的香菜盖浇面。

绿花花的香菜把白色的面条和深色的汤汁全部覆盖。

我身边的友人 B 几近崩溃，瞪大眼睛长吁一口气，悻悻地甩下筷子离开。对友人 B 来说，看到香菜就已经丧失了大半食欲，闻到香菜味道，则会反胃干呕。眼前的视觉冲击过大，而热汤把香菜的味道最大程度激发，我能想象他经历的磨难。此时，他没有一口吐到我的碗里我就谢天谢地了。

我饱含深情地望着面前的这个男人，感觉长年的斗争没有白做，多年以来受到的冷眼没有白挨，紧紧地握住了他的手说："同……同志啊！你也喜欢香菜吗？"

他也用双手紧紧握着我的手，温暖的手掌让我的心窝荡漾："是啊！你也是吗？阿礼！"

我重重地点了点头。

我们相视一笑，此时我认可了眼前的这个男人。

他的眼睛湿润了："家里没有一个人喜欢吃香菜，只能在外面吃饭的时候过过瘾。"

我感同身受地拍了拍他的手，然后重重地拍了一下桌面喊道："老板！给我们来两瓶店里最好的芬达。"

这是两个一见如故的男人，此刻不能再吝啬。

最终老板没有理我，因为店里根本就没有老板。这是一家连锁店，购买面条的方法是买票排队自行取面，连个服务员都没有，当然也没有冰柜。怪不得当时店里的人都对我投来了看傻子一样的目光。

"颜良是不可能不加香菜的。"往事浮现在眼前，我下了结论。

"事实胜于雄辩。"孟同学指着豆脑。

"肯定有什么理由。"我坚定地说道。

"没什么理由，肯定是他忘记说了。"

我竖起食指摇了摇："以往你买豆脑的时候和老板说过话吗？"

"说了啊，说要买豆脑，不然老板知道你是干什么来的？"

"不是这个意思，我是说，你和老板说过买豆脑之外的事情吗？"

"我是来买豆脑的，说什么之外的事情，有病。"孟白了我一眼。

我扶额叹息："我的意思是，你不会和老板主动说你要加香菜吧。"

他抬起头眼睛转了转:"这么一说还真是,我从来没有说过。"

"但是平时来吃,都是有香菜的吧。那是因为这家店如果不特意和老板说,是默认加香菜的。"

"怪不得王犇从来不吃这家的豆脑呢……"

"毕竟他嫉香菜如仇。"

"其实香菜也没有多难吃……当然,也没有多好吃就是。"他说。

"按照惯例,如果颜良不和老板说'请不要加香菜',老板一般都会加香菜的。"

"肯定是老板忘了,你别乱想了,我去给你加上。"他伸手就要端起我的碗,我把他的手按下,说道:"等一下,不用麻烦老板。"

"为什么?"

"因为我已经知道答案了。"我笑了笑。

他把手缩了回去,语气平淡地说了声"哦"。

"老板是不会忘记的,你看——"我指着碗里。

"这是豆脑。"他立马作答。

"……你是故意在装傻吗……这是豆脑里的葱花啊。"

"那又怎么样。"

"葱花和香菜是并排放的。如果老板记得往里面加葱,就说明他的视线也会看到香菜。只要顺着流程走就会完成豆脑的制作,所以大多数情况下只要依次添加配料就行了。这种重复性的工作是依靠肌肉记忆的。所以,在这个铺子,你只能经历'告诉老板不加香菜'但是老板却'不小心加了香菜'这样的意外，却不会出现老板自己忘记加香菜的意外。"

"也有可能就是老板弄错了啊，如果之前有人要的是不加香菜，但是老板以为是颜良不要香菜呢？"

"不会，因为我们之前——至少在我们来到这里的这段时间内，根本就没有别的客人。"

"那你说到底是怎么回事，既不是颜良自己不要的，又不是老板忘了……"

我摸了摸鼻子，说道："在此之前，我要问你一个问题。你不是经常改装自己的自行车吗，但是为什么最近才想改用七挡的变速器？"

"这还有什么为什么，当然是最近才出现的。"

"你到底在哪儿捡的垃圾啊？"

"干吗，你也想去捡啊？我劝你最好放弃，那不是你这种小白脸能去的地方。"他说。

我看了看他的脸，确实很黑。

他继续说道："总之那种地方小混混很多，也有真的罪犯……"

"罪犯？"

"当然不是什么穷凶极恶的杀人犯，只是小偷而已。撬撬锁，偷偷车而已。"

"所以你车子的配件都是偷来的吗？"

"当然不是，你在想什么……偷来的车子会被卖二手车的收走，然后重新出售。不过，为了避免被原来的车主发现，他们一般会更换一些配件。"

"那么换下来的配件呢？"

"能用的话就给其他的车用，不能用的话就扔到报废厂。"

"你就是去报废厂捡的垃圾啊？"

"没错。这次很幸运，能捡到这个变速器……这个变速器挺难装的，加上山地车二道贩子大概只能弄到一些低端的六挡车，所以就把变速器给扔了……不过运气真的很好，这个变速器还蛮新的，"他突然停下，一拍脑门，"啊！难道你问我这个，就是为了告诉我那个吗？"

我长吸一口气："什么这个那个的。"

"哈哈！这次你什么都没想到吗？那我也不告诉你……"

其实我大概知道他要说什么，一般来说按照那条逻辑，确实能够得出他的结论，但是我装作不解的样子说道："什么啊！不要卖关子啦！"

"那你告诉我香菜到底是怎么回事。"他提出交易。

"唉……其实很简单，是因为没有香菜了啊。"

"没有了？"

"当然啦，不是忘了，也不是颜良不要，那么肯定就是香菜用完了啊。"

"哦，原来如此，我还以为是什么呢。不过如此。"他失望地摇了摇头。

"好了，告诉我你想到什么了吧。"

"嘿嘿。其实都是生活上的小细节，阿礼，你要注意细节啊。那个福尔摩斯不是说了吗，你是在看，我是在观察。"他满意地点点头。我有点受不了他的臭屁样子，半闭上了眼。

"直接说行不行……"

"不知道你注意到没有，颜良最近好像变瘦了。"

"这倒是。"

"而且，今天才几号啊，他就没有零花钱了。按照以往他省吃俭用的性格来看，你觉得可能吗？"

"嗯……"

"当然是不可能的吧，除非发生了什么事……"

"什么事呢？"原来侦探的角色这么令人讨厌？就不能直接说结论吗？非要弄那些有的没的……我只能假装不解地附和着。

"今天颜良不是问你借车子嘛，也就是说他是会骑自行车的，当然也不会害怕在马路上骑车。他借你的车，当然是因为骑车回家更方便吧。他家的距离到学校正适合骑车，他却不骑车……"

"那又怎样呢？"

"都说到这里你还没明白啊？没有钱的颜良、会骑车但是不骑自己车的颜良，当然，还有我最近捡到的七挡变速器，以及颜良的车就是七挡的——这其中的秘密就是，颜良的自行车被偷了！"

"原来如此！"我激动地拍了拍手。

"颜良的车被偷了，二道贩子把他的车拆解售卖，换下来的变速器被我捡到。哎，世界可真小！怪不得颜良最近总是不来参加我们课后的吃小吃活动呢。他大概是在攒钱，准备重新买一辆车吧!"

"了不起,孟哥,你的脑子怎么这么好使?"

"确实。"他露出了满意的笑容。

一定要让孟同学自己做出推理的理由有两个。

其一是让他心情大好,以方便我接下来的行动——向他借自行车。他当然还是有些怀疑地问道,为什么又想骑车回家了。我说,因为吃得太饱,回家还要吃小姨做的饭,如果吃不掉会被暴打一顿,所以打算骑车回家,在路上消化消化。

他接受了我的说法,我把月票卡借给他,他把车子和钥匙留下了。

其二,则是我希望他不要追究颜良的自行车去了哪里。确实如他所推论的那样,从结果上来看,颜良的自行车是被偷了,而变速器也因此流落到他的手上。但是万一他没有意识到这一点,在某天去颜良家里的时候,无神经地问颜良的自行车去了哪儿,大概会弄得气氛尴尬吧。

孟吃完了豆脑,就匆匆离开了。而我还剩下半碗,因为没有香菜所以没能吃完,等着孟吃完的那几分钟真是折磨。等到他走了,我才能端着我的碗,来到老板的摊前,指着摊上满满一大碗香菜说道:"请给我加点香菜!"

这个世界上绝不可能只有七分之一的人不爱香菜。当然如果只用身边的人举例,未免显得样本太少。但是用一个豆脑摊来举例，误差明显就小了不少。看吧，这个豆脑摊里的香菜还剩下这么多，而正如我之前所说，如果买豆脑的时候什么都不说，老板是默认要加香菜的。

也就是说，对在这个巷子里购买豆脑的人来说，有超过半数的人对老板说过："请不要加香菜。"宁愿多费一句口舌也不要香菜，大概是真的讨厌香菜吧！

所以，当我意识到既不是老板忘记加了、也不是没有香菜的时候，我就推翻了我对孟说过的话："颜良是不可能不加香菜的。"

福尔摩斯说过："排除所有的不可能的话，剩下的再不可能，也是事实。"这句听起来是名言的话，其实是废话，没有任何指导意义。究竟福尔摩斯是怎么做到在排除所有不可能的时候，没有顺便把"看似不可能的事实"一起排除掉呢？

很显然，我一个不小心就把"看似不可能的事实"，即"颜良主动让老板不加香菜"这个可能性给排除了，还是第一个排除的。直到我发现老板的桌上还有大量香菜的时候，我才知道，这个"不可能"其实就是"事实"。

以下的事情，大多是我的臆测。颜良这样细心的人，绝对会对老板说："三份豆脑，一份不要香菜。"但是只靠着肌肉记忆的老板根本就没有理会这么复杂的要求，在老板看来，要么全部都加香菜，要么全部都不加，不然都需要"动脑"。所以，自然而然地，老板没有动脑——三份豆脑都没加上香菜。

这就是"不加香菜"事件的真相。只是新的谜团出现了，为什么颜良会不要香菜呢？

难道在拉面店我们结下的同志友谊,就要在此刻崩坏了吗?

这个疑问,在听了孟同学和我讲述"被盗自行车流动渠道"后,就消失了。

我扒拉两口豆脑,香菜沁人心脾的香味布满口腔,还好友人B不在,不然他一定会控制不住地呕吐。

这样的美味,我不相信颜良可以戒断。

起源,还是得从孟同学的变速器说起。确实,七挡的山地自行车十分罕见,颜良的车是我们唯一见过的七挡高端车。所以,孟认为"山风号"的变速器原属于颜良的车是没有什么问题的。

问题是,这个变速器是怎么流通到孟手上的。孟同学说颜良的车子被偷了。但是,颜良从把车子带回家到现在,从来没有骑过。车子最终在他家的客厅落灰,而放在家里的车子是不会被偷的。

被偷,是因为放在外面。

颜良从来不骑车。

颜良不骑车的理由,是他不打算骑这辆车——他大概是要把这辆车给卖了。卖掉的自行车被买家停在了外面,随后被偷。这样想,更合理一些。

回想我和颜良初识,那个老掉牙的笑话引起了他的爆笑。但凡买过几本杂志的人,应该都不会没听过这个笑话。但是他就是没听过,因为他一本笑话杂志都没有买过。

我想,颜良的家与其说是严格,更应该说是拮据吧。就是因为拮据,所以才没买过杂志,连一个笑话都没听过;就是因为拮据，所以才在每次吃面的时候，只点四元一份的素面；就是因为拮据，所以才不得不把第一名的奖品自行车卖掉……

最近，颜良总是不和我们一起回家，也是因为怕我们要他一起去吃东西。他当然不愿意只接受我们的分享。接受了就要回报，这是他的信条。但是他没有能力。他不是零用钱用完了，而是根本就没有零用钱，今天吃豆腐花的钱，也不知道是在哪里卖了什么东西攒下来的。

可能，是因为最近家里又发生了什么事情，让原本拮据的生活更加难以维持。所以他把之前保存良好、一次都没有骑过的自行车也卖掉了。

这些，就是他不在豆腐里加香菜的原因。

他说过，家里人不喜欢香菜。所以，他把这份久违的豆腐带回了家，他不是打算自己吃。他知道走回去的话，豆腐会凉。于是，他找我借了车。带着热乎乎的豆腐回家，和家里人一起分享。

就连我，都不由得觉得是不是有点太过分了。

就算再拮据，也应该不会到吃不起饭的地步。只是对颜良来说，他无论如何都想要为这个家出一份力。但是还是初中生的他，能做到什么呢？什么都做不到。

他会不会不甘心，卖掉自行车的时候就没有一点点不舍吗？毕竟那是靠着自己的努力、自己的成绩得到的奖品，毕竟是在同学朋友的圈子里可以炫耀的七挡山地自行车。

他是不会有不舍的。

我了解他，他为了自己的家，又怎么会不舍这点小东西？对他来说这个家才是最重要的。

他的行动，微乎其微。不论是自行车，还是不享受娱乐，还是这碗豆脑，对改善家里的状况来说，基本起不到作用，但是他还是会去做。

饭桌上会缺少这三块钱一碗的豆脑吗？

什么都做不到的颜良，带着豆脑回了家。豆脑会上桌吧，会成为一道配菜吧。但那只是一碗没加香菜的豆脑而已。

颜良什么都做不到。

我也一样。

我不过是他的一个朋友，一个初中生。虽说没有父母，但还是有小姨照顾我。物资匮乏离我太远，我还没办法完全理解。我只做我能做的，就像颜良在做着他能做的。

当然啦，除了哀叹颜良的时运不济，我也赞叹颜良能有我这样的好友。

回家的路其实不长，这样骑回家也消化不了多少，所以我决定先往家的反方向骑一段，那个方向正好和颜良的家是一个方向，只是正好而已。只是，仅仅骑行一点用都没有，最好是负重训练。所以我负重了一碗热腾腾的豆脑。而一碗豆脑能有多重？

一碗豆脑的重量还差一点。

那差的一点，我决定让老板用香菜补上。

所以我对老板说："来碗豆脑，豪华版，请加香菜，往死里加，谢谢。"

蓝莲花

　　小城市没什么文化，大概是找不到比"万柳高中"名字更好听的学校了。万柳高中源自这片地域的名字，即万柳井。

　　相传一千多年前，黄巢农民起义军经过本城，把一个毛头小子杨临密忽悠入了伍。后来被大唐军队俘获，竟然得以重用。似乎有几本史书对杨临密有过数句记载，大致是夸赞他宽仁雅信。

　　在连战连胜、取得功绩之后，当时的皇帝唐昭宗将其封为"吴王"。这真是一段无名小卒奋斗直至成功的历史。

　　吴王在山里安下家后，便生了一个女儿，称为"万柳公主"。万柳公主貌若天仙，不愿住在山中。于是杨临密为其在城内定居。据说万柳公主在城中的府邸中，有一口清澈的井，冬暖夏凉。传说中，无论旱涝，井水都不受任何影响。所以生活在附近的人，口口相传地说道："肯定是有一条龙生活在井里。"

　　理所当然，拥有这口井的万柳公主，被冠以仙女的称谓。万柳公主时常倚井而坐，对着清澈的井水梳妆打扮。久而久之，万柳井就成了这片区域的代名词。

　　时过境迁，那口井现在究竟在什么位置，已经没有人知道了。

　　如果有人认为，万柳高中也和这个美妙的传说有着什么关系，那就大错特错了。实际上，万柳高中远比这个传说有名，以致本城家长无一不对该校学生侧目而视。曾经有一部日本的电影叫

《热血高校》，我第一次看到这部电影的时候就感叹道："啊，这部电影肯定是以'万柳高中'为原型的吧！"

万柳高中是本市不良少年集聚之地。

初中时的朋友之一，友人B就不幸地升上了万柳高中。

在以前的电影中，片尾能看到以"路人甲"这样的名字指代不重要的跑龙套角色。所以自然也有"路人A"一说。但实际上，能被冠以"甲"或者"A"的称呼，则说明这些人在路人中也是有头有脸的代表人物。路人甲、路人A就代表了路人。

但是有甲就有乙，有A就有B。路人A就已经是小人物了，那么路人B岂不是小人物中的小人物？这样类比，那么友人B肯定就是在我的诸多朋友中，最不起眼的一个——本该是这样的。

他身材瘦小，在人群中是看不见他的头的。成绩垫底，所以才只能进入万柳高中就读。"唯二"的优点是擅长美术，以及对游戏的手到擒来，常年混迹黑网吧、游戏厅，这才导致他成绩垫底，只能考上万柳高中。

而B这个字母的由来，是源于他的本名"犇"，音同"奔"。因为字过于生僻，笔画也多，就连他自己也以"B"自称。所以我就姑且叫他"友人B"了。不起眼的名字、不起眼的外貌和身材，但就是这个人，在我们小群体之中，担任队长一样的职责。

和他交好，已经是初中的第三个年头了。按理说此时交际圈已经固定，不再会建立新关系。此时，颜良因为家里的事情以及各种原因逐渐不再参加我们的活动，友人B和颜家的方向一致，他和颜良成了固定的归家伙伴。偶尔，颜良还是会和我们一起走过放学后的回家路，此时 B 就会同行。他就这样不露声色地混入了我们的圈子，洞悉每个人的内心，知道如何把握人心。他渐渐从最外层的关系进入了核心，再到现在，已经把整个圈子握在手里，成了领军人物。

真是一个可怕的人。

在刚刚升入高中后，即使我的学校距离这条巷子有两站路的距离，我依旧还是坚持从这条巷子走。原因有二——其一，离高中最近的车站，是全市的市中心站，为枢纽地带，更何况每天下课也正逢下班点，此起彼伏的上班族很快就包围了整个车站，让本就狭小的站台变得寸步难行，故我只能选择两站外的万柳井乘车，虽说是逆家而行，依旧会经过高峰站，但是若能混到一个座位，那就不虚此行。

原因其二，是我与夜月姑娘已经同学三所学校，从小学到高中，一直在一所学校就读，哪怕不在同一班级，也萌生了一些友情。夜月的家正是这条巷子的巷尾，所以我送她一程，也能便于自己乘车。

这天我如往常一样，把夜月送到了家，接着，我从巷尾顺着巷子往里走，准备去见我之前就约好的友人 B。路上，一边侧目而望那些记忆中的店铺和学校，一边感慨时光飞逝。

夕阳的橘红色几乎要把我的回忆吞噬，还好我及时回过神来。我与友人 B 已经约好在巷子口碰头，但是等待良久，我啃完两个鸡蛋饼吃下一碗豆脑,心想这么回家肯定是吃不下晚饭了,索性又加了一餐。

看着渐渐落下的夕阳,心里愈发地急躁,不免有些怪罪我的朋友。但想到他会不会是被不良少年纠缠,又有些理解。我一向贪生怕死,如果他真的被纠缠,恐怕我也帮不上什么忙。所以我只能闷着头吃下一口又一口的豆脑,以填补我微小的不安。忽然,不知道从哪里来的一道光芒照射进了我的脑袋,让我的大脑发出了以往没有的热量——也就是常言所说的"脑袋发热"。

宋朝水浒英雄武松喝下十八碗号称"三碗不过冈"的烈酒,竟然打死一只猛虎,汉代有李广将军醉后射石。脑海中不知道怎么就浮现出两起英雄故事。要说以往,我绝不可能闯入这所名号如雷贯耳的"名校",但是,吃下了两碗豆脑,三个鸡蛋饼,吃饱了撑着——哦不是,是补充了足够的体力,神经处于极度兴奋的状态,我就愣头青一样地闯入了"万柳高中"这所虎穴一般的名校。

不可否认的是,在刚刚步入大门的那一刻,校门口保安丝毫没有迟疑的视线反而让我感到不安。难道他不应该质疑一下我的身份吗?难道说,他认为不属于本校的人擅自进校,也对学校构不成任何威胁?

这是何等自负!

怒从心头起恶向胆边生,今天我就要让万柳高中的人见识见识,不属于本校的学生,也有一等一的不良,让他们知道,全城不是只有万柳能够称霸顶点!

我记得友人B曾和我说他在三班。

"那个,请问高一(三)班怎么走?"

"啊?你不是我们学校的吗?这都不知道?"壮汉对我怒目而视。

"啊……这位大哥,有话好说,我是来找朋友的……"我放低了声音。

"那关我屁事。"

"不是,我这不是迷路了吗……"

"连个操场都没有的破学校你都能迷路?你逗我呢?"

"没有!不敢!我错了!再见!"我转身就要走。

"站住!"

"是。"我站住了。

"从这栋楼上去,二楼就是。"这位温和、善良的好心人,他梳着一头茂密而优雅的锅盖头,穿着一身精致的运动服,上面还有不少灰尘,大概是经过了一场动人心弦的战斗所留下的。这位和蔼可亲的同学,不要看面目上要砍人的模样,但是依旧亲切地为我指路。

而我,虽然最开始本着要好好教训教训万柳高中这群不良少年的心情入校,但是此刻,有些愤怒的内心已经渐渐平息,看在对方态度良好的分上,我也放下了身段:"好的!谢谢大哥!"

一溜烟,我就进入了教学楼——这么说真是抬举这栋楼,因为整个万柳高中,只有这么一栋楼……

这栋楼既不是办公楼也不是教学楼,而是两个楼的混合品种,全校师生均挤在一栋大楼里。不过，既然是这么设计的，也是因为学校的经费实在有限，情有可原。

不知道从哪里来的优越感，让我的心情大好。带着微笑，我爬到二楼。

唉，时不利兮骓不逝，人不巧兮命不顺，当我刚刚上到二楼的时候，一名看起来就不得了的少年拦住了我的去路。他的面貌，已经不能用"可憎"来形容，而是彻彻底底的"可怕"。

本就是坑坑洼洼的青少年的青春痘脸，竟然有一道醒目的刀疤，从脸颊的左侧延伸到嘴唇，暗红的嘴唇给这道刀疤上了一道奇妙的色彩。眼珠布满血丝，两眼下更是乌黑，头发夹杂银丝——不免让人怀疑，这究竟是一个高中生还是一个囚犯。

他突然出现在我的面前，带着戏谑的口吻说道："你谁啊？转校生？没见过。"

此时摆在我面前，有两条路。一、假装转校生；二、承认是来找人的。我选择了前者……"没错，是转校的。"说完我就后悔了。

"哦，是吗？哪个班的啊？"

"高……高一……三……三班的。"此时我本应该表现得更为硬气一点，但是可惜，对方实在可怕，我已经判断出，这名敌人只能智取，而非硬扛，这不是害怕，而是在寻找敌人破绽的方法。

"那就是和我一个年级的，喂！"

"啊……是、是……"

"你别怕啊。"他轻蔑地看着我，拍了拍我的肩膀。接着，他把脸贴近了我的面庞，用微乎其微、但是令人印象深刻的沉闷声音说道："我就是高一（三）班的，"我脸色铁青，他继续说，"我怎么……没见过你啊？"

我要疯了……

眼看我就要崩溃，耳边突然传来熟悉的声音："冯成，这是我朋友。"

得救了。

"哦……这样啊……你朋友为什么骗人呢？"

"我哪知道，他脑子不好。"

可恶，我很想回嘴，但是这个情况下似乎没有我说话的余地。

刀疤男叹了一口气，说："好吧，"他重重地拍了两下我的肩膀，"兄弟，以后少说点谎。"然后扬长而去。

我拍了拍胸脯，惊魂未定地看着挚友B，问："你同学？"同时看了看他来的方向，从他的位置到底，一整条走廊上，除他以外再无他人。

他稍微犹豫了片刻，说道："算是吧……"

"你这些日子，真是辛苦了。"我走上前去，用安稳的口气说。

"也没有啦。"眼前这个身高不到一米七的少年，一边挠着头一边自谦地说道。

"只是，我还有一个问题。"我睿智的眼神望着天花板，双腿紧紧地闭合。

"什么？"

"就是，那个，你们的厕所在哪儿？"

我必须再次强调一遍，我不是被吓尿的。众所周知，尿液不过是人类的正常排泄物，通常尿液生成后通过输尿管贮存在膀胱中，存到一定的量后，就会一次性通过尿道排出体外，这是一个正常的生理过程。据我所知，没有任何证据能够证明，人类的尿液排泄会受到外界威胁的影响——故，由此可证，我是正常排泄。

如果，在我所知外，有文献证明人的尿液排泄和外界威胁有关，那么——那么也没什么，因为作为刚刚升入高中才半年的我不知道也很正常。

正准备去上厕所，看到他手上捧着的小桶，里面有蓝色的黏稠物体，还剩下一半，便随口问道："这是什么？"

"这个啊，蓝色油漆，创作用得到。"他邪魅一笑，大概是指黑板报上用的吧。

"用了一半？"

"不是，走过来的路上，打翻了一点，就在后面那个楼道的口子。"

"哦⋯⋯"我拍了拍脑袋，回想起来此行的目的，"拜托你的事，咋样了？"我试探性地问道。

"搞定了。"

"了不起。"

"这下不是我自夸，这枪我是完美还原了。"他把模型递给我。

"哇，真的。"我端详手上这把手枪模型。

友人B长长地叹了一口气，说道："我也挺忙的，不是每天都有空帮你弄这些莫名其妙的东西的。而且你这个……好像看起来挺廉价的啊？"

"谢谢啦，不过你别看它看起来廉价，实际上可花了好多钱呢，在巷子里的那家动漫店买的。"

"有些难以修复的地方，我可费了很大的力气才补好呢！"

"多谢，下次有这种事还拜托你！"

"收费，下次肯定要收费，你这是压榨我的劳动力。"

"下次一定！下次一定！"我敷衍着，"哦对了，还有一件事要咨询你——如果想用玻璃做成一个透明的箱子，需要用什么胶水？还有还有，就是有什么东西能够模拟出雪的质感……"

面对我的接连发问，友人B无奈地一一解答。

友人B极具艺术天分，现在已经在某个艺术培训中心研修美术方面的课程，这显然早就被我发现，所以我才一而再、再而三地拜托他帮我重涂一些模型。从第一次拜托他之后我就发现，他对颜色极其敏锐，他对金属漆的运用，可以让塑料的质感无限接近金属。而升入高中后，他的天赋展露无遗，所以成了美术课代表——即使，这所高中根本就不会上美术课，他依旧成为全校的新星。自然而然地，他担任了自己班级的黑板报设计，他说自己很忙，是正在忙于自己班级的黑板报设计。

听完所有的回答后，我点了点头，继续问道："黑板报设计得怎么样了？"

友人B甩了甩疲惫的手，上面还残留着油漆和粉笔的痕迹：

"还行吧,刚刚还在教室弄,现在弄完了。"

"一起上个厕所?"我突然想起来有些尿急,发出邀请。

"多大的人了,上厕所还要人陪?"他说出我最熟悉的台词。

"那算了我自己去。"说完,我走往厕所。

从走廊最前头的楼梯上来,就依次可见一、二、三班,一层楼可以容纳三个班级。一楼是体育仓库和一些无关紧要的空间,教学空间是从二楼开始的。万柳高中是一所非常小的学校,所以一个年级也只有三个班。二、三、四楼分别就是高一、高二、高三。五楼开始就是办公区域。整栋楼一共有两个楼梯,对应着一班和三班的位置,我刚刚就是从一班旁边的楼梯走上来的,三班旁边楼梯一楼位置的铁门暂时封住了,也就是说要从教学楼进出,只能从一班旁边的楼梯走。

厕所的位置在三班后面。

太阳还没下山,但是走道并不受到阳光的恩惠,只能靠着年久失修昏暗的声控灯照亮。我经过一班和二班,有意无意地瞟了两眼里面的设施。看起来很是简陋,旧木桌木椅歪歪扭扭地摆放,水泥地面,讲台也破破烂烂,前黑板上还有没擦干净的粉笔灰,可以想象,学生或者老师是用蹭满白粉的黑板擦,在黑板上"擦"出了一道又一道的白痕。

惨淡。

黑白电影一样的教室,从窗外透进的是无生命的夕阳余晖。

在这种地方,后面的黑板报迸发着前所未有的生命力,并非它多么精美、栩栩如生,而是在这种灰暗的地方,那唯一的色彩显得刺目、耀眼。看得出来，这些学生的美术功底不算优秀，中规中矩，比起友人B的水准，可以说是难以望其项背，这种猛烈的对比，让它们格外异常。

不搭。

我叹了口气。

一班和二班的黑板报，都是中规中矩的，却和整个班级不搭。

我突然期待三班的黑板报了。

在这样简陋的环境中，由友人B所创作的黑板报，又会是怎样的呢？

到了三班，我轻轻地把头从门口探入，和前面两个班级如出一辙的简陋教室。然后往黑板看去，黑板报上，淡淡的蓝色印记，是被擦掉的蓝色粉笔所留下的，除此之外，是黑色。

黑板报被人擦掉了。

我从三班出来，到了楼梯的前方。通往三楼的阶梯前，洒了一整片蓝色油漆，没有干多少，应该就是几分钟前弄上的。距离之宽，让人无法一步跨过。若要经过这片区域上楼，一定会踩到油漆。

总结一下现在发生的事情，这间教室，是一个密室。

首先，在走廊我并没有见到任何人，而要离开教学楼，唯一的出路就是一班附近的楼梯。在友人B没有说谎的前提下，黑板报是完成了一大半的，而在我到来之后，仅仅的数十秒，黑板报就消失不见了。友人B还向我提到：他刚刚还在教室。

那个叫冯成的少年，是我见到的唯一嫌疑人。

我的大脑兴奋地运行着，很快就做出了分析。

基于以上几点，可以提出以下假设。

一、冯成擦了黑板。

二、冯成不是犯人，犯人从三班旁边的楼梯上楼了。

三、冯成不是犯人，犯人从三楼旁边的楼梯下楼了，却没有离开教学楼，在一楼的铁门处等待我们离开。

四、冯成不是犯人，犯人在厕所。

最先可以否决的，就是冯成是犯人这个假定，因为冯成亲口和我说，他是三班的，同时友人B也说他们是同学关系，两人相识，证明冯成并没有说谎。冯成出现的时间比友人B早，而友人B说，他刚刚才完成黑板报，这就形成了一个悖论，冯成在友人B离开三班之后，才有机会去擦已经完成的黑板报，而若是这样，他就一定会比友人B后出现，这与事实相反。再假定，冯成在友人B离开教室后，擦了黑板，接着从走廊超过友人B率先见到我——这也不能实现，黑板的大小，若要完全擦除至少要一分钟，而从三班到一班只需要十来秒，冯成做不到。两种可能性排除，故排除冯成的作案嫌疑。

可能二，上楼处有蓝色油漆封锁。这片油漆应该就是友人B手上的蓝色油漆，友人B带着油漆出教室显然是在完成黑板报之后，也就是说，在他完成黑板报之后，要从此楼梯上楼，必然会留下痕迹，可现场没有留下脚印。

我下到了一楼，看到了那个被封锁的铁门，没有任何人逗留，也没有什么奇怪的地方，之后我又去了男厕所，依旧没人。那么只剩下一个地方了，就是女厕所。虽然好像一个人都没有，但是我依旧没有鼓足闯入女厕的勇气，只能作罢，在女厕门口苦等是没有意义的，我只能在门口喊了两嗓子："女厕有人吗？"

好在没有任何人回复，我才没有被当作变态，为保险起见，我还是看了一眼里面。隔间的门都是打开的，并没有人在里面。

一二三四全部被排除，这个在友人B离开教室后，擦掉黑板报的人，究竟是用了什么手段离开了这个密室？

我一脸费解地往回走，友人B嫌弃地看着我："去了这么久？"

"嗯。"我无心应答，随口附和。

他忧心忡忡地看着我，拍了拍我的肩膀，说道："注意身体。"

"什么跟什么啊？"

"没什么。"他耸耸肩。

冯成虽然是最快被排除掉的人，但是这附近没有其他人，因此他还是有嫌疑的，我问道："刚刚那个冯成，是什么人啊？"

"是我朋友啦。"

"看起来好可怕，他脸上的伤是怎么回事？"

"嗯……我一开始也觉得很可怕。那个疤据说是被刺刀刺的。"

"刺刀……为什么会被这种东西弄伤……"

他哈哈地笑了笑，拍了拍我的肩膀："你不会是以为打架的时候被刀砍了吧？别乱想啦，是他小时候拿着刺刀玩不小心弄的。"

"大人怎么能把刺刀给小孩玩。"

"你不知道，他的太爷爷当年参加过抗战，那是留下的纪念品，一直挂在家里。他小时候，听说了很多太爷爷当兵时候的故事，你知道的，小孩子难免对这种事有兴趣。他偷偷把墙上的刀拿下来把玩，就受伤了。"

"原来是这样。"听到这里我有些莫名地心酸。我想象着自己也坐在家里，听着太爷爷讲着过去的故事。可惜这只能是我的想象，我记不得太爷爷的相貌，这也是理所当然，毕竟我连爸爸妈妈的脸都没有见到过。

"怎么了？走什么神啊。"他用肩膀撞了撞我的手臂。

缓过神来，我用鼻子深深地吸了一口气，问道："他太爷爷，是一个怎样的人？"

友人B显得有些惊讶："你问这个干吗？"

"没什么，就问问。"

"我哪知道啊，我只知道，他太爷爷跟他很亲。而且……"

"而且？"

"唉……"他拉下脸来，"他太爷爷在最近去世了。"

站在二楼的一班楼梯附近，友人B正打算去五楼还油漆。我抬头看到有一个监控摄像头在楼梯道。之前在三班楼道的时候就没看到摄像头。可能就是这个原因，三班通往一楼的区域才会被封锁，以便学校通过监控摄像头观察有没有可疑的人潜入这栋楼。

我还没有把我的疑问向友人B坦白，和自己较劲其实是一个很不好的习惯，但是碰上这种不可能犯罪的机会实在少之又少，难得有证明自己聪明才智的机会，若是向友人B透露，他直接把谜底给说了，我恐怕要欲哭无泪的。他走之前让我在这等一下他，我半试探性地问道："你说你刚刚完成黑板报，是真的完成了对吧？"

"是啊，怎么了？"

"没……没什么。"我突然意识到，如果隐藏这个消息，他得等到第二天才能看见自己的黑板报已经被擦掉了，因此错过补救的机会。

所以，我决定在离开校园前解决这个谜题，到时候再告诉他黑板报已经消失的事情。

没有什么思路，应该寻找新的假设，我摸了摸下巴，感受夕阳的光。

"在想什么？"

"没什么。"我愁眉苦脸地说道。

"好吧，我一会儿就下来，你等下。"他提着油漆，从一班楼梯往上面走去。

我开始分析。

首先应该考虑的是，"犯人是否离开了现场"——不，在那之前应该考虑"犯人究竟是否进入了现场"，如果有能够不进入现场就破坏黑板报的手段，那么也就没有要离开现场的可能性。黑板报是由粉笔所画……

我突然意识到有点奇怪。

但是很快我就放过了这一瞬的思绪，接着思考。

破坏粉笔痕迹的方法不只是擦掉，还可以利用水。如果有水枪之类的装备，从窗户伸入喷射水到黑板上，就可以清洗掉黑板上的画。这可以解释通，但是现实却不是这样，从友人B在一班楼梯见到我开始，到我去三班的这段时间，才两分钟不到，水渍不可能干透，我并没有见到水渍。

大家都是高中生，肯定没有什么复杂的手段在不进入教室就能破坏黑板报。那么果然还是思考犯人在进入现场之后的举动更合理。"犯人是否离开"，我已经检查了男女厕所和一楼的铁门，没有人，现场也没有能够藏人的地方。

除了那个地方。

门是打开的，我是从打开的门伸头进去看的，也就是说，还有一个地方可以躲藏，也就是最为简单的密室——"躲门后"。

我连忙跑到三班，进入里面，跑到门的后面查看了一下，果然还是没有人。

这次我仔细调查了整个三班，确实没有人。

也就是说，犯人是离开了。

一边捂着头，一边往回走，刚刚走到一班楼梯，就见到友人B从上面下来，脸上写满了不愉快。我问："怎么了？"

他说："真是气死我了，刚刚我准备去老师办公室还油漆，我们老师办公室在办公室一，我一进去发现老师不在，其他老师告诉我老师去办公室二了，接着我又来到二，又不在，其他老师又告诉我老师去办公室三了。我又去了办公室三，你猜怎么着？"

"又不在？"

"是啊！办公室三的老师告诉我，她已经回办公室一了。我白跑了那么多趟……每当我进入新的办公室的时候,老师也移动到别的办公室了……"

"啊……原来……"

原来如此!

我知道了。

擦掉黑板报的犯人,果然还是没能跳出我的假设,唯一的盲点在于,他并不是固定的。也就是说,他并非是处于某一个假设,而是从某一个假设移动到另一个假设了。

在友人B离开三班后,这个犯人进入了教室擦掉黑板报,接着躲在了门后。犯人这么做并非是计划好的,而是犯人本打算从三班后面的楼梯上到三楼逃跑,没想到竟然有一大片油漆,无奈之下犯人看见前来的我,于是躲在门后。在我看到黑板报被破坏后,我检查了厕所和一楼的区域,犯人趁着这个机会离开了门后,但是犯人依然不能离开教学楼,因为这个时候,友人B还守在一班楼梯处,无奈之下,犯人只能躲进了二班的门后。

确认完之后,我回到友人B身边,犯人苦苦寻觅逃跑的机会,直到友人B上楼还油漆,而我想到"躲门后"的诡计,又一次进入了三班,犯人趁着这个机会从二班的门后出来,来到一班前的楼梯,彻底离开了教学楼。

犯人从我假设的"没离开"移动到了另一个假设——"离开"。

我露出了浅浅的微笑,原来如此……哼哼哼……

"你干什么笑得像个坏人一样?"

"为你感到惋惜而已。"

"啥？"友人B不解地看着我。

"惋惜你要重新画黑板报了。"谜团解开了，这个时候还是快点把黑板报的信息告诉友人B，让他去补救吧。

"为什么？"

"我看到你的黑板报被擦了。"

"被擦了？"

"是啊，辛苦了那么久，一下子就没了，你肯定很伤心吧，别难过了，还是重新画吧，说不定还来得及。"

"真的假的？！"友人B露出了慌张的神情。

"真的啊，你自己去看，我刚刚上厕所的时候看到的。"

"上厕所？"他低头看了看，我顺着他的视线望过去，他直直地盯着我的鞋子，过了两秒，他说道："哦，那不可能。"

"有什么不可能的，我看到的。"

"你没看到。"他一脸无所谓的样子。

为什么能够如此断定我没看到？为什么要看着我的鞋子？

看鞋子，他想看到什么？

我能想到的，只有刚刚送上去的油漆……

油漆。

刚刚的违和感再度涌来，友人B说，油漆是用来创作的，无疑，是用来画黑板报的，而我看见的被擦掉的黑板报，只剩下了黑色的黑板和蓝色的粉痕——犯人是用什么手段把油漆擦掉的？

不……犯人没有擦掉油漆……

既然如此，这不过是一场闹剧，谜题本身就是错的。

"你这家伙，"我带着有点嫉妒的口气说道，"跳级了吧！"

关键点就在于当我说出我在上厕所的时候看到友人B的黑板报离奇失踪了之后，友人B看了眼我的鞋子就否决了我的说法。从鞋子上能看出什么？我低头看了看我的鞋子，没有什么污垢，应该什么都看不出来啊——没错，什么都看不出来就是至关重要的信息。从什么都看不出来的鞋子上能看出来的是：我并没有在上厕所的时候经过蓝色油漆的区域。

三班楼梯被友人B留下了一摊油漆，如果要经过那里一定会在鞋子上留下痕迹。

友人B是通过"我的鞋子上没有油漆的痕迹"直接判断出"我在上厕所的时候没有见到他的黑板报被擦掉"。

同时，友人B重复了一句话，"上厕所"也就是说这三个字在他的推理中占有一定的比重。上厕所是时间节点，如果不是"上厕所"的这个时间节点，他就无法断言我没有见到他被擦掉的黑板报。

他是做出了这样的推理：如果我在上厕所时见到他的黑板报被擦掉，就一定会经过蓝色油漆，反之则是我没有见到。

经过蓝色油漆，意味着我要上楼，他的黑板报在楼上。

如果我不说"上厕所"这个节点，他会自然而然地想到，会不会是他上到五楼的教员办公室的时候，我擅自从一班前的楼梯上到高二或者高三的楼层，看到了被擦掉的黑板报。

综上，可推测友人B的教室不在二楼，即高一的区域。

此时，密室已经破解。

前提错了，密室根本不存在。

他是高二（3）班或者高三（3）班的学生，而不是高一（3）班的，当他说自己的黑板报已经完成的时候，高一（3）班的黑板到底完成与否，我根本就不知道。所以高一（3）班的黑板报，也许只是还没有开始画而已。

友人B明明和我同年，是曾经的同班同学，我是高一他一定也是高一，而他的教室不在高一的二楼区域——也就是说，他已经不是高一的学生了，他跳级了。

姑且不论在这所学校跳级有什么意义，但是他的艺术水平奇高，艺术生不对文化课有过分高的要求，他是不是仅仅靠着艺术的天分，跳级了呢？这就是我对他提出的疑问。

"是啊，我跳到高二了。也不是故意要瞒着你，只是没机会告诉你……"他一副无所谓的样子。我这才有机会仔细看看面前这个半年不见的老朋友。乱糟糟的头发像鸟巢一样顶在他的脑袋上，他的眼神变得更加温润，但是藏不住以往的锋芒，下巴上依旧是醒目的痣。他好像变了一点，变高了？变成熟了？不，好像没有，到底哪里变了呢……

"真厉害啊！"我嘴角不自然地上扬，明明应该更发自肺腑地高兴，但是我做不到。

"还行吧。"他转过身去。

"只有我还是吊车尾小分队的队员，你已经脱队了。"我的口气不太好。

"那是什么小分队,我怎么从来没听过?你这个人,都已经上了'万柳高中'以外的学校了,肯定早就不属于什么吊车尾小分队了吧。"

"在别的学校继续吊车尾啊!"

"凤尾强过鸡头。"他回过头来,微笑着说。

我没说话。他见我不言,又转过头,自顾自地说道:"没办法,泥潭里的人,总要想办法出去。在泥潭里挣扎的人,肯定要比走在柏油马路上的人要费更多的力气。不然,只有被埋掉。"

"干吗说这么吓人的比喻。"

"真的很吓人啊……每天都提心吊胆的。"他的嘴角挂着苦笑。

我沉默了一会儿,稍微斟酌了一下他言语里的意思,感觉有些沉重。

刚要下楼,他又突然说道:"要去看看我的作品吗?"

"黑板报?"

"是啊,可是自信之作。"

"好啊!"

他转过身,带我一边上楼一边说道:"学校规定一次只能跳一级,所以我现在高二。我选了文科,高二(1)班是理科,另外两个班是文科班,我还在三班。"

"跳级有什么不适应的地方吗?"我跟着他的步伐问道。

"也没什么,反正高一和大家都不是很熟,现在也一样。"

"你不是说冯成是你的朋友吗?"

"他算一个。"他垂下眼帘,模棱两可地回答。

已经到三楼了,一眼望去,走廊和二楼没有什么不同,但是经过教室的时候,往里面看已经发现有明显的不同。那些书桌上已经堆满教科书和学习资料。也是,现在是下学期,虽然是高二,但是应该能算成准高三的学生了吧。友人B说的泥潭,这所学校肯定不止一个人像他这样想,即使在最差的学校,即使在深渊,也有一群人正努力地往上走。

"下个月,我就要为艺考集训了。所以这块黑板报可能就是我在这所学校留下的最后作品了。"

"好快,我想都不敢想……我一直认为我才高一,虽然马上就要分班考试,但我还是不急不忙……"

"是啊,因为你是走在柏油马路上的人啊。"

"没有,在哪儿都一样。人和人的竞争从来都不轻松。"

"说得也是。"他点了点头。

时间已经慢慢入夏,爬了一层楼就开始冒汗,窗外的昏黄依旧,傍晚成了一段长久而持续的时刻。我问:"你的作品,是一幅怎样的画?"

"是莲花。"

莲花啊。不蔓不枝,中通外直,出淤泥而不染。

但是我转念一想,就发现有点奇怪:"我听说过白色的莲花、粉色的、红色的……但是我从来没有听说过蓝色的莲花,所以蓝色的油漆是干吗用的?"

他停下了脚步,说:"因为我喜欢蓝色啊。"

"好吧……"

"其实……粉色的白色的，不都是美丽的颜色吗？象征着清白纯真……但是，我的颜色呢，不是白色也不是粉色，更不是纯真的颜色。所以我要是说自己'出淤泥而不染'肯定是自负了。蓝色——我喜欢的颜色，不管怎样，只要成为自己喜欢的颜色不就好了吗？"

"好深奥。"

"没有啦。"他摇摇头，继续往前走。到了三班的门口，他往里面做出了"请进"的手势，我先他一步进入教室。映入眼帘的是前所未有的景色：纯黑的黑板上，幽幽地绽放着、难以言说的蓝色花瓣，在黑板的右下角亭亭玉立。但是花瓣没有边缘——我想，不管是怎样的形状，都应该先用白色的粉笔勾勒出边缘吧，但是它只有蓝色的花瓣，没有边缘。

好像真的是黑板中出淤泥而不染的异色莲花……

唯有一处不妥，那就是整块黑板，只有那蓝色油漆的花瓣，没有花蕊、荷叶、文字。

只有油漆，擦不掉的油漆在左下角孤零零的，其他——是黑漆漆的一片。

"这是……你的设计吗？"我悻悻地问。

友人 B 的脸色有些奇怪，眼神欣慰却苦笑着："不……不是。用粉笔画的和写下的文字，全部都被擦掉了。但这个莲花，怎么样，好看吗？"

下到一楼，我正在和友人B讨论把黑板报擦掉的犯人可能的逃跑路径。最后我们得出了一致的结论：犯人是在友人B上到五楼教员室，而我在检查高一（3）班门后的时候从一班门前的楼梯逃走的。

至于为什么不考虑犯人擦掉黑板报就直接上楼，即犯人是高三的学生呢？是因为友人B在完成黑板报的时候，高三的晚自习已经开始了。前段时间有人翘掉晚自习去网吧打游戏被家长抓到，家长对学校施压，使得这段时间高三的晚自习管控十分严厉，不存在有人能够偷偷下来擦掉黑板的情况。

我们一边讨论一边下到一楼，正说着"犯人肯定是从这里走掉了"的时候，楼梯旁边传来了一个声音说道："没有人下来过。"

说话者是冯成。

"没有人下来？从什么时候开始没下来过？"我问。

"从我下来之后。"冯成说。

冯成的证词又把密室二字拉回到台面上。

没有人离开意味着密室依然成立。三楼到二楼的三班走廊被油漆封锁，二楼到一楼的三班楼梯则被铁门封锁，而唯一的教学楼出口由冯成把守。同时似乎也可以排除冯成的作案嫌疑，如果自己是犯人的话，他不会说出这种话，加深自己的嫌疑，只要说出有很多人下来过但是自己没有注意，或是不多嘴，就可以轻易洗脱自己的嫌疑。

显然，他是罪犯的话，他的证词就是画蛇添足。

"如果黑板报今天没有完成的话，会被惩罚吗？"我问道。

"为什么这么问？"

"因为……好像从作案手法去思考，怎么都得不出结论，所以希望能够从动机入手。"

友人B笑了笑，说道："其实不会怎么样，大概也就是不能参加升旗仪式吧……"

"升旗仪式？"

"你可能不了解我们学校的情况。你也看到了，整个学校就是一栋楼，根本就没有什么操场。但是在狭小的校园里还是安置了一个升旗台。每周一举办升旗仪式。但是因为'操场'太小了，所以一次只能有一个年级的人参与。因为高三年级复习非常紧张，所以一直都是由高一和高二的班级轮换着参加升旗仪式。"

"那你说的不能参加升旗仪式是……"

"之前有一个班级违反了校纪，学校做出了惩罚，但是那个惩罚竟然是不允许参加下次的升旗仪式。"

"那么，如果你们不能参加升旗仪式，就只有让高二年级的两个班参加了？"

"不是，会让一年级的三班顶上。也就是说，如果高一（1）班不能参加，那么就让高二（1）班顶上，高二（2）班不能，就让高一（2）班顶上。不同年级对应的班级补上而已。"

"那么，犯人的动机可能就是不想让高二（3）班的人参加升旗仪式？"

"是啊，但如果是这样……"他眯了眯眼睛，"那么高二（3）

班的任何人都有可能是犯人。因为在很多人看来，升旗仪式很麻烦，还要浪费一个大课间。谁都有可能因为这种微不足道的理由而擦掉黑板报让我们班受到惩罚。"

"顺便问一下，黑板报什么时候截止？"

"明天上午。"

"那确实是来不及了。"

"所以我干脆放弃了，明天等着受罚吧。"他平静地说。

眼前的车站，就在练兵巷的巷口。此时已经不像最开始那样拥挤，这个时间点是人烟最为稀少的，车站里只剩下了我和友人B两个人。其实我要坐的车在对面车站，和友人B家的方向是反方向，但我还是先陪他等车，等他走后我才会去对面坐车。

就算是快要入夏，这个时间的天色也已经昏暗。

"因为这样无聊的原因，就毁了你的黑板报？"

他叹了一口气："谁知道呢。"

对友人B来说，这个黑板报可能意味着更多。

刚刚步入这个学校不到一年，就要升入高三，面临繁重的学业。他应该还没来得及对学校抱有什么留念，就要准备升学。即使是这样，他还是付出努力，倾尽全力画出了一张黑板报。他说这个学校就像泥泞的路一样，走起来十分费力，又说要像莲花一样，成为自己喜欢的样子，不受到干扰……不管怎样，他绝对是倾注了心血。

但就这么被擦掉了。

我扭过头，准备离开车站。友人B惊讶地问："去哪儿？"

我说:"我知道犯人是谁,但是我不理解他这么做的理由,所以我要去问。"

"那我也一起……"

"不用,我自己去。"我冷冷地说。

我回过头,看到他的眼睛,什么都看不出来。我们对视了一会儿,他说:"好吧……"

回到了万柳高中,又看到了那栋破旧的教学楼,以及站在楼下无所事事的冯成。夕阳的光芒已经完全消失,他的脸藏在阴影之中。再往前一步,好像就会进入他的领域,强烈的气场提醒我,不要靠近他。

我拍了拍脸颊,鼓足了勇气冲上前去,问道:"不回家吗?"

"有什么好回的,没人会等我吃饭。"

在这一点上我和他一样,所以我的心头一紧,话却直奔主题,"你为什么……为什么要擦掉黑板报?"

他听后感到不解,然后轻蔑地看着我。

我硬着头皮回瞪着他。

他说:"你看什么!"

我没有说话。

他骂了两句脏话,准备离开,我旋即挡在他的身前,紧紧盯着他,他用力地推了一下我,我倒在地上又站起来,再次挡在他的面前。他渐渐不耐烦了,终于举起了手,一拳打在我的脸上,嘴角流出鲜血,我用手背擦掉,然后继续发问:"你为什么要这么做?"

"关你屁事！"他狠狠地说。

"确实不关我事，但是我想知道你这么做的理由！"

"所以说关你屁事啊！"他叫嚣。我低头看了眼他的鞋子，上面并没有油漆的痕迹。

我强忍着疼痛，说出了我的推理，说出了友人B关于莲花的那段话。接着我继续说："王犇……就是做了这些事。"

我的话说完，他渐渐平静了下来，紧握着的拳头也舒缓了。没有过多的抵抗，而是哭笑不得地说："我懂了……真是多管闲事……"接着他开始了自述，语气越来越沉闷，逐渐哽咽。

"我的太爷爷参加过长征。是在长征中存活下来的那一批人。从小到大，他总是在我的耳边说着自己以往参加抗战的故事，讲述那些时代感浓郁的故事。但是那些故事我早就听腻了。特别是在上过初中的历史课之后，我发现他所说的那些故事，只不过是添油加醋的，而不是真正的情况。所以我也就慢慢不对那些事情感兴趣了。

"其实大家都听过那个关于五星红旗的故事。大人们告诉我们，五星红旗的鲜血是用革命烈士的鲜血染成的。

"但是，上周，太爷爷去世了。

"我们翻出了太爷爷的一些纪念品，那已经生锈的肩章和早就掉色的破旧衣服所染上的红色，是怎么擦都擦不掉的红色。我好像对曾经不在意的说辞有了一套新的想法……但是我怎么也没办法说服自己，所以我就……"

日月同在，是傍晚转化为夜晚时，仅仅可以存在一瞬间的场景。我已经弄清楚了所有的事情。友人 B 看到我的归来，问了我两句，我摇了摇头。他有些失落："不打算告诉我吗？"

"你都已经知道了不是吗？"我反问。

他露出了微笑："早知道就不在你面前装模作样了。"

"你没有什么要说的吗？"

"说什么不过是班门弄斧而已吧，"他摇摇头，接着就看向天空，说道，"你最近好像变得很奇怪。"

"什么？"

"怎么说呢……人的氛围变了吧，变得沉默了……以前的话，像这些事情，你应该更愿意说出口的。有时候是炫耀你的智力，有时候是单纯地分享快乐……"他没看我，却一语中的。

"还好吧。"我搪塞。

"和家里闹矛盾了吗？"刚刚说完，他就像意识到失言了一样闭上了嘴。

"也没什么啦……小姨要结婚了，是好事。"

"那……你会去哪？"

"我也老大不小了啊，他们如果愿意给我生活费，我也可以一个人在外面住。"

"真辛苦。抱歉，之前说你是走在水泥地上的人。"他不好意思地抓了抓头发。

"没事。"

远处的公交车驶来，马路因为有路灯，所以不显得昏暗，车厢在到站时开了内部的灯光，里面稀松地坐着几个人。友人B说："我该走了。"

"周末一起去打个游戏放松一下吧。"我说。

他笑着点头，随后上了车。公交车驶走，他在车里向我挥手告别。我看着渐行渐远的公交车，慢慢走上了斑马线，准备过马路去对面的车站坐车。

路上，我回想整个事件。冯成因为太爷爷的去世，动摇了自己对于红旗的认知。在他看来，原本的红旗只不过是一个故事，但是当他太爷爷去世的时候，他陷入了自我怀疑。

这样的他，会做出擦掉高二（3）班黑板报的事情也就可以想象了。擦掉了高二（3）班的黑板报，高二（3）班很可能就会因此受到惩罚，不能参加升旗仪式。友人B说，如果一个班级因为受罚而不能参加仪式，则由另一个年级的同数字班级参加。所以高二（3）班不能参加，取而代之的就是高一（3）班参加。

他只不过是想多参加一次升旗仪式，看到那面红旗迎风飘扬，看到那段属于自己太爷爷的往事。他只不过是想更了解自己的太爷爷，这是源于对亲人的思念……

我原本是这样想的。

但是这个"动机"依然奇怪。在我想来，他是犯人的话，就不会说出"没有人从楼梯离开"这个证词。

而且他的鞋子上根本没有留下油漆的痕迹，所以他不是高二（3）班黑板报事件的犯人。因此我不得不改变了思路。正如最开始由我发现的高一（3）班"密室"，打破密室的关键在于"前

57

提",前提变了密室就不再存在,那么对于高二(3)班密室来说,有没有可能也有一个可以打破的前提——使得密室不再存在。

我自然而然想到的是,如果犯人是友人B自己,那么他说的已经完成的黑板报就可能是谎言,前提彻底变化,密室便消失了。

友人B为何说谎,我怎么也不能理解。所以我才说:"我不明白动机。"

直到和冯成对话之后,我想通了。

关键点在"油漆"。

有一个本应该违和的地方,基于我的错误认知而变得不违和。而在我把错误的认知扭转为正确后,我便没有在意这个违和感了。现在若从头开始思考,从最正确的出发点思索,油漆就是最令人感到奇怪的地方。

原本我以为他是高一的学生,所以他带着油漆出现在二楼一点都不奇怪。但是现在,我知道他是高二的学生了。那么问题就出现了,首先是油漆的使用——是在三楼,即高二(3)班,油漆的由来,是五楼的教员办公室。也就是说油漆的路径应该只存在于三楼和五楼之间,但是我见到友人B时,他正拿着油漆从二楼前往五楼。他为什么要把油漆带到二楼?

油漆在二楼,说明他可能需要在二楼的某个地方使用油漆。二楼只有一个地方出现了油漆,就是二楼通往三楼的三班楼梯口。这不免让我开始怀疑,那片洒掉的油漆,是不是友人B故意泼上去的。

同样从结果来反推，楼梯出现油漆的结果是，从二楼通往三楼的人，无论如何都必须留下痕迹——要么脚上留下油漆，要么被一班楼梯处的摄像头拍到。但冯成的脚上并没有油漆的痕迹。

如果这恰恰就是友人B想要的呢？

冯成已经向我坦白，他擦掉了黑板报。在脚上不留下痕迹，是因为他的确不需要经过油漆就可以擦掉黑板报——他擦掉的是自己班级，即高一（3）班的黑板报。

而他说"没有人从楼梯下来"，是因为他根本就不在乎被发现，或者说，被发现自己擦掉了黑板报反而更好，他想要的，是惩罚。

这便是我误解的地方。我们毕竟还是高中生，有些东西根本没有办法想得那么坦然，更何况当那些事情真正发生在我们身上的时候。

我本以为冯成通过太爷爷的去世，重新审视了红旗，于是就想再次面对红旗。但这不过是我毫无同理心的妄想而已。实际上，看到红色的他，不是应该更悲伤吗？

他不愿意再去回忆刚刚去世的亲人，他选择逃避。

逃避有错吗？

我作为一个外人，没有权利定夺这件事。

但是冯成，通过擦掉自己班级的黑板报，选择逃避。他想让他们班和他自己一起错过下一次的升旗仪式。哪怕一次都好，他想要逃开。

友人B，看起来对朋友和学校毫无关心的人，偶尔也会说出关心他人的话。他敏锐地发现了我最近开始变得沉默，所以他也会发现冯成的小心思，一点也不奇怪。

他带着油漆来到了二楼，想要用蓝色的油漆为高一（3）班的黑板报简单描边，这样冯成就没办法擦掉黑板报。他看到这些擦不掉的油漆后，说不定会放弃原本的计划。

但是友人B来晚了，他从三楼下到二楼的时候，黑板报已经被擦掉了。

这样下去，高一（3）班一定会被禁止参加下次的升旗仪式。于是他急中生智，回到三楼擦掉了自己刚刚完成的黑板报。升旗仪式一次只有一个年级参加，如果高一（3）班不能参加就由高二（3）班顶上，但是如果两个班级都不能参加呢？或许会由高二（2）班或者一班顶上。但是这种顶替，不论怎么看都是没有道理的，在没有先例的情况下，不论高二（2）班和高二（1）班的人愿不愿意参加，他们或为了争取、或为了规避浪费大课间，都会发起抗议。如果学校能够在惩罚前就洞悉这件事，那么他们很有可能会改变原有的惩罚方式。也就是说，两个班该参加仪式还是参加，但是会从其他方面做出惩罚。

这就是友人B想要做到的唯一破局之招。

友人B擦掉了自己画的黑板报。

擦掉自己的黑板报后，友人B想到，如果冯成谎称不管是高一的黑板报还是高二的黑板报都是他擦掉的，那么只有他一个人受罚，他还是能够逃离仪式。为了避免这种情况发生，他带着油漆来到二楼，把油漆洒在二楼三班的楼梯处。他使三楼高二（3）

班成为一个密室——冯成不能步入的密室。

全部完成后,他在二楼遇见了和冯成在一起的我。

我对冯成说出了所有的推理,在他的自白后,我没有说什么。其实,我原本是想要传达出友人B没有说出来的话。对友人B来说,这个黑板报可能就是留在这个学校最后的纪念了,但是他毅然决然地擦掉,甘愿受罚。

以前,还在上小学的时候,我尝试过写日记。只是陆陆续续地写过几次,最长的日记应该就是那篇"投票事件"。但是很快,我就忘了这么一回事,不再去写日记了。很多年后,看到那些歪歪扭扭的字和拙劣的句子,我哭笑不得,觉得这是黑历史,决不能被别人发现。但是我依旧没有选择撕掉日记,而是把它藏在抽屉的最角落。既然是黑历史,为什么不销毁呢?

我想,作为创作者,哪怕是日记的创作者,对它还是有感情的吧。

就连我这种创作者对自己的作品都有感情,那么友人B肯定也对自己的黑板报有感情。他最终还是没办法割舍那些他想要表达的。所以他拿出油漆,为莲花上色,留下了唯一的慰藉。他愿意带着我去看那被擦拭干净的黑板报,只是为了让我看看那蓝色的莲花,他问我莲花好看吗,是向我暗示——暗示此次事件的真相、暗示他内心的想法。

莲花不是本来就要上颜色的,也不应该上蓝色。他不是喜欢蓝色,也不是想让莲花成为自己喜欢的样子,他原本只是打算用蓝色的油漆给高一（3）班的黑板报描边。高一（3）班被擦掉的黑板报，有着蓝色的粉痕，所以黑板报是以蓝色为主。

  他想要留下莲花，就顺手拿起手边的油漆，蓝色的油漆。

  最后，没有花蕊，没有白粉笔描边的蓝色花瓣应运而生。

  在为莲花上色的那一刻，他想着自己想对冯成说的话。

  他想对冯成说，这次请不要逃避。

  他想对自己说，在泥泞里，也不要放弃。

  可是，为什么不要逃避，为什么不要放弃呢？这些他没有说出来，说不定他自己都没有得出答案。

  蓝莲花的传说，是能够让死去的人复生。

  大概是阴差阳错，并非友人B的有意为之——不要放弃和逃避的理由，正好对应着蓝莲花的花语。

  不再逃避、不言放弃，终究会迎来——新生。

万柳常年青

这一条不长的巷子，出现这么长的一段"空白"未免有些浪费。实际上，这段没有任何店家的"虚无之地"就是"万柳高中"和我的小学"宿周小学"交界的地方，两所学校仅一墙之隔。

而两所学校对面一侧的围墙，则不知道什么时候被描绘上了各种街头涂鸦。很多年后的今天再看，这些作品已经深深地刻在我记忆的某个地方。现在——已经掉色的海绵宝宝、依旧可怖的骷髅头、一条碧绿色的中国巨龙……这些画，依旧在那儿。

依旧在那儿的东西很多，但是有一样已经不在了。

当那个被叫作主任的人面试我时，他提出了一个问题：最大的数字是什么。我想，世界上不存在最大的数字，面前的这个戴着眼镜的，看起来胖胖的人，是不是白痴？不过，我很快就想明白，可能是他想要知道，我所知道的最高数字单位是什么。所以我说："兆。"

他显得有些哭笑不得。面试应该是通过了。

这件事之所以给我留下了深刻印象的原因有两个：一是，我认为这种面试方式非常不合理。我所知道的最高单位是多少，绝对不能证明我这个人的智力是否正常。我只不过是在电视上看到了这个单位，就脱口而出——它既不能证明我知识的深广，也不能证明我逻辑能力的强弱，只能证明，我恰好知道了这些无聊的事情。第二，如果知道一个单位能够证明我的智力水准，那么这么多年来，我的智力可能一丝一毫都没有增长——如果那位主任时至今日还问我，知道的最高单位是什么，我依旧会说："兆。"

三年级时，校长宣布整所学校即将搬去新的校区。但是新校区还没有完全装修好，只能容纳一个年级的学生，所以从这年开始，入学的新生都会在那个新的校区，等老校区的"老人"全都毕业之后，学校将全部转移去新校区。

其实搬校区这件事并非毫无预兆，从最开始我刚刚入学时就感受到了学校在压缩这个校区的招生。我进入学校前的那一届，一共有五个班，我进入学校后，就只有四个班。至于最后一届的学弟学妹们，也就是二年级的学生，虽然在学生的人数上和三年级差不多，但是只分成了三个班。

那时候，偶尔有幻想——那些二年级的学生已经不再会有学弟学妹了，到了最后一年，整个学校只剩下他们一个年级，留在这个空旷的教学楼。他们孤独地享受这个学校，是不是有点残忍。

整个学校有两栋大楼，一栋是校园内部的楼，装修漂亮，地面上铺着坚硬的瓷砖。不过自从二年级升入三年级后，我们便从那个教学楼搬到了另一侧的楼，这栋楼正对着练兵巷。教室的两边都有窗户，从靠近巷边的窗户往下看，就能看见每天从巷子里走过的行人，也算别有一番韵味。只是这有些腐旧的装修，以及水泥地板，都散发着廉价的气息。

四年级是个分水岭，一二三年级被称为低年级，四五六年级则是高年级。老师总是会对学生说，不要去高年级的班级闹事。因为小孩子的生长力很可怕，一年时间，就足够让孩子成长到前一年远不可企及的力量和身高。升入四年级后，老师会说，你们要给低年级的学生们树立榜样啊！

说的好像只要一年，人就会长大一样。

怪谈的传闻，就是在我升入四年级这年开始流传的。那年最低年级的学生也从二年级升到三年级，升入三年级后，就会离开那栋装修漂亮的大楼，来到这个破烂的老楼。

从这年开始，那栋漂亮的大楼，就变成了没有学生的大楼。

某天，寂静的午后，突然从那无人的楼里传来了一阵诡异的歌声。那声音听起来有些奇怪，幽幽的，又有些耳熟，不是一个人的声音，而是合唱。那首歌的旋律悠然，有着古朴的气息。

那里并没有学生，本不应该传来歌声。

"会不会是以前人的幽灵？"第一个提出这个看法的学生是哪个班级的，现在已经无从知晓。但后来，偶尔从那栋教学楼传来歌声时，就不断有学生抱着打趣好奇的心理，说出这样的话来。随后，女生就会嗔怪那些调皮的男生故意吓人，男生则会嘻嘻地笑。

只是，没有任何人知道，那首古朴的曲子来自哪，又诉说着怎么样的故事。

清早，昏暗的教室，人还没有到齐。零零散散地坐着几位早起的同学。刚步入教室，我扫视一眼，发现了目标。夜月坐在靠窗的位置上,半打着哈欠,半把手上那本《安徒生童话》翻了个页。我凑上去打了个招呼:"早上好啊。"

"你好啊。"她平静地说,没有抬眼望我。

"今天你又到得好早啊。"我坐在她前面的座位上,说道。

"因为我家就在旁边啊。"

"是哦……"

我侧身坐在椅子上,侧脸对着她,说:"那个……语文作业写完了吗?"

她无奈地把书本放下。精装版的书壳和木桌因碰撞发出声响。

"又来?"

"嘿嘿……"我不好意思地挠挠头。

夜月叹了一口气,白了我一眼,从桌肚子里拿出一本精美的作业册:"为什么总是不写语文作业呢?要早上来抄的话,数学英语都是数字字母,不是更快吗?"

"阅读理解啊……字太多了,看起来太累了,眼睛都瞅吧瞅吧,快瞅坏了!我这是保护自己的眼睛,要是年纪轻轻就近视了,就太可惜了。身体发肤,受之父母。爱护眼睛,说明我是一个好孩子。"

"真贫。"她把作业本往回缩了缩。

"好吧好吧,我错了。再不给我就来不及了,拜托了!"

"好吧。"

我拿过作业本,开始进行现代汉语的拓印工作。

正奋笔疾书中,后背感受到了书脊的触感,我懒得回头,只是坐直了身子，侧耳朵问："怎么了？"

"阿礼，我问你，昨天数学最后一题，你算出来是多少？"

"啊……嗯……"我回想了一会儿，说："五分之二十四吧。"

"怎么有这么奇怪的答案！"她大惊失色。

"还好吧……"我停下笔，看见自己手下本来准备抄写的"生动形象表现出"写成了"五分之二十四表现出"，叹了一口气，用橡皮擦掉了写错的字，然后回过头说，"最后一题不是很难，就是计算过程有点繁琐。"

她的眼神显得有些失落，没精神地把书拿了起来，继续阅读。然后打了个哈欠，擦了擦眼角因哈欠产生的泪水。我也跟着打了个哈欠，问了两句"怎么了"，见她不搭茬，便无奈地转过头来，继续拓印。

窗外的朝阳斜照入教室的窗户，照射在我的作业本上。眼睛因为早起有点酸涩，光芒显得有些刺眼，我把作业本往没有阳光的地方移了移。快要抄完了，从走廊突然传来爽朗的笑声，欧阳同学大步跨入教室，大声地说："最新情报！昨天数学卷子改出来了！"

"啊！"

"哦。"

"啊？"

"真的吗？"

"不会吧！"

教室里传来此起彼伏的声音，肯定是几家欢喜几家愁了。

我继续埋头抄写。

"真的!但是数学老师好像打算放学后再评讲。"欧阳同学向我们转述着这些没什么用的情报。

我继续埋头抄写。

"什么啊!"

"怎么老是这样!"

"为什么老是拖堂!我已经好久没有准时放学了!"

又是此起彼伏的声音。

我的额头渗出了密密的汗珠,最后一题夜月写得实在是太长了,我感觉这一题她写了一篇小作文。我本打算无脑地抄,但是这样下去肯定抄不完,于是我通读了一遍,然后把作业还给夜月,打算按照刚刚的印象简述一遍。这样不但答案不会重合,还压缩了篇幅,一举两得。

"而且!在数学老师评讲完试卷后,班主任还是要来上自习课!"

我继续埋头苦写。

这次没有叫苦声了,全班都沉默了。

不是他们都绝望到无法从喉咙发出痛苦的号叫。而是,班主任此时已经站在了欧阳同学的背后。在笑靥如花的他身后,是那个皮笑肉不笑的恐怖班主任,正亲切地看着欧阳同学。

欧阳看见众人突然无声,挂着笑容的脸逐渐阴沉下来,像卡顿的齿轮一样转动着头,看见了班主任后发抖地说:"老师……老师好。"

此时我已经停下了笔。

"这么有活力啊,欧阳。"

"没有,没有。"他缩着身子回到了我右侧的座位上。

"一会儿抽查你背书啊。"抛下这句话的班主任离开了教室。绝望的欧阳同学翻开书本,磕磕巴巴地读起了课文。从他连读都读不通顺的样子看来,别说背了,这篇文章他读都没读过一次。

"救命啊……阿礼!"

"怎么救?"

"到时候我背不出,记得提醒我。"

"救不了,"我冷漠地说,"你完了。"我还不忘补上一句。

"怎么能这样呢!"

"不是我见死不救,而是我爱莫能助啊!你一看就是连读都没读过,到时候你站起来背了,每背一句我都要提醒你一句……这根本就不是提醒啊,是你按照我说的句子复述!你是当班主任耳朵聋眼睛瞎吗?一两句还行,通篇提醒,不可能的。"

他没有按照我想象的那样,绝望地抱头痛哭,而是摸了摸下巴说道:"你说得很有道理。"然后从包里拿出一个本子,开始抄写课文。

"你是打算打小抄然后贴在前面同学的后背上吗?"

"不,不是的,"他露出了自信的微笑,"你就等着看吧。"

"哦,根本不用等,我已经猜到了。你是认为自己肯定背不出来,到时候班主任罚你抄课文。所以你现在就开始抄,这样可以早点完成。"

他吃惊地看着我:"这么残酷的点子你也想得出来?"

"不是吗?"

"这叫未雨绸缪,"说完他从本子上撕下一张纸,递给我说,"帮我抄一份怎么样?"

"不要,你字太丑,会被发现的。"

"不会的,字丑的人写漂亮字写不出来,但是字漂亮的人,写丑字一定是可以写出来的!"

"什么歪理?我字也不是很好看,只是比你的丑字好多了。"

"帮帮忙吧!不白抄。"

"给钱?"我轻蔑地说。

"比钱有趣,"他露出了看似狡诈的笑容,"你知道这个巷子里流传的一首童谣吗?"

"不知道。"

"如果你帮我抄,我就把这首童谣告诉你。"

"我知道那玩意干吗?"

"话不能这么说,这是我调查走访多年而得出的民俗学童谣,是可以作为学术论文引用的现成材料。"

"可我不会去写什么民俗学的学术论文。老实说,我连四百字的作文都写不出来。"

"总之……真的很有用!"他双手合十,一副拜托的样子。看着他可怜巴巴的样子,好歹是朋友一场,我接过纸说道:"请我吃辣条。"

"必须的!"他爽朗地笑了笑。

欧阳告诉我，这两段是早年间在这片区域内流传的童谣。随着时代的变迁，几近失传。上个学期暑假作业的自由研究课题，他选择的是"童谣"，所以一整个夏天，他都在搜索素材。有名的没名的童谣他都一一记录。这首童谣是他在这条巷子漫步的时候，听到一名在路边把长皮筋固定在两个石墩子上跳皮筋的小女孩唱出来的词。

井有龙

龙卧井

不绝之水滢

万柳常年青

柳下女

玉人憔

目清声若莺

沐遍几家田

女孩扎着双马尾，脸上灰扑扑的，穿着一身红色的碎花裙、到小腿肚子的白袜子、一双锃亮的小皮鞋。欧阳亲切地上去询问她唱的是什么曲，那女孩像看到可疑的人一样躲到了树后，半探出身子望着欧阳。欧阳表示自己并没有恶意，只是希望能够了解她唱的曲子。僵持之下，欧阳选择妥协，买了个糖果递给女孩。

显然，女孩的家教良好，深知不能接受陌生人的食物。

欧阳选择打持久战。此后一周，他都假装是附近的人路过小巷，时不时地能见到女孩，然后看着女孩每天自己和自己玩着游戏。他好奇，难道这个女孩没有朋友吗。听着女孩的唱词，他记录下了第一版童谣。之所以是第一版，是因为听录的效果很差，欧阳的语文成绩也不好，有些词语他想不到，于是只能用拼音代替。

终于有一次，女孩看到欧阳总是在写着什么，产生了兴趣，主动靠上前来。

"这是什么呀？"女孩指着欧阳手里的本子说。

"这是你唱的歌呀，我觉得很好听，就想把词记录下来。"

"哦。"女孩不知道该回复什么。

"你怎么一个人在这里玩啊？你没有朋友吗？"

"我不在这上学，家也不在这，所以这里我没有朋友。"

"那你怎么天天来这里？"欧阳疑惑地问道。

"因为奶奶带我来的。"

"奶奶带你来做什么呢？"

"爸爸妈妈都要上班，只有奶奶带我玩。但是奶奶也有自己的事，要出门。奶奶不放心把我一个人放在家，就带我一起出来。"

"你一个人在外面不危险吗？"

女孩摇摇头："奶奶和这个书店的叔叔是朋友，书店的叔叔照顾我。"

欧阳看向书店，是在我们小巷非常有名的"时代书店"，闻名的原因不仅它负责售卖从小学到高中的各类教辅，更是书店的内部，有着一些小众的古籍翻印和各种社刊私印本。所以，偶尔也会有旁边大学的学生来这里查阅资料。

闲谈之下，两人渐渐成为朋友，女孩帮助欧阳完成了童谣的记录。欧阳问她，这首曲子是从哪儿听来的，女孩说，是奶奶教她的。回去后，欧阳在网络上检索了这首童谣，没有任何结果。他问了自己的爷爷奶奶，也没有得到更多的资料。

这首童谣只是万千失传的童谣中的一首，在暑假作业完成之后，他也就忘记了这茬。

我把欧阳塞给我的这张纸小心翼翼地折叠好放进口袋。下午的课间休息，欧阳把刚刚抄好的文章（其中有一半是我抄的），交了上去，满脸欢喜地从办公室回来。他跳步到我的身边，趴在桌子上问道："怎么样，看出来什么了吗？"

"什么？"

"这个童谣啊。"

"我有点不解，暑假记下来的童谣，你今天才当作小秘密分享给我？"

他笑了笑，说："一会儿你就知道了。对了，我写给你的那张纸呢？"

"收起来了。"

"快拿出来。"

"干吗？"

"别管，"他神秘兮兮地说，"快拿出来就是。"

我懒得和他计较,从口袋里把刚刚折好的纸拿了出来,还没打开,就被不知道什么时候起猫在身后的胖龙同学夺走。胖龙同学是我们班的孩子王,身强力壮,喜欢打听别人的小秘密然后散播,并用以嘲笑别人。除了总是和他在一起的那些个小喽啰,大概没有人愿意和他做朋友。

"哎哟!又是小秘密哎!"他一副讨人厌的模样,脸上胖嘟嘟的,把眼睛都快挤没了。

"你干什么?还给我啊!"欧阳跳起身子要抢,却被胖龙一把推到一边。胖龙同学讪笑着:"这精美的小纸条,不会是你写给别人的情书吧?"他一阵嘲讽,引得他的小手下发出令人厌恶的笑声。

班级里的人都对此漠然,他们早就习惯,也懒得反抗。欧阳面红耳赤,握紧了拳头。我看到这个样子,有点烦躁,正准备站起身教训教训胖龙,身后的夜月却先我一步站起来,说道:"你把这个还给他吧,这不是什么秘密。"

"不是秘密干吗那么紧张?而且,关你什么事啊?"胖龙向前一步,把夜月吓得直接坐了下来,"你怎么紧张了?啊,我知道了,这不会是写给你的情书吧!"

夜月的脸色并没有发生什么特别的变化,叹了一口气继续翻开自己的书。眼看戏弄不了夜月,自讨没趣的胖龙又扯着嗓子说了些难听的话。我压住欧阳的肩膀,让他不要冲动,他慢慢平静了下来。

接着,胖龙大声地说:"让我看看都写了些什么见不得人的玩意儿——"他打开纸，像是朗读一样的声音回荡在教室，"井有龙，龙卧井，不绝之水……之水……这啥字，万柳常年青。柳下女，玉人……憔，目清声若……若鸟……沐……遍儿家田。"读完，他还不忘加上一句"什么破玩意儿"，然后失落地把纸丢到了我的桌上，回到了自己的位子上。

这个瞬间，全班好像都松了一口气。

欧阳把那张纸条拿了起来，递给我，说："确实不是什么见不得人的东西。"

"所以为什么会是秘密呢？"

"这个啊，也是我最近才想起来的……"他正准备好好向我解释，班级门口突然传来了某个同学的声音，他刚从办公室回来："欧阳，班主任请你喝茶。"

欧阳疑惑地说："我？叫我去干吗？罚抄我都交了啊。"

那个同学不怀好意地笑了笑说："你死定了，班主任说你弄虚作假！"

欧阳和我先是恍然大悟，然后彼此对视了一眼。在我的眼神里写着"你不会要把我出卖了吧"，而欧阳的眼神里写着"生死由天"。

欧阳从班级门口离去的背影，很是寂寥。我的内心，很是焦灼。

我急躁地坐在椅子上，教室里很吵闹。看着还能安静坐在椅子上，一言不发默默读书的夜月，我觉得有些不可思议。就像在满是沙土的荒漠里，见到了一只白鹤，亭亭而立，与尘世无染。

突然，安静的瞬间到来，全班同学莫名地停嘴，沉寂了半秒。像是等待这个瞬间一样，温柔的曲子，娓娓而来。

从对面的教学楼传来了歌声。又是那个古朴的旋律，缓慢的声音。平时总是听不出歌词唱了什么，只是觉得曲子如何美妙。但今天，我却奇迹般地听懂了——不只是我，我回头看向夜月，她本落在书页上的双眼慢慢抬了起来，疑惑又有些惊讶地看着我，她也听懂了。

所有人都听懂了。

胖龙率先拍案而起，大声说道："我就知道那小子有问题！"

班上的同学面面相觑。

乘着那首曲子飘来的词，幽幽地进入了每个人的耳朵，每个人的脑子里。

  井有龙
  龙卧井
  不绝之水滢
  万柳常年青

  柳下女
  玉人憔
  目清声若莺
  沐遍几家田

从那首歌开始，班级的氛围就变了。小团体各自聚集，肆意地讨论欧阳和学校怪谈的关系。有人怀疑他就是怪谈的始作俑者，有人怀疑他散播了谣言。欧阳从办公室回来后，垂头丧气，我没有被班主任传唤，看来他并没有出卖我。

他趴在桌子上，脸埋在手臂中。胖龙见状，走到他旁边戏弄他，在他的身边说了些难听的话，全班都听到了，大家更加议论纷纷，对欧阳指指点点。

欧阳没有说什么。

放学前，数学卷子发了下来。夜月先拿到卷子，看了眼分数，显得有些开心，她把卷子翻到反面，拍了下我的肩膀，然后有些炫耀似的把她的答案给我看，最后一题她算的结果是5，是正确答案。她这张卷子考了91分，一个不错的成绩，最近的她总是为数学发愁，报了一些补习班，看起来补习的效果不错。

我的卷子也发了下来，最后一题算错了。前面的所有过程全都正确，但是导出结论的那一刻我漏写了一个项。如果没有漏掉，我的结果应该是五分之二十五，也就是5，这道题因为答案写错而扣了一分。

"怎么样，你算错了吧。"她说。

"是啊，可惜了。"

"你几分？"

"和你差不多，九十来分。"

夕阳透过窗子照在她的脸上，她露齿一笑，有些可爱。

"下次加油吧。"她笑着说。

数学老师三下五除二简单评讲了试卷，正要下课，班主任走了进来。她看了看手表，对学生们说，自习。

从这个学期开始，班主任不知道脑子抽了什么风，放学不让学生放学，老让大家自己自习写作业，过了五点半她才开始根据每个人的表现，一个一个点名，被点到名字的人才可以放学。不过剩到最后十个人的时候，她就会让那十个人一起放学。从结果上来看，等于是那十个人专门被留下来补习了。

夜月最先被点到，她收拾书包后离开了教室。

我一如既往到最后才走。

和欧阳走在放学后的小巷子，我们朝着万柳高中的方向移动，我有些不知道怎么开口，一直沉默着。

欧阳先开了口："唉，本来是打算让你分析分析的。"

"童谣吗。"

"是啊，我最近才发现从对面楼里传出来的曲词是我之前记录下的这个童谣，所以……"

"这样啊，"我对这个话题不是很感兴趣，"你那个，罚抄的事怎么样了。"

他苦笑着摇了摇头："还能怎么样啊，明天叫家长呗。"

"真惨。"

"你应该感谢我啊，没把你供出来。"

"要不是我帮你，你还完不成罚抄呢，要感谢也是你要感谢我。"

"开什么玩笑，还不是怪你不愿意提醒我。"

"是你自己不背书，怎么还能怪我？"

"扯吧，昨晚我问你作业是什么你也没告诉我要背书啊！"

"什么啊？那不还是你自己不记作业的问题？"

"错的人是你好吧？"欧阳说。

"我错啥了？"

"我不记作业和你谎报军情是两码事！"

"要说错误的源头，就是你自己选择的座位，你自己选择坐在这个位置，我的旁边，和我成为了朋友，所以你才会找我问作业！"我有些无理取闹地说。

"那你就错在你上了这所学校，害了我！"

"那你就错在你生在这个城市！"

"那你就错在你出生了！"

"那你就……"

骂战愈演愈烈，身后突然传来一个声音："你俩这什么吵架方式，小学生吗……"我们回头望去，是夜月。

"是啊！就是小学生！"我指着欧阳和他异口同声，然后对视了一眼，笑出了声。夜月无奈地叹了口气，把我们的手握到了一起，说："那你们和好吧！"

我甩开他们的手，有些不满地说："又不是决裂了和什么好，女人就是事多。"

"就是。"欧阳也缩回手，挠了挠手指，把脸撇向一边。

我问夜月："你不是都放学了吗，还在这儿干吗？"

"刚刚我爸让我出来给他买个蛋饼。"她指了指巷口的蛋饼摊。

夜月说完就排到了那些高中生的身后，准备购买蛋饼。走到巷口，夜月停下脚步购买蛋饼，而我和欧阳家顺路，因此就出了巷子，继续结伴而行。

途中，我突然说："哎呀，我忘记带作业了。"

"那我们一起回去拿一下吧。"他贴心地建议道。

"不用不用，我自己去就行了，你先走吧。"

他狐疑地看了一眼我，说："那好吧。"

回过头，往巷子走，刚到巷口就看见夜月买好了蛋饼准备回去。我追上前去，从后面拍了拍她的肩膀，她回过头，看到我后有些惊讶，说："你不是走了吗？"

"这不又回来了吗？"

她迈开步子，我小跑着到她的旁边，肩并肩从巷口往里走。

"回来干吗？"她无所谓似的问道。

"我说我回学校拿作业你信吗？"

"不信。"

"其实……"我看向她，"其实我是来找你的。"

"找我干吗？"她说。

"我想把欧阳得到那个童谣的故事告诉你。"

"为什么要和我说？"

"听了你就知道了。"我把欧阳告诉我的故事，添油加醋了一番告诉了夜月，夜月食指抵着下巴，若有所思地说道："你是来找我爸的？"

夜月的父亲，在练兵巷开了一家书店，这家书店的名字是

"时代书店"。这个事情虽然不是什么秘密，但应该也就我知道。欧阳的故事中，那个负责照顾小女孩的叔叔，应该就是夜月的父亲。

"你这么一说，暑假的时候确实有一个小女孩在书店待过，我还问我爸爸。他当时告诉我是朋友的孩子，让他照看一下。"

我们走到了时代书店门口，夜月在门口招呼了一下，蓄着满脸胡子的大叔就走了出来，他看到我，和蔼地摸了摸我的头，说："阿礼，你要的漫画到了。"

"好的……能先帮我留一本吗，我后天才发零用钱。"

他的眼睛笑成一条缝，说没问题。接着他对夜月说："帮我看一下店，我出门有个事。"夜月点点头，他带着蛋饼匆忙地往巷尾走。

我们一起进了书店，夜月刚一坐下，就问我："刚刚你怎么不问他？"

"他不是有事吗，就不打扰了。问了也应该得不出什么结果，因为重点不是那个小女孩和那个老人——关于她们两个我心里已经有数了，不是什么关键的角色。我来找你可不只是为了问你爸，我说了，我是来找你的。"

"我？"她指着自己，双颊微微泛红，满脸疑惑。

"是啊，我想问你，你知道这个童谣吗？"

"以前从来没听讲过。为什么问我啊？"

我找了个舒适的位子，随意坐了下来，继续说："的确，因为这个童谣应该有些年头了。但是从童谣的内容看，应该和这片区域有关。你看其中不是有'万柳'常年青这样的句子吗,一看就是和这片叫做万柳井的区域有关。"

"原来如此。"

"你不是一直住在这里吗,你就没有听过什么吗,关于万柳井的小故事之类的?"

她眉头紧皱:"嗯……好像,没有。但是以前有一个隔壁的大学生来找过我爸,说要研究地区历史……我想如果要研究这个地区的历史,应该也会研究到'万柳井'的由来吧。"

我向前倾着身子,兴奋地问:"那你记得他借阅过哪些资料吗?"

"这……我哪记得,都说了这些事你应该问我爸,万柳井的由来说不定他知道。"

"我不是说了吗,这次我是来找你的。本来啊……"我把身子又缩回椅子上,"我是打算让你潜入这个书店,趁着你爸不注意查查文献的……"

"胡闹!"她露出愠色,"我爸从来不让小孩子碰那些贵重物品。"

她说的贵重物品是指那些有年头的书。

"所以不就只能靠你了吗,本来打算让你偷偷弄,但是现在,你爸有事。这会儿,正是好机会啊。"我搓了搓双手,狡诈地笑着。

夜月一脸嫌弃地看着我:"我为什么要帮你?"

"因为你也看不下去吧,如果这事放着不管,欧阳会继续遭受大家的冷眼。"

"我觉得这种事情应该不会让他受欺负吧。"

"真的吗?"我反问。

夜月撇撇嘴,没有回答。

"理由不过只是理由而已,只是个由头。难道你觉得所谓的校园暴力真的是因为什么具体的事情引发的吗?不是的,只是有一种叫做群体的东西。群体在班级里是以各种小圈子的形式存在。小圈子排斥外来,而圈子形成后又会形成对立,对立是促进圈子紧密的良好催化剂,却对外不利。但是如果没有'对立'的理由呢?那么圈子内部恐怕就会有人制造对立了,树立一个敌人,树立一个攻击的对象——这个对象是谁无所谓,为什么对立也无所谓。人啊,就是靠着对立和圈子才一直发展至今的。"

"你倒是会说,这都从哪听的。"

我不好意思地摸摸头:"这都是以前从书上看的。"

"你看这么深奥的书?"

其实这是我的邻居溪溪姐告诉我的,她是一名大学生,也是一个大美女。

她动摇了,抱胸来回踱步了一会儿,摸了摸下巴,皱着眉头思考。我没有打扰她,随便翻开了一本已经被拆开的漫画,看了起来。过了好一会儿,外面的夕阳都快沉没了,她才说道:"我大概能想起来那个大学生借了哪几本,大概在……在这儿!"她指向一面满是书的架子。

"这也太多了吧,我们一起找吧。"我提议。

她摇头:"不,你找的话肯定会弄得乱七八糟,会被发现的。"说完她自己就登上了木制的小阶梯,在书架的最上面指着书的书脊,一本接着一本查看。我又百无聊赖地翻看着我的漫画。

收银台上,有一个插磁带的小音箱。书店太过安静,也没有客人。我按下播放键,是一首轻松愉快的流行歌曲。夜月低头看了我一眼,我还以微笑,她没有说什么,继续回头寻找。很快,她就抱了几本书下来,开始翻阅。

太过无聊,我说起了闲话:"你经常帮你爸看店吗?"

"嗯……也不是,很偶尔,一般都是放假。"

"怪不得没有同学见过你看店。"

"看见了也没什么。"

"是啊……"我看着她的侧脸,她把垂下的头发撩到耳后,认真地读着资料。

我看到桌面上摆放着一个日历,突然问道:"你生日哪天?"

她突然抬起头,"干吗?"

"问问。"

"好突然……早就过了。"

"哦……我就问问……"

"七月七日。"

"真的假的?"我瞪大了眼睛。

"真的,怎么了?"

"我也是七月七日。"

她笑了笑,说:"听说每五十个人里出现生日相同的人的概率是百分之九十七呢。"

"这也太巧了，那我得送你个生日礼物。"

"都过去好几个月了。"

"就当是补偿吧。"

"别贫了，"她把资料合上，"你把音乐关了，别说话了，太影响我阅读了。"

"抱歉……"我关上音乐，乖乖闭嘴。

半晌，她把书全部合上，然后说："查到了，万柳井这个名字的由来。"

"是什么？"

她清了清嗓子，说："首先是这本《庐城地名录》里记载，唐朝的藩王吴王曾经在城内有一个府邸。吴王的名字也出现在这本《新五代史》以及《十国春秋》之中。都是文言文，我看不太懂，只能明白个大概，他本是农民起义军的一分子，后来被唐军俘虏。最后在唐军中立下战功，被唐昭宗封为吴王。书中说他'宽仁雅信'，在他的管理下，这片地区一片繁荣。

"《庐城地名录》还有记载，吴王女儿被称为'万柳公主'，住在城内的府邸中。府邸中有一口井，公主就常年坐在井旁梳妆打扮。这应该就是'万柳井'的由来。最后，在这本《庐城志异》的虚构小说中，也有记载万柳公主的故事，因为是小说，所以不太能采信，但是也告诉你作为参考。故事里万柳公主府邸的井从来不会枯竭。百姓都好奇这口井为什么这般神奇，春夏秋冬都可以供水。于是，某天一个百姓潜入万柳府邸，终于看见了那口井。

那人伸头望向这口井,却发现根本看不见水。原来,是水过于清澈,完全透明了。正当那人打算把这个消息告诉其他人的时候,突然从井里蹦出一条龙。龙警告这人不要把井的事宣扬出去。那人落荒而逃,很快就发了疯。众人问他究竟看见了什么,他只能模模糊糊地说出龙啊,清不可见之类的话。在当年的年三十,这个人就神秘失踪了,也不再有人敢去窥见万柳家的井了。"

"原来还有这么一段故事……我懂了……"我若有所思地点头。

"还有,在《地名录》的最后,还记载了那首童谣——而且不止那两段,后面还有……"她正要翻页把后面的段落给看我,就听见店外传来急促的脚步声。月夜慌忙把书合上,登上梯子,说道:"你去拖住我爸,我把书放回去。"

我点头,跑到店门口。夜月父亲见了我,语气自然地说:"阿礼,之前你要的漫画到了,现在要买吗?"

"你刚刚和我说过了啊,帮我留着吧,发了零花钱再来买。"

"是吗?"他挠了挠头,"记忆力不太行了。哎,那你来干吗的?"

"啊,嗯,和夜月讨论语文阅读理解的一些问题……"

"哎,那丫头就只有这一个优点了,你可得多帮帮她补习数学啊。"

"叔叔说笑了,刚刚考的数学,夜月考得很好,九十多呢。"

"真的吗?"夜月父亲露出了笑容,"太好了!"

身后传来夜月从梯子跳到地上的声音,我的任务应该是完成了。夜月父亲有些怀疑地问:"什么声音?"

"啊……没什么。哦对了,叔叔……"我深吸一口气,言简意赅地把我的推测告诉了叔叔,叔叔挠了挠头说:"没想到你都知道了……其实我也搞不懂学校为什么会隐瞒。"

我笑着向他道了谢,转身告别,走上回家的路。

一路上,脑海中的故事渐渐拼凑完整。

今天来得比平时晚一点,班级的氛围从昨天开始就变得沉闷。欧阳坐在自己的位子上,手托着下巴看着窗外,眼神有些迷离。身边的其他同学没有刻意指点,但是他们有意回避的视线却让人更看不下眼。我用鼻子长吸一口气,看了一眼教室后面的时钟,离上课还有十五分钟。

长出一口气,我走上讲台。

"同学们,我知道了对面大楼歌声的真相。"

没有预想中的热烈讨论,但是窸窸窣窣的声音渐渐从讲台下传了出来。

第一个跳起来的是欧阳,他吃惊地看着我:"真的吗?阿礼!"

"真的,多亏了你在暑假时候偶然间听到的童谣。"我想先解开欧阳身上的误解。

欧阳不好意思地挠挠头。

胖龙也站了起来:"你胡说,我看你俩是串通好的!那栋楼的怪谈肯定就是你们散播的。"

"既然你这么认为,那我问你两个问题,一,我们是怎么做到人坐在教室,而让对面大楼传来歌声。二,我们为什么要这么做?"

"我……我怎么知道?这肯定是你们用了某种诡计!"

"既然你什么都不知道,就通过一个童谣的纸条信口开河,这无疑是赤裸裸的诽谤。如果你再在举不出任何证据的情况下乱说,我就要……"我讨厌我接下来要说出的话,但是对待这种人只能用这种方法,"就要和班主任说了。你认为她会认同你毫无根据的观点吗?"

胖龙咂了下嘴,坐了下去:"那你就能给出合理的解释吗?"

随着我们的争吵,其他同学的情绪逐渐被调动起来,他们的讨论声音越来越大,我大声地说:"大家安静一下,听我说。我可以给一个合理的解释。"

我环顾四周,虽然小声的嘀咕还在,但是大部分人已经把视线转移到了我的身上,最后,我看向夜月,和她的视线相交,我小心地收回视线。

"你们知道,这片区域为什么叫万柳井吗?是因为唐朝吴王的女儿,万柳公主在这里有一个府邸,居住于此。而她府邸中就有一口井,传说冬暖夏凉清澈透明,从不枯竭。因此这里就被称为万柳井。而从对面大楼飘来的歌词,就是在传唱万柳公主的事情。"

"哼,"胖龙嗤笑,"胡说八道,我看是你胡编乱造的吧。"

"不,这确实记载在史书《庐城地名录》里,同时《新五代史》和《十国春秋》也有记录吴王的事迹,所以可信度较高。"夜月起身反驳,讲完回看我一眼,我微笑着点点头。

"啊!我爷爷好像说过这个故事!"

"之前在网上看到了这样的介绍……"

"上次看导游经过这里也讲过这个故事……"

这样的声音此起彼伏,我不自觉地嘴角上扬,舔了舔嘴唇,看到胖龙无计可施地别过脸,觉得有些愉快。

"没错,同时在史书……《庐城志异》中……"我停顿了一下,发现夜月正皱着眉头。肯定是我把《庐城志异》叫作史书让她不愉快了,但是这无所谓,小学生根本就不懂这个,说是史书更容易被相信。

我把万柳井的传说讲了出来。

议论的声音夹杂着倒吸一口凉气的声音。

"'井有龙,龙卧井,不绝之水滢,万柳常年青。'这前半段,就是写万柳井的清澈不绝,龙的描写也符合书中记载的那个故事。但是非常奇怪,为什么井里会有'龙'呢。在传说里,龙总是掌控天气,居住在水中——就算是这样,井那么狭小的地方,足够栖息龙吗?显然不够,龙必然在宽阔的水域,由此可以大胆做出猜想,井水所连接的,就是一大片水域。

"而第二句'柳下女,玉人憔,目清声若莺,沐遍几家田。'正是佐证,前六个字毋庸置疑是写万柳公主,但其中的'憔'和'目清'不会太过跳跃吗?前面还写公主显得憔悴,后面就写她的眼睛清澈,根本说不通。我想,这应该是传唱中出现的谬误。因为童谣大多是通过唱的方式传递,所以难免出现传唱过程中出现错字的现象。这里的'憔'大概不是憔悴的'憔',而是瞧望的'瞧',这样整个句子就通了。万柳公主往井里瞧望,她眉目清秀。

"万柳公主到底在往井里看什么?不论是龙还是其他的什么东西,她直接看到的是什么?是水。仅仅只是水的话,有什么好看的。有一种猜想认为,是她在对着井里水的倒影梳妆打扮。这是最合理的解释,只是存在一些疑点,不管是童谣还是传说中,都写到井水清澈。在《庐城志异》里,那个闯入万柳府邸的人,看到井的时候误以为什么都没看到。井水说不定真的很清澈,但不会没有倒影,越是清澈应该越能倒影,但是闯入者却误以为,什么都没有——难道不是因为,井里本来就什么都没有吗?没错,井里一滴水都没有。

"万柳公主往里瞧,是因为她突然发现自己的井枯竭了。这个世界上本来就不存在不会枯竭的井,万柳公主以井为傲,为了颜面,她不允许自己府邸的井枯竭。为了隐瞒这件事,她吩咐下人定期给城里讨水的人送水,逐渐造就了井水不会枯竭的传说,实际上她根本就不是从井里取水,而是用其他地方的水糊弄人的。所以看到没有水的闯入者,其实是被万柳公主训诫,让他不准传出去。装作半疯的闯入者最终还是说漏了嘴,把传说流传了下来。很快他就被万柳公主肃清了。

"这些猜想同样不是信口开河,看后半句就能明白。'目清声若莺,沐遍几家田。'万柳公主的歌声传遍了全城不足为奇,但是传到田里就有点夸张了。正是因为井里没有水,所以空旷的井成了天然的传声工具,才让她的声音传遍了田野——井所连接的远方。

"说到这里，我想大家应该都已经明白隔壁大楼的声音从何而来。声音的源头根本就不是大楼，而是更远的地方。万柳公主的万柳井虽然早就找不到了，但结合这些故事可以合理猜想，那口井就在这所学校里，就在对面的大楼附近。井所连接的地方，应该是旁边那所大学的音乐系大楼。大学音乐系开展童谣的合唱会，声音通过万柳井传递到我们学校，这就是真相。"

撕开带来的面包，这是今天中午的午饭，烤过的美乃滋风味很奇怪，吃到嘴里有一种异样的美味，香肠的芳香弥漫在嘴里，我满意地品味着。欧阳兴高采烈地到我身边拍了我一下，说道："有你的啊，这都能给查出来。"

我吞下嚼了两口的面包说："小事儿。"

"哎哟，看把你能的。"他反手一掌打在我的肩膀上。

"你要想谢我，就请我吃两个韭菜饼吧。"

"两个买不起，就一个吧。"

我叹息一声，说了句"这么抠"，打算和他再吵两句，他却继续自顾自地说："就这么说定了，一个饼。班主任又找我，真烦，为我祈福平安归来吧。"

"直接死办公室吧！"

"真过分。"他又往办公室去了。

我摇摇头，继续啃面包。刚刚吃完面包，身后的夜月拍了拍我的肩膀，说："以前你可从来不会这样强出头，还站在讲台上像演讲一样。"

我回过头，自豪地笑道："怎么样，是不是很帅？"

"有点笨笨的，还说什么《庐城志异》是史书。"

"……这都是为了让我所说的话更有可信度。"

"你说的都是骗人的吧，什么井里没水……我从来没听说过。"

"这不是胡说，是有依据的推理。"我反驳。

"但是细想的话，有一个地方我很在意。按照你所说，万柳公主刻意隐瞒了井里没有水的事实，她为什么要这样做呢？"夜月拿着笔在桌子上随意敲了敲。

"因为，井里有龙。"

"又乱说，龙都是传说。哎对了，昨天有事没给你说完，就是那个童谣其实并不是只有这两段，后面还有一些。"

"哦。"我显出不感兴趣的样子。

"我记得好像是，'赤枫红，青叶零，人走水茶凉，宅空了无色'。然后还有一句……"

"这些都是无所谓的事情。"我摆了摆手。

"才不是，再说你也无法解释为什么万柳公主会那么不想让大家知道井里没水呢？"

"我能解释，只是我觉得这些事在讲台上说不太好。"我回过头，双手插在脑后，靠着椅子背。

"那说给我听听。"

"我不是告诉你了吗，井里有龙。"

她撇了撇嘴，稍微大力地拍了一下我的手臂，生疼。我又一次回过头，叹着气说："你听我说完啊。其实前面的推理都一样，关键在于那句'玉人瞧'，万柳公主在看什么。在讲台上其实这部分我是略过的，不过细想，一个女人天天对着一口井梳妆打扮，除了看井中自己的倒影外，应该找不出更合理的解释了。但是现在，在我的推论下，井里没有水，万柳公主依然在井口梳妆，甚至还往里瞧。她大概是在盼望着什么东西会从井里出来吧。"

"她在盼望什么？"

"所以说，这部分在讲台上告诉小学生就很奇怪。又是打扮又是盼望，井又没水——没水的井可以通往任意的某个地方，作为出入口。这样的话，井就会作为密道，她盼望从这个密道里来的人。当然，应该是个男人。万柳公主在和某个男人密会。她为了隐瞒这件事，才隐瞒了井中无水。"

夜月更加不解地眨巴眨巴眼："为什么要密会呢？"

"你这个问题问得太好了……我都不知道该怎么回答，不过确实是问到点子上了。封建时代包办婚姻比较多，万柳公主的父亲吴王肯定也对女儿的婚事有很大的话语权。不过就算是这样，也没必要这样麻烦，天天从井里跑来跑去幽会，有什么想法光明正大和父亲提就是。她没能说出口，说明这个人肯定和她门不当户不对。"

"但这样的话，所有的平头老百姓都配不上万柳公主，来访者的身份就无迹可寻了。好在，歌词从一开始就已经把答案写在了面前。"

"什么答案？"

"所以我也一开始就告诉你了,井中的是龙。"

"龙……"

"那个闯入万柳府邸的人,很快就消失了。就算是吴王,也不能无缘无故地让一个人消失,更何况女儿万柳公主是偷摸行事,应该还不能动用吴王的所有权力。另外,在故事里写道,警告闯入者的是井中的龙,而不是万柳公主。也就是说,万柳幽会的对象,不是平头老百姓,而是具有能够随意警告他人,甚至是让某个人从人间蒸发的能力。"

"那条龙究竟是?"

"古代会被叫作龙的人,只有一个……"

"啊!你是说!"

"没错,不过这些都是猜想。"我摆摆手打断她的话,迅速坐回去。

夜月在我耳后说:"刚刚你还自信地说什么推理呢,现在又说是猜想,怎么那么快就怕了?"

"前面的确是有依据的推理成分多一点,而且是骗小学生的,说错了也没什么,但是后面和你说的,只能被称为猜想。没什么史料能够证明这件事,历史又不是儿戏,要不是你非逼着我说,我才不会把没有依据和佐证的猜测拿出来说事。你要是以为考古这么简单的话,那真是看不起那些历史学家。人家苦苦耕耘多年,从各方史料中洞察蛛丝马迹,比我这个半坛醋……哦不,比我这个一毫升醋厉害不知道几十亿倍。"

她无趣地撇了撇嘴,哼了一声便没有再说话。我趴在桌子上打起了盹。

今天出校门的时间比较早。刚一出门就看见夜月正好就在不远处，我追上前拍了拍她的肩膀。她回眸见我，问："你不是到反方向坐车吗？"

"今天去你家楼下的卷饼店买卷饼当晚餐吃。"

"哦，好吧。"她的语气平静。

她的表情有些落寞，我问道："怎么了？"

"我在想上次和你聊的，关于什么小团体和对立的话题……"

"那个话题怎么了？"

"你说了，这次的事件只是由头。对立总是会被制造出来，我想，就算欧阳躲过了一劫，下一次可能就没那么简单了，就算下一次没事，那下下次呢？如果这是不可避免的话，那他究竟该怎么办啊……"

我哈哈笑了一下："你怎么不担心一下你自己，你自己也可能被欺负哦。"

"我也会被欺负吗……"她自我怀疑地说道。

"要是恶言诽谤还不算欺负，说不定会演变成实际的暴力行为，到最后就要挨打咯。"

"被打……这也太夸张了吧。"

我摇摇头："不是的，他们会一直试探你的底线，最终让你无处可退。"

"那该怎么办？"

"或许身在这个环境中的人，只能反抗了吧。但是，真的只靠自己是很难走出困境的，这种事，只能依靠父母长辈、学校和全社会的努力了。"

"说了和没说一样。"她有些生气地说。

"只靠自己硬碰硬，不是什么明智之举。如果是我的话，我可能会私下里用一些小阴招。"

"这样你不就变成和他们一样的人了吗？"她问我。

"如果实在没有办法的话。"我垂下眼帘，苦笑道。

"你可别变成那样的人哦，"她的语气变得很悲伤，"我很讨厌那样的人。"

气氛一下子变冷，我找不到说话的时机，任由沉默的空气凝固。

无言地走到半途，我抬头看了看天空，蓝灰色的天和乌云压在头顶，马上天就要黑了。我长吸一口气，空气中有一种湿润又冰冷的气息。

我依旧不知道该怎么开口。看着夜月有些内八的步伐，一步一步就要离我远去。

突然，夜月停了下来，转过身子从书包里拿出一个东西递给我，我看着她纤细的手指，以及手上的那本书，问道："这是什么啊？"

她把视线别到一旁，刻意不看着我说："昨天你不是说要补送我生日礼物吗？我想你和我同一天生日，所以如果你要补送我也得还一个，礼尚往来。我准备了这个，打算在你送我礼物的时候回送你。结果你一天都没提这个事,我想你可能忘了,就心想算了……"

我不好意思地笑着接过书。"那为什么还送给我呢?"

"刚刚走在路上,我想还是送给你吧,不然白准备了。"

我看了看书的封面,是一本名字叫作《雏菊》的书。

快走到商店街的街尾了,她开口说道:"你知道吗,雏菊是我最喜欢的植物。那儿……"她指了指巷子一边的围墙墙角,"那里总是会在春天的时候开些花,星星点点的,小雏菊,冬天又都没了,春天又都出来。"

"嗯……这样啊。"

"这本书我也很喜欢,所以送给你。"

"谢谢了,"我说,然后从口袋里把礼物拿出来,"这个给你。"

她有些惊讶:"这是给我的吗?"

"是啊,抱歉啊,我早就准备好了,但是忘记给你了。"并不是忘记,而是不知道怎么开口。

"啊,谢谢,这是什么呀?"她接过那颗碧蓝色的物品,在夕阳的照射下发出了奇妙的光。

"这也不是什么贵重的东西,就是一个普通的发饰而已。"我瞟了一眼她的眼睛,紧紧地盯着这个发饰,发饰所反射的夕阳光芒,也映在她的眼睛里。

"搞什么啊,怎么送这么没内涵的东西。"她一边抱怨,一边笑着把发饰装进口袋。

"什么……什么叫没内涵……"

"搞这些花里胡哨的，送本书多好啊，还有助于学习。"

"什么年代了还送书，话说你这本书我估计十年内都不会读完的。"

"你……在你读完之前，你这个空有其表的发饰我也一次都不会戴的。"

后话，当天晚上我就通宵把这本书读完了，但是我从来没见过夜月戴那个发饰。

"无所谓，反正也是随手买的。"我倔强地说。

"可是我认真挑选的书，你一定要读完！"

"再说吧。"我一副敷衍了事的样子。

她打闹似的推了我一下，我稳稳站住。

继续无言地前进，我跟在她的身后，看着她齐肩膀的头发，随着她的步子晃动。暮色即将降临，心里有些失落，不知道为什么，我突然念起了那句童谣："赤枫红，青叶零，人走水茶凉，宅空了无色。"

"怎么了突然，之前不是不感兴趣吗？"

"这句改变了整个作品的走向。前面的句子，不论蕴藏了怎样的秘密，但整体的风格是更正向的，而这句是个转折，好像之前的美好都是暂时的，变成了悲剧。"

"你还挺懂的。你想听最后一段吗？"

我点头。

"那你，"她站定，转身歪头微笑着说，"得告诉我歌声的真相。"

"什么真相啊……"

"这附近的那所大学根本就没有音乐系。"

"是吗,那可能是我猜错了,所以说推理出错也很正常。"

"不可能,你都不去向别人求证那个学校有没有音乐系,就做出胡乱的推理。这导向了一个结论,你的根本就不是在推理,而是编故事。你在讲台上说出那些只是为了转移同学们的注意力,顺便洗清欧阳身上的污点。另外,你昨天告诉我你早就知道了真相,但是那时候你还不知道万柳井的故事。说明真相根本就不需要万柳井的故事,需要这段故事的,是你之后创作的故事会!说吧,真相到底是什么?"

我苦笑了两声,终究还是被发现了:"小生甘拜下风,服了!"我对她行以扣手礼。

"又贫。"

"没,姐姐,我不敢胡闹了。好吧,其实真相并不是什么有趣的事情。但是如果你知道了,可能会改变接下来你在学校学习的心态,你确定要听吗?"

"嗯。"

"那边走边说吧。"我迈开步子。

"歌声不是从什么万柳井传来的,因为万柳井早就不知所踪了,昨天我问了很多附近的老人,都说井很早就被填了,怪可惜的。最开始提示到我的,也就是第一个疑点,还是欧阳的故事,那个给他童谣的小女孩的奶奶,来这里具体是做什么的。

"第二个疑点,从这个学期开始,放学从来没有准时过,永远都要拖堂。我问了别的班的学生,他们说这个现象是普遍的,不只是我们的班主任心血来潮，而是所有的班级都这样。我开始怀疑，这些老师是不是为了隐瞒什么事，而故意拖堂。

"第三个疑点，从隔壁大楼传来的那首童谣，是几乎失传的曲子，曲风也很古朴。这不是年轻人，更不是小学生的曲风。最直接能够想到的，这些曲子都是老人唱的。至此，第一个疑点也解开了，女孩的奶奶是过来这边参加某种需要唱歌的活动的。

"那些老年人，或许是借用了我们学校空置的大楼进行活动。但只是如此的话，学校没理由会隐瞒。学校既然隐瞒了，说明这件事和学校的利益息息相关。最近放学晚的理由，也是因为他们不想让我们一放学就撞上老人，所以把我们的时间错开——这就说明老人来我校活动，不是暂时的，也不是偶尔的，而是长期并且每天都会进行的。"

"我明白了。"夜月老老实实地点了点头。

"学校不是停止招生了吗？都在新校区招生了，但是这边的校区不能白空着吧，校方采用这种方式也无可厚非……但是我总觉得有点不爽。老人不是借用，而是长期使用。这所小学，可能会随着我们的毕业而消失。

"那个时候，它可能不再会被叫作什么宿周小学，而会被叫作宿周老年大学。"

我长长地呼出一口气，水雾弥漫在我的面前。天上飘落下一片白白的结晶："其实也不是大不了的事。我也不是有意要帮学校隐瞒这件事。但是我怎么都没办法站在讲台上把这种事说出口，讲出来可能又会引起各种谣言和恐慌，所以就想了个奇怪的解释。"

"嗯。"简短的回复。我看向她的脸，她低着头，眼睛被刘海遮住。

"喂，不至于吧，又不是提前毕业，也不是见不到同学了……有必要这么悲伤吗？"我用肩膀碰了碰她。

雪花落在她的头上，她随手扫去，"没有……但是，我也有点不愉快。"

"为什么会这样呢？"我把双手插进口袋。

"我还想问呢，学校没了你不是很开心吗？以前总是唱着什么背着炸药包去炸学校。"

"说得也是，但就感觉很奇怪。一直喊着不想要的东西，突然告诉我真的没有了，不知道该怎么应对。"

"家也是这样的啊……在外面玩的时候，一直不想回家，但是当有一天发现家里的维系消失了的时候，就会很难过。"她说了句难懂的话。

"你在说什么啊？你认为学校是家吗？"

她吸了吸鼻子，擦了擦脸颊说："才不是，这……这是书里的话！"说完就把脸转向另一边。

"不过，还是有值得庆幸的事。以后别人问我哪个学校毕业的，我可以说我是大学里出来的。虽然是老年大学和小学的集成学校，但就算平均一下也是高中生了。"

"说到平均数，上次你数学考了99吧！就错了最后的答案，为什么骗我？"

"啊……啊……那个啊,没骗你啊,就是九十多分啊,91和99差不多的。"

"哼,你别看不起我,我迟早考得比你高。"

"但愿。"

"一副了不起的样子。"她上下打量了我一番。

"嘿嘿。"我笑了。

慢悠悠的归途,雪越下越大。夕阳照着雪花,无数的晶莹从天上飘下。

"哦对了,那个童谣的最后一句是什么呀?"我问道。

她没有理睬我的话,一边走,一边摇晃着脑袋哼着小调。

古朴的旋律,许久我才听出来,是被称为怪谈的那首童谣。哼着哼着,她开口唱了起来,温柔的声音随着雪花盘旋在我们的身边——

井有龙

龙卧井

不绝之水滢

万柳常年青

柳下女

玉人瞧

目清声若莺

沐遍几家田

赤枫红

黄叶零

人走水茶凉

宅空了无色

雪凛然

覆檐上

伊人绕井行

万柳常年青

商业街秘闻

　　说得夸张点，这是商业街，说得再夸张点，这是商圈，是巷中心。整个巷子最为繁华的路段，承接巷头和巷尾，最为中心的地区。听说在大城市，人们漫步在灯火通明、霓虹闪烁的江边，看着附近的繁华，享受城市的美好。就像放学后，总是不舍得离开巷子，钻进一家小店肆意挥霍口袋里的五元大钞，直到吃零食到半饱，才依依不舍地离开的学生。

　　近水楼台先得月。离校门口最近的小店永远是最火爆的店面，一到放学，第一个被挤满的就是这家店。小店就是小店，学生在那家店买了那么多零食，却谁也没有听说过它的名字。经营小店的是一个中年阿姨，孩子以及年轻的老师总是亲切地叫她阿姨。这家店主经营塑料袋封装的小零食，五毛是普通装，一元是豪华装。更有廉价款的小零食，一毛钱一口的量，小孩子能吃好久好久。店里更有许多漂亮的水笔、铅笔、笔记本、贴画，总能招来女孩子们的喜爱。姑且称这家店为"商品店"好了。

　　为了抢占市场商家绞尽了脑汁，离得越近，优势越大。但是最近的店面已经被承包，只能退而求其次，选择第二靠近学校的店面——实际上这根本算不上是店面，只是店家与店家中间的隔口，没有天花板，只有一段阶梯，上去后就是小店，为争先机，竟然放弃店的形式，只保留店的核心。店主是一名秃头老爷爷，在阶梯上摆上一张长桌，像是算命的摊位一样，上面放满了各式各样的商品。这么一家"店"，强行成了第二靠近学校的小店，把原第二家小店挤到了第三家。为了让顾客享受消费的乐趣，利用了人性最底层的弱点，一种新兴的产业就诞生了——抽奖。不同于真正意义上的彩票，而是一张小小的奖券，五毛钱一张，五块钱十五张，这样的销售策略对小学生——特别是男生来说屡试不爽，也有砸金蛋等项目可供游玩。抽奖正是这家店的主营项目，所以就叫这家没有门面和天花板的小店"抽奖店"吧。

民以食为天，那些被父母打骂也依旧控制不住自己嘴巴的人，还有减肥中控制不住自己的人，以及无数嘴馋的小学生聚集在这个巷子里。食品行业无疑是最盈利的。但是封装的食品早就无味，吃到嘴里味同嚼蜡，毫无温度的食物是无法满足成长期孩子的胃的。正当这些孩子饥肠辘辘之时，最能吸引他们的，就是从那家店里飘来的浓厚的醇香。巨大的深铁锅里面咕嘟咕嘟冒泡，火红的汤汁裹挟着鱼丸、牛丸、蟹柳等食品。旁边铁板上的油滋滋作响，年糕早已焦黄。一元一根年糕，涂上自制的甜辣酱，再花一块钱买上两根蟹柳一个牛丸，极尽奢华。带上两个挚友，买上一碗——这一碗碗香辣关东煮见证了无数的友情。男孩子总是在吃完关东煮后，作干杯状，好像这最后的汁水就是他们友谊的结晶。二话不说，把碗里最后的汤汁喝尽，就差一句"都在汤里"了。另有受女生欢迎的奶茶可供选择。这家店，由一个头发乌黑的奶奶和一个大腹便便的爷爷共同经营，他们的家就在店的二楼。这便是离学校第三近的"小吃店"。

商业街，虽还有其他店面，却唯这三家风头正盛，三足鼎立。

时值我在五年级的六月，即将放假的欢快气氛很快就在学校传遍，但是天气却很阴沉，那是雨季即将到来的信号。天空隐隐作响，窗外一片昏沉，似乎有什么大事要发生。学校多媒体教学的大楼已经被慢慢改成老年大学的活动场所。这让多数学生很难接受，不满与假期前的欢愉交织，让同学们既没法好好庆祝假期，也没法为学校被夺走之事愤慨。

就在这种叫苦不得、欢庆不成之时，学校发起了一项针对"万柳井校区来年是否搬到新校区"的投票。学校计划以个人为单位，不管学生还是老师，每个人都只能投出一张票，再由学校统计，得票多的那一方为多数派，听从多数派意见。

因为这个学年已经期末，所以不打算采用六年级应届毕业生的意见，而是征询五年级和四年级的意见。

先是五年级的看法，多数同学都不想搬到新的校区，在这里只剩下一年的时间，不想太过折腾。但是也有同学想到新的校区体验一下。造成这种分歧的主要原因是家庭住址是否更靠近现在的校区。像是夜月，家就在学校巷子的尾部，一定是反对搬校区这一派的，但是欧阳的家离新校区更近，就自然而然地支持搬到新校区。而我家离两个校区的距离相当，所以我的票左右摇摆不定。

四年级的学生对搬新校区兴趣更大，对他们来说还有两年在校时间，并且在五年级毕业之后他们将独自生活在这个破烂的校区内，与之作伴的只有老爷爷老奶奶，恐怕有些乏味。

支持搬校派和反对派形成对立，双方针锋相对。

投票那一天如约而至，当天学校里的气氛沉重不已，似乎各方都在钩心斗角。有传言，四年级一班的班长非常激进，她不仅在不停地劝说自己班级的同学积极参与投同意票，还游说了四年级二班的班长。四年级二班的班长在她的劝说下，也加入了同意派——一班之长的选择往往会牵动很多普通同学的选择。那些本来投什么都无所谓的人，看到班长的选择就会随波逐流。

情况对反对搬走派非常不利。

在班主任的见证下，学生们把写下自己意见的纸条一个接着一个塞入了红色的投票箱。投票箱暂且放置于老师的办公室。等到放学时，班主任再将票汇集到一个大箱子里，于第二天的家长会，公开唱票。

说到家长会，其实这次家长会本来是讨论期末的事宜，但是期末考试已经被投票的事情抢了风头。家长对投票也十分关心，于是原本的期末家长会就变成了唱票大会。可能有少数的家长不同意让孩子们参与决策这种大事，更有家长认为，既然要民主投票，就应该用家长的意见，让家长投票。孩子毕竟还是孩子，没有做出决定的能力。

这一说法只是零星存在，多数家长还是支持孩子参加这种投票活动。另外，校长也明言，这种事情总得让孩子经历一次，有助于培养孩子们的责任感，让他们知道，投票者在获得投票的权益时，也应该为自己的选择负责。

听到这种说法，我对校方隐瞒我们好久的"老年大学"事件的那一丝愤怒也消解了不少。

当日，我负责把投票箱送到班主任的办公室。

到了办公室，我把箱子放在老师桌上。此时已经有好几个箱子都放在了办公室里，我数了数，加上我的箱子已经有了六个，也就是说，还有最后一个班没有把箱子带来。

刚完事，门口便传来哒哒的脚步声，一个扎着双马尾的女孩抱着箱子进了办公室。女孩个子不高，头完全被箱子挡住，她只能歪过脖子从箱子的侧面注视前面的道路，但还是差点被绊倒，我连忙上去扶了她一把。她道了声谢。

"我帮你吧。"不愧是我，展现出了优雅的绅士风度。

"不……不用了……"

"没事。"我从她手里接过那个箱子，谁知道她又把箱子抢了回去。

"怎么了？"我有些不解。

"不用你帮忙。"她冷冷地说，接着把箱子放在了自己班主任的桌子上。等她放下箱子我才认出来，这个女孩是四年（1）班的班长。

"你是四年（1）班的班长吧？"

"你认识我？"她拍了拍手上的灰尘。

"声名在外啊，班长大人。"

"哦？什么声名？"

该怎么和她说呢，在我看来这并不是什么好名声。我摇摇头：

"没什么。"说完转身就要走。

"站住!"身后的她一声喝令,吓了我一跳。

"又怎么了?"

"你很可疑,你是来干吗的?"

"我?我是……来送箱子的啊。"

她狐疑地打量我:"现在办公室里一个人都没,你不会是来做什么苟且之事的吧?"

"什……什么苟且之事啊?"

"比如,"她转过身,拍了拍红色的投票箱,"对这个动了歪脑筋。"

"没有啊,我真的是来送箱子的。"

"那你叫什么名字?"

"为什么要告诉你?"一直被质问,我感到有些生气。

"你不是来做坏事的,为什么不肯告诉我名字?"

"你这是什么道理,你要是校长我就告诉你了,问题你就是一个四年级的学生,我为什么要告诉你?"

她哼了一声说:"好……那我问你,你投了什么票?"

"为什么要告诉你?"

"你是复读机吗?只会这一句话。"

"废话,和你没什么好聊的。"说完我转身就走。女孩想要跟上我,但是很快就被我甩在身后。我躲到楼道里,平复了一下心情。心里暗想,现在的班长真不得了,感觉官威不浅啊。

第二天,家长会当日,在校园里出现了一种谣言:有人趁着老师们都不在办公室，偷偷潜入其中对投票箱动了手脚，并且这个人很有可能是反对派。之所以知道这是谣言，因为我就是那个"潜入者"，这个四年级一班的班长真是杀人诛心，造谣我对箱子动了手脚不说，竟然还称此人是"反对派"，对反对派造成了风评上的压制，就算反对派最后占多数，投票结果也不会令人信服。

乌云中银蛇游动，雷点轰鸣。

因为要开家长会，所以提前一个小时放学，但是天色阴沉。我站在校门口，叹了一口气，想着明天怎么向班主任解释投票箱的事，走出了校门。

"喂。"肩膀上传来触感。

回头就看见了那张熟悉的面孔。斜刘海、及肩中发、爽朗的笑容、眼睛大得不像话。嘴上涂着淡淡的红色口红，脸色红润的溪溪姐穿着简易的毛线外套和牛仔裤，正站在我的身后。

溪溪姐是我的邻居，现在是一名大学生，在旁边的大学上什么应用数学专业。

"溪溪姐，你来给你小孩开家长会啊。"我僵硬地笑道。

"是啊，给我儿子开会。"她的眼睛弯成一条缝。

"是吗，那我不打扰了，溪溪姐再见。"

"站住！"这是我这两天第二次听到这句话，"我看起来那么老吗？像有孩子的人？"

我点了点头。

我的头上挨了一巴掌："别废话，我是来帮朋友的，学校教室在哪儿？"

我摸着刚刚被打的地方："这次是唱票大会，不用去教室，去那栋楼的多媒体大厅就可以。"我指着"老年大学"的那栋楼。今天老年大学也因为要开家长会的缘故停课，空出来的大厅用来召开唱票大会。

"知道了。"

我转身就要跑，后背又被什么坚硬的东西戳了一下："哎，你别跑远，一会儿一起回家。"

"为什么要等你，我先走了。"

突然雷声大作，雨水倾盆而下，她把手上那个坚硬的东西——雨伞，在我面前挥了挥："你走不了，让你等我是为了你好，没带伞吧？"

"啧。"我故意别过脸去。

"什么态度，我是好意哎，你就去那家关东煮的店等我吧。"

我冒着雨跑到了关东煮的小吃店。

雨下，我不禁回想起了被江溪溪这个女人控制的恐惧。

第一次看见她，是在我小时候。外表漂亮，作为一个邻家大姐姐的她本应该是温柔体贴的性格，对隔壁家的我来说，是一个很好的游玩对象。最开始我还愿意亲切地叫她溪溪姐姐。直到第一次被溪溪姐正义的铁拳制裁。我本是撒娇胡闹，自以为孩子可以为所欲为所以要去她家玩她的游戏机，谁知道被她拒绝，我一气之下向溪溪姐的母亲告状，她听了后擅自把溪溪姐的游戏机借给了我，还回去臭骂了溪溪姐一顿。第二天，我归还游戏机的时候，溪溪姐微笑着拿回了游戏机，谁知道当时她是笑里藏刀，在母亲面前故作镇定。

一旦离开了她妈妈的视线,我就被一阵狂揍,毫不夸张地说,当时我已经做好了死亡的觉悟,自此以后我再也不敢对溪溪姐胡搅蛮缠。仅如此的话她还不是什么值得畏惧的对象,只要不再招惹她就行,但是她又很愿意主动找我来玩,闹得我不得安宁。

和邻居的孩子们玩捉迷藏的时候,她负责做鬼抓人。不论我们躲藏的地方多么隐蔽,她都能在五分钟之内全部找到。有一次我偷偷躲在了自己的家里,这是犯规的行为,因为做鬼的人是不能轻易出入别人家的,这等于是一个无敌的场所,但躲在自己家的人都会被唾弃,视为懦夫。

出此下策我也别无办法,不用点阴招是战胜不了这个女魔头的。

那一次,我是第一个被找出来的,并且又被暴打一顿。

在其他益智类游戏上,她仗着年长,智力开发得比我们更早,制压我们,小区的孩子毫无还手之力。体力游戏上,她又是较早发育的女性,又一次占据了巨大的优势。

这么说吧,这个人,玩什么都玩不过她。

听到她要去上大学的消息,我暗自松了口气,谁知道她竟然就在本城上了大学……

雨水滴落在小吃店的雨棚上,顺着发响的雨棚边缘落下。我钻进了棚子里。店家的奶奶见我来了,笑脸相迎:"来啦,吃点什么?"

我进入小吃店的店内。

总是在这里消费，我成了熟客，虽然奶奶可能叫不出我的名字，但是却认得我这张面孔。

"一块钱蟹棒、一块钱牛丸。"我把两块钱扔到店里收钱的小盒子里，进了店。

店里有两张顺着墙壁而放的长条桌子，并不宽，但是能够容得下一个人吃东西，来这的人都是并肩而坐。每张长条桌子下面放着四五个板凳。靠左边的桌子旁，坐着三个女孩。她们从桌上的便利贴上撕下一张，然后写了些什么。分享着自己写的东西，另外两个女孩看到后害羞地笑出了声，然后也拿出笔在便利贴上写了些字。最后，她们把这张便利贴贴在了墙上。

那面墙上，有着数不清的便利贴，有些已经因为受潮发卷，但是还都贴在那，上面总是写着一些让人看不懂的话，像是暗语一样。有人写了两个字母，中间画了一颗爱心，有人写了某人来此一游……

我选了靠右边的桌子坐下，身边坐着一个中年妇女，起初还没看清，坐下后才认出来是第一家店——商品店的阿姨。

她先是抱怨地和奶奶说了些什么现在的小学生，手脚越来越不干净，店里又丢了些东西。奶奶则安慰着说，这些学生大多是好孩子，只是有几个没教育好的，以后也会改的，然后又问她丢了些什么。她摆了一下手，说道："最近就丢了一支钢笔，是蓝黑色的，上面镶着金边。"

两人又这样简单聊了几句，随后阿姨起身，和奶奶说："姐，我得走了，会马上就开始了。借把伞成吗，开完会还你。"

"行啊。"奶奶去一边找雨伞。

开会？我不自觉地开了口："阿姨，刚刚路过你家店的时候看到没开门啊。"

阿姨低头看了看我，她说："是啊，今天不是开会吗？"

"开会？阿姨孩子也在我们学校上学啊？"

"是啊。"她有些不耐烦地说。

奶奶找到了雨伞，把伞借给阿姨，阿姨便走了。看着她的背影，我注意到了她头上的蓝色发饰，看起来和她的年龄格格不入。不知道是不是看走了眼，我揉了揉眼，再睁眼的时候，阿姨已经离开了我的视线。

轻叹一口气，不一会儿，食物被送上了桌。一口温暖烫舌的牛丸，Q弹的肉糜随着喉咙吞下，再啜饮一口汤底，胃部瞬间温暖起来。这股暖流和身上的寒冷形成了对照，我不禁打了个寒战。

头发和衣服因为雨水的关系已经完全湿漉，即使现在正是夏天，雨天被淋湿也是会感到寒意。奶奶不知道又从哪里拿来一条白色毛巾，递给我说道："擦擦吧，别感冒了。"

"谢谢！"我接过毛巾，擦干了头发，"爷爷今天不在啊？"

"是啊，去朋友家玩了。"说完，她又端了杯热水给我。

吃了温暖的食物，又喝了热水，身子已经暖和了，额头上还因为辛辣的汤汁流了些汗。我手托着头，望着门外。奶奶坐在门口的小椅子上，也静静地看着外面的雨。

除了耳边女孩们的嬉笑声，就只有雨滴落在各种物体上的奇怪奏鸣曲。

我是什么时候睡着的，浑然不觉。醒来的时候，那些坐在旁边桌子的女孩已经离开，我的身上披着一个小毯子。门外的天色已经昏暗，雨声依旧淅沥。心里感到一丝的压抑和焦急，我赶忙看了眼手表，并没有过太久，唱票大会开始才不到一个钟头。

"你醒啦。"奶奶把毯子从我身上拿下。

"啊，不好意思睡了过去。我在等人，不妨碍吧？"

"没事，这个点已经不太有孩子来了。"

她把毯子叠好，放在自己的膝盖上，在我身边的位置坐了下来。

沉默了片刻，奶奶缓缓开了口："会变成什么样呢？"

"什么？"

"我是说投票。"

"奶奶也在关注我们学校的投票？"

奶奶笑了笑，摸了摸我的头："当然啦。你投了什么票啊？"

"我投了一张白纸。"

"为什么不参加投票呢？"

"为什么……其实也没有为什么啊。搬走或者不搬走对我而言都一样，从家到学校的距离没有变化。"

"这样啊，我们老两口其实不希望学校搬走。"

"为什么呢？"

奶奶没有立刻回答我的话，把手放在膝盖的毯子上。外面雨声不停,她搓了搓手指上的老茧,缓缓地说:"以前啊,看见你们这些小孩子的时候,总觉得有些烦。特别是孩子一多,很难管。大家往店里一扎堆,我就生怕孩子把什么东西碰坏了,更害怕孩子在店里受伤。

"但是一年一年地过去了,渐渐也习惯了。慢慢地,我也试着记住你们这些孩子的脸了。不过,孩子们都会长大,都会离开。那些熟记的面庞终究会消失。孩子们一拨换一拨,而我们一直在这。

"对我们而言,孩子们的脸就永远停在这个年纪了。圆嘟嘟的,粉嫩的脸庞……其实也就是前几天的事情吧,有一个小姑娘,大概二十岁左右,来我这买吃的。她有些奇怪,看到我就一直笑。等付钱的时候,她笑着说:'阿姨,是我啊!'我看着她漂亮的脸蛋,怎么也想不起来见过她。她又说自己以前经常来我家买东西吃,一问才知道,已经是快十年前的事情了。人的脑子啊,真是奇怪,第一眼怎么都认不出来的脸啊,听她这么一说,我又有印象了。但是,还是那张粉嘟嘟的小脸。那张小肉脸渐渐和面前的这张漂亮的脸蛋重合了。

"那天她和我聊了一会儿,聊的净是一些我记不得的事情,不过她笑得很开心。我那时候才想到,对我们来说,孩子们一直在变,但是对孩子们来说,我们一直在这里一直没有变过。我记不得你们的脸、不知道你们的名字,但是对你们来说,我们一直在这里,是你们回忆的一部分。

"所以要说起来,我确实不想让你们搬走……因为……"她吞了口口水，停住了。

"因为我们走了店说不定就开不下去了？"

"哈哈！"奶奶被逗笑了，我也跟着一起笑，"确实啊，你们走了，这整条巷子人流少了一半，可能真的开不下去了。"

"不会的，奶奶的关东煮那么好吃。"

"谢谢啦。"奶奶和蔼地笑道。

"好！为了庆祝奶奶家的关东煮，我打算把这次的最佳店铺的票投给你们家！"

"说到这件事……"

奶奶还没说完，门口传来一声："阿姨，给我来两块钱鱼丸！"

阿姨应了声，起身走到门口，脸上突然露出了惊讶的表情，然后又转为了笑容："是你啊！又来了。"

"是啊，帮朋友家小孩开家长会。"

从门口走来的，是江溪溪。

她随意地坐在了我的身边："久等了！"

"你就是那个来找回忆的人啊！"我惊讶地说。

"什么找回忆？"她歪了歪头。

"不……没什么……"

"怪里怪气的。"

奶奶也过来，问道："你们认识啊？"

溪溪姐对着奶奶笑着："是啊。"

"真是巧了。"说完奶奶就去准备鱼丸了。

"哎，"我用肘关节碰了碰溪溪姐的肩膀，"怎么样啊，唱票。"

117

"哦，说起这个啊，你们学校不得了了！"

"不……不得了了……难道是平票了？"

"哪有这么戏剧化的事情？你以为看综艺呢。其实啊，是今天打开总投票箱发现，里面的票全部都不见了。"

"不见了？"

"是啊，唱票大会也就不了了之了。"

"那还开了那么久？"

"还有一些其他的事情，比如搬了校区之后小升初的校区也会变，还有各种各样的事情，牵一发而动全身啊。"

"已经在以'会搬走'为前提考虑问题了吗？"

"是啊，"鱼丸端上来，溪溪姐把一颗鱼丸丢到嘴里，"你不知道吗，据说那个四年级（1）班百分之九十都明确表示同意哦。你们班呢？"

"我们班，应该五五开吧。"

"对，大部分班级都是五五，不会差太大，但只有这个班同意的人特别多，所以你们肯定是要搬走了。"

"不过这次投票应该不作数吧。"

"没错，明天应该会重新投。到时候监管措施应该会更严厉一些，听说有家长在建议新的投票规则。"

"好吧……"

"哎……"溪溪姐有些无奈地用手扶着太阳穴，望着天花板，"你们搬走了之后，这家店怎么办呢？"

"你要是那么喜欢这家店，就给这家店投票呗。"

"票？什么票？这家店也开启了搬走与否的投票吗？"

"不是……是最受欢迎店铺的投票。"

"那是什么，以前都没听说过。"溪溪姐来了兴趣，双手趴在桌子上，眼睛闪闪发光。

"也是这几年才出现的，其实就是这附近的居民在网络上建立了一个网站，有关于这条巷子所有商家的信息，每个学期都会举行一次投票，一个IP只能投一次，得票最多的就是最受欢迎店铺。"

"听起来好有趣，最近几次的第一都是谁？"

"以前的话，是那家时代书店。最近一段时间，第一是我们学校最近的那家商品店，就是你过来路上看见关门的那家，这家第二，偶尔会有轮换，这家当第一，那家第二。但是自从旁边那家抽奖店开张后，就一举夺得了第一，这家店就在第二第三之间徘徊了。"

"那谁是最不受欢迎的呢？"

我翻着白眼，叹气道："你怎么在意这么残忍的事情，真是恶趣味。"

"是哪一家？"

"是时代书店啦。"

"啊？又是时代书店？不可能吧，之前明明还排在第一，我觉得那家书店很好啊，服务态度也好，价格也实惠。更何况还有很多奇怪有趣的藏书，我昨天才去逛的。"

"哎……这件事，说起来我也觉得奇怪。毕竟只是网络评价，听说是有人买水军故意刷恶评……"

"太过分了！是谁？为什么要这样做？"

我摇摇头："不清楚。但是有一件奇怪的事情，如果是为了争取名次而做了这种事情，那么应该不只有一个受害者，所有排名靠前的都有可能会被水军刷差评。但是只有时代书店一家店受到差评，所以很多人觉得，这不是水军的损招，而是真的有很多人对时代书店不满。"

"这不是胡说吗，那家店怎么可能那么招人恨！我得投票支持一下书店！"感觉下一秒溪溪姐就要跳起身，暴打这个事件的始作俑者一顿。

"话说回来，你不是要投这家店的票吗？"

"我决定都投！"

"一个人只能投一票。"

"那我就注册两个账号在不同的 IP 下投，不，注册更多账号投更多票！"

"那你不也成水军了吗？"

"只有魔法能够打败魔法，这个道理你不知道吗？"

正当我和溪溪姐争执的时候，奶奶走到我们身边开了口："对了，刚刚就想说来着，你们正好在谈论这件事，"她坐到了我们对面的桌子旁，"其实这次，我会退出评选。"

"啊？为什么啊？"

奶奶缓缓地坐下，摆了摆手："其实也没什么啦，刚刚和小方——就是你们学校门口那家店的老板聊了聊。她说，如果宿周小学真的要变成老年大学的话,我们这些卖小玩意的可能过不下去……既然都过不下去,还麻烦大家为我们投票,虽然很感谢投票的孩子们,但总觉得没有太大的意义了……"

我和溪溪姐对视了一眼,沉默了。我不太擅长安慰人,更何况是年迈的人。

"没事的阿姨,肯定不会的,不会搬走的啦。"溪溪姐咧开嘴笑着,温柔地说。

"哎呀,说的也是,真是抱歉和你们说了这些。好啦,作为补偿就请你们一人一杯奶茶。"说完,奶奶擦了擦脸,自顾自地转身去准备奶茶了。

我想客气地拒绝,没想到溪溪姐却爽朗地说了一句:"谢谢阿姨!"

我知道,关键的不是这次的投票。这次的投票只不过是让命运提前发生了。就算我们今年不搬走,明年……后年,这所小学还是会不复存在。宿周小学会消失,它会以一个新的名字出现在另一个校区。在这条巷子里的,将会是宿周老年大学。

老年人会喜欢那些花花绿绿的铅笔,会喜欢有些幼稚的抽奖,会喜欢这辣辣的关东煮吗?一想到这个问题,我的心里就很不是滋味。门外的雨好像更大了,吵得恼人。

奶茶做好了,雨没有减小的趋势。寒风突然地灌入,我打了个寒战,手里的奶茶滚烫的触感在冰冷的手指上留下短暂的温暖。很快就被烫到,于是把奶茶换到另一个手里,温暖——滚烫——温暖,如此反复。

享受温暖在口舌中，顺着喉咙流入腹中。雨水所带来的寒意仿佛被温暖的奶茶阻挡，无法侵入，我又喝下一口。

门口不知道什么时候出现了一个身影，正是之前从这里借伞的商品店的阿姨。

"姐，谢谢啦，把伞还你。"她笑嘻嘻地说，一只手里打着自己的伞，另一只手里提溜着的伞，是从这里借走的。

"啊，行，你就放那儿吧，"奶奶随手指了一块空地，"开这么久啊？"

"哎呀，不是啦。早就开完了，我这不是先回店开下张，结果一忙就把伞忘了，刚刚才想起来。"

"没事儿。"奶奶轻快地说。

"那我走了啊……"

"等一下，姐姐你们家的店会参加这次的最佳店铺评选吗？"溪溪姐突然发问。

像是被戳中了软肋一样，阿姨的脸色发生了明显的变化，她捂住嘴，不自然地说："叫什么姐姐啊，嘴真甜，参加不参加……现在还没定呢……"

"是吗……"

阿姨不好意思地笑了笑："啊呀，姐，要是没什么事，我可就走了啊。"奶奶还没回话，阿姨就一溜烟地跑了。

溪溪姐一边把吸管放到嘴里，一边自言自语地说道："明明和她聊过后，阿姨不打算参加评选了，她自己倒是支支吾吾的，真奇怪。"

"她啊，肯定是好胜心强啊。她那个女儿和她一个样，倔得很，不会轻易放弃的。"奶奶说。

"刚刚你说开会，她的女儿也是这个小学的学生吗？"

"是啊，还是个班长呢。"

我插嘴，半开玩笑地说道："不会是四年级（1）班的吧？"

"好像是的。"奶奶回答。

我吓了一跳，但这大千世界无奇不有，这种巧合也算不上什么，于是接着说："那她女儿超激进的，说服了自己班级和（2）班大多数人跟自己投同意票。"

"不过现在也没有什么用了，因为票全部都被偷走了。"溪溪姐嚼着珍珠，含糊不清地说。

"偷走有什么意义呢，反正再投一次结果也不会变……"

溪溪姐邪魅一笑："那可说不定，走吧。"她站了起来拿起雨伞。

"回家了？"

"在那之前，去旁边的抽奖店玩一把，刚刚路过的时候我就很有兴趣了！"

和奶奶告别，我们出了店。

因为下雨，天色已经完全暗了。周边的人缓缓散尽，学生不必说早就回家，家长也已经离开。这个时候，抽奖店已经没有剩下太多可以选择的奖券了。见到我们走来，抽奖店的老爷爷笑脸相迎："想玩点什么？"

溪溪姐把桌面上的抽奖玩具全部打量了一番，桌面上乱而有序地摆放着各色抽奖用具，用五颜六色的花纹装饰的小玩意，有最朴实的小奖券，奖券双层用纸，从中间撕开就能看到是否中奖，也有像是刮刮乐一样的彩票，需要用硬币刮开灰色涂层查看奖品，其中最醒目的，是桌上的三个金色的蛋。

　　她随手一指，选中了这三个金蛋。

　　"这个的话，三块可以砸一颗金蛋，有一颗是中奖蛋。中奖的金蛋里面会有五块钱的硬币。"

　　我摸了摸口袋，里面正好有三块钱。我把三块钱掏出来放在桌面上，望着面前三个金蛋，问道："这里面肯定有奖吗？"

　　"这个当然。"

　　"我来看看啊……"溪溪姐靠近了看了看，但是看不穿金色的蛋壳。正当她打算拿手去触摸金蛋的时候，被爷爷阻止了："哎！哎！别碰啊。"

　　"怎么了？"

　　"这个蛋里面装的是硬币，你一碰根据重量就能知道到底有没有硬币了。只能选，然后用这个小锤子砸开。"他从桌子底下拿出一个红色的木头锤子。

　　我接过锤子，他把钱收走。

　　额头上渗出了汗珠，溪溪姐弯着腰，双手在胸前紧握，鼓励我："加油，选好了吗？"

　　"不是你要玩吗？为什么我付钱来选？"

　　"中的钱也给你，别抱怨了！加油！"

"我……我选这个……"我指着左手第一个金蛋。

"这么快吗?你不再想想?"溪溪姐看热闹不嫌事大。

"就这个,选什么都一样,三分之一。"

我高高地举起锤子,手不知道为什么微微发抖。再见了我的三块钱,能够买多少个牛肉丸,多少个蟹棒啊,竟然把钱花在这种地方!

"等一下!"大叔突然喊道。

"怎么了?"

"也没什么,但是你们估计是今天的最后一批客人了,这个金蛋在你们之后也不会有别人玩了,所以算我乐善好施,给你们开个后门吧!"

"直接给我们五块钱?"

"怎么可能!但是可以增加你们获奖的概率。给我。"他伸出手。

"什么?"

"你手上的锤子啊,给我。"

我把锤子递了过去,他把中间的那颗金蛋砸碎,里面什么都没有。

"已经帮你们去掉一个错误答案了,二分之一。你们是继续选择这颗,还是另一颗呢?"说着他把锤子交给茜茜姐。

"等等……我们讨论一下!"我把溪溪姐拉过来,两个人背过身,"溪溪姐,这其中是不是有诈啊!"

"怎么说?"

"为什么突然说什么乐善好施,要知道无奸不商,无商不奸啊!资本家的唯一目的就是逐利!"

"你的意思是什么?"溪溪姐皱了皱眉。

"肯定是我抽中了,他才弄什么去掉一个错误答案迷惑我,想让我换一个蛋砸!"

"你说得很有道理。"

"所以我们还是不要换了,就选刚刚的靠左第一颗蛋。"

溪溪姐皱眉沉思片刻,一只手拿着锤子,另一只手摸了摸下巴,没有说话。

"没关系,即使不换概率还是二分之一!"我笑着回过头,"我们还选这个……"我正指着最开始选的左边第一颗蛋。

说时迟那时快,我注意到的时候,鸟鸣和时间一起停止,像是慢动作一样,溪溪姐已然高高举起锤子,从上方落下,而它的目标,很明显是靠右边的金蛋。我惊恐万分,大喊:"不……"

声音刚从喉咙发出,没来得及伸手阻止,就见到从上落下的锤子砸在最右边的蛋上。

金色的蛋壳碎裂,裂纹瞬间绽开,金色蛋壳的里侧竟然是惨白的内壁,和黄金的表面形成了鲜明的对比。黄金与惨白交融、交会又分散,最终凌乱地落在桌面。

与此同时,硬币的声音响起。

五枚硬币藏在其中。

雨声,突然消失了。

"哎呀，这下我知道这家店受欢迎的理由了，真刺激！"溪溪姐一边走着，一边笑嘻嘻地把玩手里的硬币。

雨已经停了，我们也成功得了奖，从巷子走了出去。吸吮雨后的新鲜空气，我们来到了车站，有些无聊地等着公交车。

我不爽地用手砸了一下身后的广告牌，一脸生气地看着溪溪姐说："不是说获胜都给我吗？"

"你花了三块钱，给你四块钱不还是赚了啊？而且你还因为判断失误差点错过正确的答案，这一块钱是我扣你的。"

"运气而已，都是二分之一的概率。"我不服气地说。

溪溪姐摇了摇手指："你说错了哦。"

"啥错了？"

"你想知道吗？答应我以后别去玩类似赌博的东西了。"

"你自己还不是玩得那么开心？"

"那是给你买个教训，只是本小姐智力超群，不小心就判断出了中奖蛋的位置，至于你的话，是没有这个能力的，还是不要轻易尝试了。"

我翻了个白眼："为什么突然说这个？"

溪溪姐蹲下身子看着我："只是提个醒。因为你是永远不能从这种东西里赚到钱的。本来呢，我是想看着你输钱，让你长记性以后不来玩，但是最后没忍住，赢了两块钱。不过想想还是害怕你就此成瘾才和你说的。"

"说得好像你很厉害似的！"我摆了摆手。

她摇了摇头："你听我给你分析分析，要想百分百获奖，就得抽三次，但一次三块钱，用九块钱就算抽到了五块也是亏本。再算算抽一次：你有三分之一的概率得到五元钱，但是只赚了两块钱，三分之二的概率损失三元钱，算期望的话是三分之一乘以二减去三分之二乘三，答案是负三分之四。期望是负数，也就是说你玩多了必会亏本，这是科学告诉你的结果。这就是无商不奸啊。"

"什么期望不期望的，啥意思？最后那个爷爷不还是帮了我们忙？"我试图反驳。

"确实如此。但是算下来你还是亏的——就按照你所说的二分之一概率获奖算，二分之一概率获得两元奖励，二分之一概率损失三元，这不明摆着亏本的买卖吗？"溪溪姐无奈地说。

沉默片刻，我说："好吧，以后不会去玩了。"

溪溪姐笑着拍了拍我的头。

"乖孩子，就是笨了点。"

我一把把她放在我头上的手拍开："你才笨呢。"

"你就是笨啊，因为弄错了最后获胜的概率。"

"最后，怎么弄错？因为爷爷去掉了一个错误答案，所以剩下两个里必有一个蛋有奖，所以中奖率是百分之五十。"

"不，你选那颗蛋的中奖率是三分之一，而我改选的那颗蛋是三分之二，所以我有三分之二的概率获得奖励两元，有三分之一的概率损失三元，算下来获奖的期望是正三分之一，所以我才下手的。老板是自己脑子也没转过来弯，才让我钻了空子。"

"你胡说什么……脑子坏掉了吧？"

溪溪姐轻轻摇头叹息："其实你认为获奖概率五五开也无可厚非，因为你忽略了一个条件。最开始的时候，那个大叔不是说了吗，不让我去碰金蛋，因为里面有硬币一碰就知道。放在桌子上的金蛋，作为老板的他肯定是碰过的，可以断定他自己知道哪个里面有奖。"

"那又怎么样？"

"这就是你忽略的前提，老板提前知道哪颗蛋有奖，哪颗蛋没有。接下来请你思考，老板在你选择之后，选择砸掉一颗蛋——不论你选择什么蛋，他砸掉的肯定不会是有奖的那颗蛋对吧，不然整个游戏就没有意义了。也就是说，你选了正确的蛋，他就会在两颗错误的蛋里面随便砸掉一个，你选了错误的蛋，他就会砸掉另一个错误的蛋。

"我问你，在砸掉一个错误的蛋之前，选中正确的蛋的概率是多少？"

"三分之一。"

"没错，你选了最左边的蛋，中奖概率是三分之一，那么另外两颗蛋的中奖概率就是一减三分之一，三分之二。此时，当他把那两颗蛋里面的一个错误答案去掉之后，另一颗蛋的中奖概率，就是三分之二。"

"这个……"我瞠目结舌，挠了挠头，企图让自己的脑子跟上溪溪姐的话，过了好一会儿才说道："等等……我好像明白了，又不是很懂。"

"所以说你笨啊……那么我直接罗列情况吧，情况一：你选择了错误蛋一，他会砸掉错误蛋二；情况二：你选择了错误蛋二，他砸掉了错误蛋一；情况三：你选择了正确蛋，他随便砸掉一个错误蛋。这是这个问题的关键点，因为老板是知道哪颗是错误蛋的，所以对他来说，情况三里，两颗错误蛋都是一样的，概率一起算的，此时不能再分裂出情况四。那么再回到这三种情况，只有情况三，你第一次选中正确蛋的情况下，不换选择会中奖，其余两种情况，你都要换选择才能中奖。所以我最后更换了选择，我的中奖概率是三分之二，你选择不换，中奖概率是三分之一。"

"好复杂……"

"隐藏的情况变了，数字就会发生变化，这就是数字的魔法，你懂了吗？"

"嗯……"我没有听懂。

不远处传来公交车行驶而来的声音，溪溪姐拍了拍我的肩膀，说："走吧，上车后我再告诉你，商品店老板偷走投票的理由……"

"什么？"我惊讶得说不出话，呆呆地望着江溪溪的侧脸，挺拔的鼻翼，嘴唇自然红润，嘴角上扬。

好不容易挤到了车厢里人较少的角落，刚巧有一个坐着的乘客起身，我正准备坐下，想起身边的溪溪姐。我叹了口气，对溪溪姐说道："溪溪姐，坐这吧，有位置。"

"啊？我？谢谢啦。"她毫不客气地坐下。

竟然不客气也不谦让一下……

"那么,你说商品店的老板偷走投票,有什么根据吗?"

"实质上的根据一个也没有。"

"那你不就等于是在血口喷人。"

"那是因为这一切都只是'一种可能',只不过从我所得到的线索来看,这种可能是最有可能的。"

摇晃的车厢,我勉强抓住抓杆。

"这得从投票说起,是店铺投票,不是你们学校的搬迁投票。关东煮的阿姨说,因为和商品店的大姐聊过天之后觉得有些绝望,就决定放弃参评。但是商品店的老板却有些犹豫,似乎还想要参加评选一样。也就是说,这个参评,对她来说至少还是有意义的。"

"于是我想,也许让关东煮放弃参评,是商品店的一个策略。"

"你是说,商品店阿姨为了让自己取得更高的名次,而让关东煮店放弃参选?"

"没错。"

"可是商品店本来名次就很高啊,不是第二就是第三。即使排除了关东煮这个竞争对手,还是只会稳固在第二啊,难道说她只是为了争夺这个稳固的第二而让关东煮放弃参选?"

"所以说你很笨啊。还记得刚刚讨论抽奖的时候我说的话吗,隐藏的情况变了,数字就会变。"

"会……变……"我喃喃自语。

"没错,这个情况下,数字会变——数字会整合。"

"整合?"

"如果关东煮不能参选,你的票会投给谁?"

"不知道，但我还挺喜欢吃的，而且你不是说不要让我去抽奖店了吗，书店我也不喜欢，动漫店也去不起，我也不喜欢看书，恐怕就是投给商品店了吧，毕竟他们家也卖零食。"

"假设原本有百分之四十的人喜欢抽奖店，那么这群人是什么样的人呢？是男孩居多吧？"

"嗯。"我点点头。

"再假设有百分之二十的人喜欢商品店，百分之二十的人喜欢关东煮、剩下的二十其余的店铺分。那么，喜欢商品店的人，和喜欢关东煮的人会不会有重合的？

"商品店是卖食物和女生喜欢的文具的，关东煮是卖熟食奶茶的，而且还有一个可爱的墙，上面贴满了便利贴，都是女孩喜欢玩的。也就是说，对很多女孩以及喜欢吃零食的人来说，第一喜欢的是商品店或者关东煮，第二喜欢另一家。但是投票只能投一家，他们只能选择自己最喜欢的。而这些人的喜好却是重合的。

"原先的投票占比是百分之二十的人喜欢商品店、百分之二十的人喜欢关东煮。但是现在情况变了，关东煮放弃参评。那原本投给关东煮的票，会有一部分流失去别家，会有一部分不投，当然还有最多一部分，会选择和自己喜好相近的，原本的第二选项——商品店。这样商品店的得票数很有可能会翻倍……"

"原来如此……商品店的阿姨和关东煮的奶奶说那些丧气话，就是为了让奶奶放弃参评，以达成自己的目的！果然是无商不奸！"我几乎要咬牙切齿。

溪溪姐接着说："没错。这同时又更改了另一个前提，商品店的老板，想要获得这次的第一。她想要获得第一又说明，在她看来这个第一是有意义的，会带来经济收益，至少在投票完成后，不会因为你们都搬走而变得没意义。所以，她必须保证你们都不会搬走。之前你说过，她的女儿在想要搬学校方面非常激进，说服同学和她一起投票。作为她母亲的商品店老板肯定比谁都先知道女儿的想法，以及她的所作所为。所以她会偷掉投票，是情理之中。"

"但是……"我疑惑地说，"偷了也没有用啊，因为马上就要发起第二次投票。难道说，在第二次投票之前，还有什么情况会让大家的投票发生变化吗？"

"大概没有这么快就让人转变心意的手法吧。"

"那这一切不还是没有意义吗？"我焦急地说。

"不，确实有办法，在不改变人们选择的情况下改变结果。我想，她可能会利用这种方法。"

"什么？"

"之前说店铺投票，商品店老板使用的方法是整合——整合分散在别家的投票。而在这次的搬校区投票中，她应该会使用另一招——分割。

"数字是会说谎的。即使大多数人都选择了想要搬校，统计的结果也可能是多数人决定不搬校。会议早早就结束了，但是商品店老板晚了很久才来还伞。其中应该有两个原因，第一是处理自己偷来的票，把票藏在自己的店了。第二，她跑去和老师校长建议新的投票规则。

"这次的唱票大会失败，短期内应该不会再举办这种大规模的行动，所以她会向学校建议下次不要把规模弄那么大，直接对着孩子们唱票就可以，同时因为这次票的失踪确实暴露了一些问题，比如在运输票的过程中并不安全。她会借此向老师建议，即投即唱——由班主任组织投票，然后统计，看起来这是个十分合理的建议，有很大的概率通过。既然都进行到这种地步，她肯定会接着提议，干脆直接以班级为单位计算总结果。乍看之下没有问题，先以个人得票投出班级的多数派，然后作为班级的意见投到学校，最后以四年级五年级的七个班级为单位，统计其意见，取多数派就可以了。

"但是此时，票已经被分割了。你们年级的人是不是不想要搬走的人占多数？"

"嗯，因为只剩一年了，很多人都嫌麻烦。不过应该只是多一点，并不压倒性占优。"

"四年级已经因为那个（1）班班长的缘故绝大多数都会想要搬走。就按照最极端的假设，四年级（1）(2)(3)班的所有同学都是同意搬走的。四五年级虽然班级不一样多，但是学生人数很相近。这样，在原本的投票体系下，只要你们年纪有一小撮人投搬走就会产生搬走派胜出。但是现在体系变了，既使四年级（1）(2)(3)班百分百赞同，这些票只能算作三个整体，只有三票，而你们年级，人数和四年级相差无几，却分为四个班，占四票。这样即使你们年级的每个班反对派只以微弱的优势获胜，结果上看，也是四票反对三票同意，反对占多。"

"怎么这样……"

"数字的谎言。"溪溪姐拍了拍手。

红灯,公交车停了下来,在天桥下等候着信号灯的变换。天桥边的灯,发着诡异的紫色,从车窗外照入,映在每个人的脸上。看着乘客们的脸颊,一切都显得不够真实。

"还挺夸张的,投个票能玩出那么多花样。"我苦笑。

"都是假设。只是……如果这些都是真的……不,希望这些都是我的假设,只是无数可能性最普通的那一个吧。"溪溪姐的语气有些寂寥。

她接着说:"为什么那个四年级(1)班的班长,这么渴望搬校区呢?为什么商品店老板要这么尽力地阻止这一切呢?"

"我……不知道。"

"你当然不知道……"她眼神变得温柔,又伸手摸了摸我的头,"不过有很多孩子都深受困扰……当然,家长也是。四年级(1)班班长,既然能当上班长,应该是一个品学兼优的好孩子,但是,不论是谁都有叛逆的一面,也许对她来说,就在自己学校门口的母亲的店,总在身边的母亲,让她感到不适,她或许是想离开自己的母亲,不想被'监视'。

"而她的母亲,任何人的母亲,都不会撒手孩子不管吧,所以她想去阻止。同时她还用计想要评选为最受欢迎的店铺,她为此付出了许多,时代书店的水军恶评可能也和她有关。"

"你怎么知道的?"

她摇摇头:"准确地说,这件事与除了时代书店以外的所有店都有关。只去抹黑一家店是没有意义的,因为还有其他店会超过自己。除非,是所有的店面联合起来欺负时代书店。"

"这……这又是为什么?"

"时代书店作为早期这条巷子里的名店,客流不多,却广为人知。任何店铺,都有可能被压走了势头。虽说经营的项目不同,但是这片地区处于市中心,土地就是黄金。不知道是哪家店发起的,也许就是因为最受欢迎店铺这个投票的诞生,成了事件的导火索,店家们害怕时代书店夺走太多目光,他们决定先下手为强。对于这件事,恐怕除了时代书店以外所有的店主都是知情的,说不定会有一两家店铺的老板不赞同这样的做法,但是也不会反抗,否则自己也会被写恶评……总之大概就是这类的无聊斗争,只有时代书店成了受害者。"

我有些不敢相信,刚刚还和我们和蔼聊天的奶奶,也会是加害时代书店的人吗?

溪溪姐像是看穿了我心中所想一样,说:"关东煮店的话,我相信他们不会是主动的加害者,最多是不敢发声的沉默者吧。"

"可是沉默也是犯罪……"

溪溪姐摇头说:"那是面对可以抵挡的罪恶时,但若是自己身处其境,自身难保……你知道的,之前我和你聊过这个话题的。"

我点点头。

"话说回来,商品店的老板娘做了这么多,除了商业上的考量,她是不是也想得到自己女儿的认可呢?

"只是,效果肯定是相反的。如果她的女儿知道真相,绝不会感动。对她们两个人而言，路还很长。虽然她们互相在乎对方，但是可能还不能好好处理自己的感情和表达方式。

"我觉得吧，孩子和父母像被一根橡皮筋拴在一起，离得近了，就松了，就想要离开，离远了，就会感到家庭的牵绊。

"但是……只有一点，我想这样的母亲，确实会让人感到窒息。今天是搬学校这种不大不小的事情，明天，又会是怎样的事情呢？不让自己的孩子做选择，不相信自己的孩子，剥夺他们本该有的权利，自以为是地为他们作安排，施加压力……这样的父母，得不到自己孩子的信任，没什么奇怪的。"

"嗯……"我不太能理解溪溪姐说的话，只能随口附和着。

"小礼，你投了什么票？你想要搬走吗？"

"我……我投了空白票。"

车子开动了，移动的紫色光芒和路灯交相掩映，一同刷过溪溪姐的面庞，纵横交错的、迷离的影子滑过……简直就像是在做梦一样。

江溪溪微微笑了笑，缓缓地开了口："你说谎。"

碎　镜

　　猴哥不姓侯，名候。一开始也没有人叫他猴哥。但是随着他的青春期逐渐到来，毛发愈发浓密，双颊遍布拳曲的小绒毛，再加上他身形瘦削，使得整张脸宛若齐天大圣一般，"猴哥"这个称谓就诞生了。

　　在刚刚升上初中的时候，同学彼此都不认识。我所就读的初中是一所中不溜的学校，名字叫大山初中。当时，市内最有名的重点初中叫太山初中。记得我和猴哥的第一次对话，是在体育课排列队伍的时候，猴哥因为身高和我相近，所以站位接近，他自来熟地主动和我搭话。猴哥站在我的身后，把嘴巴贴近我的耳朵说了一个冷笑话："这个学校还真会取名字呢，和好学校就差一点！"

　　我冷冷地笑了笑，紧随其后的就是淡淡的失落。

　　不过，正因为这个笑话，我和猴哥熟络了。我不免有些感叹，究竟有多少友谊是起源于一个笑话。总之，猴哥在此时已经展现了超强的社交天赋。和友人B近乎蚕食的社交圈子不同，猴哥的社交成功要点取决于他的废话。众所周知，任何一个圈子里都需要一个活跃气氛的角色，猴哥当仁不让地扮演了这样的角色，话题好像永远说不尽。他似乎博闻强识，知晓天文地理，但是深究其道理，他又回答不出来；他又像身无长物，什么都不会，可聊起来又能对所有的事物侃侃而谈，虽然只限于表面，但是众人对他的见多识广无不拍手称赞——实际上大家只是为他缓解了尴尬的气氛而开心。

现如今，猴哥的爱好有三：抽烟、喝酒、读小说。这三样在初中阶段只有最后一个有所显现。但是他嗜读的不是什么了不起的文学巨著，也不是什么畅销小说或者鸡汤文学，而是实打实的网络小说。动辄两百章起步，一套少说十来本的小说，买回家得有一两百块，对于我这种贫苦家庭的孩子来说还是有些奢侈，但是猴哥毫不吝啬他的钱包。他一概如此，就像他总是请我们吃炸土豆片，总是请我们打游戏，总是请我们喝奶茶一样，这么说，可能会显得他的朋友都是用钱买来的，事实也确实如此。

但我是真心想和猴哥成为朋友的！

所谓朋友就是有福同享，有难……有难就等有难的时候再说吧。

至于我，和猴哥成为朋友后，耳濡目染地也读起网络小说。虽然我的财力不及猴哥，但还是攒着一个月的零花钱，忍痛买下了一套完整的网络小说，名字叫作《酒鬼》，一共二十册。

猴哥被老师重点关照，因为表现极其"突出"，所以被授予了荣誉宝座。他的座位是第一排第一座，那是一片不毛之地，毫无生机。是独立于尘世的理想乡，是汪洋大海里的一座孤岛。他没有同桌，只有在四五十名学生脱颖而出的人才能享用那唯一的宝座，最突出的位置。

人们称那个宝座为：冰封王座。

最开始的猴哥,并不是什么坏学生,他成绩优异,特别是理科,总是比常人更快做出题目。但不知道从什么时候起,他成了一个老油子一样的角色,上课大闹,不听讲,成绩一落千丈,还故意在课堂上和老师顶嘴,渐渐成了老油条。

所以像猴哥这样的老油条,根本就不会对坐在冰封王座这种事有什么怨言。虽然他已经无药可救,但老师还是秉承着人道主义原则,对他多加"照顾",但他实在是软硬不吃,有些科目的老师已经有放弃他的趋势。

某堂自习课前的下课时间,猴哥一如既往地寻找他的"厕所之友",他走到了我的身边,微笑着亲切发问:"你是否感到膀胱肿胀?"

我摇摇头:"没有。"

他有些为难地说:"走,陪我去上个厕所?"

我挖苦地说道:"多大人了,上厕所还要人陪啊?"

猴哥有些不愉快地"啧"了一声,这时站在一旁的流星同学说道:"走,猴哥,我陪你去上厕所。"

猴哥有些不满:"你是什么东西?我才不要和你去上厕所!"

抱歉,这样的叙述未免显得猴哥有些过分,不过这恰恰是猴哥与流星关系良好才能说出来的话,换言之,其实猴哥与流星关系过分要好,所以才可以这样互相挖苦。

也许是单方面挖苦……

最终,猴哥孤零零地去上了厕所。

快上课时,猴哥从厕所凯旋,他跑到我的身边,问我借我成套购买的网络文学《酒鬼》中的第十四册,说是正好只有这一本没有读过,想要在这堂自习课读完它。其实我本想拒绝,但是因为之前就已经拒绝了和他上厕所,这样的事情突然成为了一道屏障,让我说不出拒绝的言语,最终我还是把书借给了他。我想,作为老油条的他,肯定可以在老师不注意的情况下读完这本书的。

结局证明我是错的。

我的位置在走廊的旁边,有一扇巨大的窗子对着走廊。这节自习课最开始班主任过来稳定纪律,看守了不到五分钟的时间,就走出了教室,回到了办公室。

之后就一直没有老师看守,整整持续了二十分钟。

事情发生得过于突然,那堂自习课我真的是在认认真真地做着晚上的数学作业,所以当班主任的身影闪现到窗前的时候,我虽然心里一惊,但是很快就平静下来,我告诉自己:"你没有做错什么,你只是在安静地写着数学作业。"

是的,那个犹如幽灵一样的班主任是抓不住我的任何把柄的,因为此刻我真的在写作业。这样想着,我竟然还有些沾沾自喜,为躲过班主任的狙击而高兴。

这份喜悦转瞬即逝,我突然意识到虽然我没有什么问题,但是不代表别人也和我一样没有在做什么偷鸡摸狗的事情,特别是冰封王座的那个男人。其实那个男人怎样都无所谓,反正是油锅里的老油条,但是老油条不能带着我的书一起下油锅啊!我抬起头瞟了一眼猴哥。果不其然,他把小说放在桌肚里,埋头苦读。从我的角度看过去,简直就是个大敞开,他的动作和我的书暴露无遗不说，连脸上挂着的傻笑都能一览无遗。

这个人是弱智吗？

站在窗户边犹如恶魔的班主任，冷冷地开了口："伊候！看什么呢？拿来我看看！"

后面发生的事情可想而知——猴哥因为惊吓，肩膀微微一抖，颤颤巍巍地回过头，他的双手把我的书往桌肚里无力地推了推，可惜早已无济于事。班主任冷冷地说："拿来。"即使是身在冰封王座的猴哥都显得有些无力，他只能尴尬地露出了笑容，携带着我的书来到窗户前。

就在我的面前，我眼睁睁地看着书被没收了。

一本书二十元，不算贵。在自习课偷看课外书而被没收也是没有办法的事情。其实我本应该毫不心疼，但是那本书是全二十册其中的一册。如果少了这一册，那么一整套书就变成缺一本的状态。我不能接受一整套书里缺少一本。

课后，猴哥悻悻地向我道歉，并且保证还我一本。可是被没收的第十四册正好不是什么精彩的篇章，恐怕不会有书店单独进货一本。这些书店都是成套进货，成套售卖。书店一般不会单独售卖《酒鬼》第十四册的。

猴哥自信地拍了拍自己的胸脯，说："别担心，一定能买到的。"

我摇了摇头："算了吧，不是很好买到，"接着挖苦，"我搞不懂，你能不知道班主任会在自习课来巡查吗？你可是老油条啊！你明知道，还放在桌肚子里看，生怕别人不知道你在偷偷摸摸的，哪怕你放在桌子上读呢，班主任说不定还会以为你在写作业……唉，说多了也没用。"

"我的错，我的错，"他抓了抓头，不好意思地说，"我知道有一家店，可能会单卖这本。"

"哪家店？"

"就是堕落巷里的那个时代书店。"

堕落巷的时代书店，算是我和猴哥访问最勤的一家书店。既因为那里的书目类别丰富，也因为我从小就在那里买漫画，老板的女儿和我是朋友，作为熟客老板总是会给我一份优惠。

"会有吗？"

"如果那家店都没有的话，那么整个城市都不会有了。放学后去看看吧。"

"好吧。"我又叹了一口气，有些无力地趴在桌子上。

"老板啊，他不是阿礼啊。"我哭笑不得地说。

"哎呀，我知道，我知道，他就是之前在旁边这个小学读书的对吧，叔叔没有忘记他！"

"不是啊！我才是……"我有些焦急地说。

老板仔细地上下打量我："嗨！你俩长得一样啊，不过就算是这样我也不会认错，你是那个长得像小猴子的人嘛，第一次来是阿礼带着来的。"

"我……"我暗暗骂了句脏话。

纵观猴哥，除了身高体型，整个人的着装打扮、相貌谈吐和我没有一点相像，而且不论在什么场合，都没有人认错过我们。为什么唯有时代书店的老板总是把我们弄混。

真是越想越生气，好像之前那么多年和时代书店老板的交情都被狗吃了！

一旁的猴哥放弃挣扎："算了算了，我就是阿礼，他是那个小猴子。"

"你还小猪仔呢！"我回敬一句。

猴哥不再搭茬，向老板微微一笑，就转身进了书店的里间。

里间放有好几个书架，其中就有专门放网络文学的架子。猴哥找到了网络文学的书架，一排一排寻找着《酒鬼》的十四册。

我和老板又寒暄了几句，很快就来到猴哥的旁边。

"哎，大学生，"他揶揄道，"不去母校看看老同学？"

我白了他一眼："现在再去，恐怕就真的是去见'老'同学了。"

他哈哈地笑了笑："不过，小学变成老年大学这件事也是够扯的。"

"发生在我身上之前，我也觉得太扯了。"

"你知道更扯的事情是什么吗？"他的声音变得低沉了一些。

"什么？"

"是这种事恐怕要第二次发生在你身上了！"猴哥把脸转向我，一边摇头，一边露出不合时宜的笑容。

"什么……意思。"我的心里仿佛有一个地方被挖空，被悬挂在一片虚无的区域。

"我朋友,你知道吧,就是小王。"

"不知道。"

"就是太山初中的那个小王,我总是提起他的。"

根本就没有提起过……

"他怎么了?"

"从他那边得到的最新消息,说是他们学校最近要扩招了。"

"好学校还扩招,这对下一届升入初中的孩子来说是好事吧。"

"确实如此,但是你有没有想过,一个学校要扩招的前提条件是什么?"

"什么呀?"

"学校先得扩建啊,不然教室不够,也就没有扩招的意义了。"

"啊,你是说他们学校最近扩建了吗?"

"这就是诡异的地方了,"猴哥故意双手抱胸,"他们学校最近没有扩建。"

"哦。"

这终究是别人学校的事情,况且是全城最杰出的重点学校,肯定是有着自己的规划吧,轮不到我这种外人操心,因此,我只想快点摆脱这个话题,找到我的《酒鬼》第十四册。

猴哥见我不想搭话,把头转向书架的顶端,无所谓地自说自话:"你知道的吧,我有一个朋友在隔壁街的酒吧打工……"

"不知道。"

"嗯……就是我哥的同学,一开始在电脑城工作,到我家来帮我装电脑的,后来去酒吧工作了。你以后要喝酒和我说,我和他说一声可以给你优惠。"

我一脸诧异地看着他:"你在说什么啊,未成年人怎么能去酒吧!"

"我就是这么一说,等你成年再去也不迟。现在要是去的话我妈得打死我。"

"你们家是你妈唱红脸,你爸唱白脸?"我话锋一转。

"没有白脸。"他冷冷地说。

"混合双打?"

他摇了摇头,我立马懂了他的意思。

我感到有些抱歉,慌忙把话题转移回去:"你刚刚说什么来着?"

"也没什么啦,就是上次听他说,上周听到了客人的谈话……"

"在酒吧工作的人偷听客人的谈话,未免也太没有职业素养了吧。"

"随你怎么说,反正耳朵是闭不上的。他听到两个中年人,一个是胖胖的爆炸头,另一个是个秃头……那个秃头我是不知道,但是爆炸头你应该……"

"都二十一世纪了,还留着爆炸头的中年胖子,怎么想都只有那个男人了。"

那个男人姓葛,其实我们根本就不知道,也不在乎他的全名叫什么,我们总是叫他葛老头。他是学校的副校长,同时兼任我们的英语老师。他总是穿着不合身的西装,头上不知道为什么顶着上个世纪八十年代的爆炸头，自以为很时尚的样子。最让人印象深刻的是他独特的口音，不必说英语，就是本国语言都时常发音失准，其口头禅是："搞什么东西！"因为他独特的口音，这句话的重心总是落在"东西"上，因为这句话喜感十足且十分洗脑，所以总是被同学拿出来当作他的笑料。在我们班，最受欢迎的一个表演就是模仿葛老头的那句"搞什么东西！"，其中，表演得最像的就是猴哥，毕竟他是被葛老头叫去办公室最多的学生。

"你搞什么东西！"猴哥表现出超高的模仿技巧。

"哈哈哈，就是这样！"真是百听不厌。

"哈哈，总之我也第一时间想到葛老头了。我那个朋友把葛老头和秃子的交谈内容听了个大概，有点担心我就把情况告诉了我。"

"担心你？"

"嗯，那个秃子好像是太山初中的校长。"

"哦，那又怎样呢？"

"动动你的小脑袋瓜子想想，前有太山初中扩招不扩建，后有大山初中校长和太山初中校长促膝长谈……"

"说什么促膝长谈也太夸张了，人家就是去喝个酒而已。"

"但是我的那个朋友告诉我，他们谈论的是有关'合并'的事情。"

说什么"合并"，不过是吞并而已。

我一脸震惊地望着猴哥，然后苦笑了两声，不知道该说些什么。大概唯一的慰藉就是将来别人问起来，我可以说自己毕业于太山中学，而不用遮遮掩掩自己是大山初中这种三流中学的事了吧。

"哎……我……有点不太明白。"

"有什么不明白的。就是我们学校的下一届都叫作太山初中分校。顺便一提，你和我都还是大山初中，不是太山初中分校的学生，毕业册上还是会好好注明的。"猴哥自嘲地笑了笑。

看来连最后的一丝慰藉都不存在了。

"但是这对我们不公平啊。"

"有什么不公平的？学校也没赶你走，还是会好好教学，场地也没有压缩，归根结底还是三个年级的人共享一个校区。直到我们大山初中的'遗老'全部毕业，这片土地将会彻底变成太山初中。"

"这个剧本我很熟悉，不用再介绍了。"

"我就想，你也太倒霉了吧。小学没了，现在初中也要没了，你说会不会你的高中也会消失啊？"

"借您吉言啊！"我白了猴哥一眼。

"啊，找到了！"猴哥踮起脚，从高层书架中拿出了一本书。深蓝色的书脊，上面刻着醒目的"十四"字样。我急忙靠上去，用双手从他的手里稳稳地接下这本书，那一幕像极了接生上帝的孩子。

封皮泛着淡淡的星光，那是 UV 的作用，在灯光的反射下，我一时间没能看清上面的字。眯起眼睛，视线从猴哥喜悦的脸庞再次转移到书的封面，在看清了之后，又把视线转移回猴哥的脸，笑容不复存在。

这本书不是《酒鬼》，而是一本叫作《酒神》的网络小说。

"抱歉，我看起来挺像的。"

"的确，我要的那个《酒鬼》第十四册也是深蓝色的。"

"嗯，再找找吧，我把这个放回去……"说着，猴哥又踮起脚。

猴哥的身高在我们这个年纪应该算得上大个儿，但是藏品丰富的时代书店书架比起一般书店的架子要高上不少。一排书中拿走了一本，那一排的所有书就好像是拥挤的车厢少了一名乘客一样——依旧拥挤。其他书把这本十四册书的位置全部挤占。猴哥别扭地用左手把书往左边拨弄，右手尝试着把手上闪闪发光的书塞进书架。

因为这些动作都是建立在他踮脚抬手的基础上，所以他的动作非常滑稽。

我有些看不过，也踮起脚，帮他把右边的书往右边拨弄。可能是之前的书架塞得太紧了，也可能是我俩的动作都很别扭，使不上劲，这本书怎么都塞不进去。

猴哥恢复了正常的站姿："算了，我去问老板要垫脚的梯子。"

过了一会儿，垫脚的木制阶梯就被推了进来，猴哥站上梯子，很轻松地把书塞进了架子。随后他没有急着下来，站在梯子上，抬头继续寻找着高层的书。

我则在下方继续检索。这些书，有的标题一看便知道是网络小说，但是也有很多看起来像是私印本似的作品。按理说，这两类书风马牛不相及，作为书店应该做好分类，以方便读者找书，不会这样胡乱摆放。

我又抬起头，仔细看了看书架上的其他书。果不其然，这里还是私印本占多数，网络小说只是零星地插入其中。更奇怪的是，私印本混杂网络小说的情况，最高只到与我视线平齐的那一行，再往上面就鲜有网络小说，除了猴哥之前拿下来的那本闪闪发光的书。

在私印本里，我发现了一本标题非常有趣的书，名字是《白雪掩罪》。这本书放的位置不高，我从架子上拿了下来。翻开一页，感觉和那些已经很久无人问津的私印社刊不同，这本书好像最近被人翻动过。

我竟然有滋有味地读了起来。

过了几分钟，猴哥突然说话。

"嘿，看我找到了什么？"猴哥示意我上前看，我抬起头，看到他好像是从最高的那一层里拿出来一本书，他示意给我看，远看好像确实是我需要的《酒鬼》第十四册。

"太好了，拿下来吧。"我随手把那本《白雪掩罪》放了回去。

"等一下……"猴哥像是发现了什么宝藏一样，在书架上又摸索了一番。很快他就从书架上摸下来一本看起来很老旧的书，然后从梯子上跳了下来。我不在意地瞟了一眼他手上古旧的书，没看清书名，但是书页明显发黄，用纸也是老书的那种薄薄的质感，印刷看起来有些模糊。封面是一个碎裂的镜子，不知道为什么没有分崩离析，依旧连在一起，镜面上的裂痕触目惊心。

"这是什么?"我问。

"没什么,家里有其他册,就差这么一册了,正好在这儿给碰上了。"

这样的话,真是运气好。

"没想到你还收集古书啊。"

"谈不上什么古书,老破书社刊而已,知道我为什么知识渊博、博闻强识吗?就是要多读书多看报!哎,你看看这是《酒鬼》第十四册吗?"

"我看看,"我接过书,"没错,就是这个。"

"没想到真的能找到,运气真好。行吧,就当我赔给你了,走吧。"猴哥示意我出去结账。我们结伴一人手拿一本书,准备走出里间。

到了外面的房间,又见到了老板,他热情地迎上来问道:"找到了吗?"

"嗯,谢谢你的梯子。"猴哥说。

"没事儿。"

老板站在收银台的里面,我们靠上去,把两本书放在台子上。猴哥要买的这种没有条码的老旧社刊,只有让老板自己喊价了,喊高喊低都看他自己,客人当然也可以还价,但是我们一向信得过老板不会故意报高价坑人。

还没等付钱,猴哥就一副惊慌失措的样子,双手在自己的口袋上下摸索着。此时我已经有了不祥的预感,直到他慢慢地起头,尴尬地对我笑了笑:"嘿嘿,礼哥。"

"干吗……"

"你懂的,出来太仓促,今天也没想到会把你的书弄丢……所以……"

"所以?"

"没带钱。"

"你故意的吧?"

"这哪敢啊!礼哥,这回你自己先垫着,明天保证还你!"

"这还叫赔我书吗,还是我自己买啊!啊?难道这本破书也要我付?"我睁大眼睛指着桌上的书。

"拜托了!礼哥!"猴哥深深地鞠了一躬,"保证还你。"

我无奈地从口袋里拿出钱包,里面装着一张一百元的钞票。这是我这个月的零花钱,我还没舍得破开,一百元这种东西,就是在自己手上的时候非常安稳,一旦破开了,不出三天就会莫名其妙地消失,我怀疑我的钱包有着吞噬百元以下钞票的超能力。

"哎呀,真有眼光。"老板一边扫描书背后的价格标签一边说。

"看个网络小说而已。"

"谁和你说这个了,是这本啊。"老板把手上的破旧书递给我,"这本质量可真不错……我记得是……"

"好了好了,一共多少钱?"猴哥明明没钱还一副大爷模样,不耐烦地说。

"这本二十,这本……稀有是稀有,但是毕竟是社团的刊物,没什么收藏价值,而且也不是成套的,就收五十吧。"

这什么破玩意要五十?一本破纸,屁股都擦不了还要五十?

我呆呆地站在原地,一脸不可思议地盯着面前的发黄私印本,猴哥捅了捅我的肩膀,示意我付钱。

"啊,给……"我不情愿地递出手中的一百元。

"哎,现在的年轻人真有钱。"老板收钱时还不忘挖苦我。

"这就是全部家当了,哎……"

"嘿嘿,没钱的话来我家打工啊。"

"我要举报你雇用未成年人。"

"不给你钱不就完事了?"

"万恶的资本家。"

"不过啊,店里最近是缺人手。"老板把找好的钱递给我。

我没有想继续问,但是老板继续说了下去:"最近没人看店,我一个人照看不过来,前些天还差点出事了。"

"出事?"我来了兴趣,猴哥则一脸不耐烦地拉着我的胳膊,示意我往外走。

"也不算什么大事吧,但是如果继续这样照看不周,说不定会丢东西呢。"

"店里进贼了?"

"你管那么多干吗?快走吧,我都饿了。"猴哥说。

"要是贼还说得过去,但是没有丢东西,只是发生了件奇怪的事情。有天傍晚我靠在那个木阶梯上打了个盹,醒来之后发现书架上的书乱了。"

"什么叫乱了?"

"就是本来放在教科书位置的书,莫名其妙跑到言情小说的架子上了,而放在言情小说架子上的书,又跑到恐怖小说的位置。几乎所有的书都有错位,而且是零星地一本一本插入到本不应该存在的地方,这种工程不是很庞大,就算一个人也能完成……但是恢复起来……"

我想到书店里私印本的书架上插入了网络小说。

"复原起来就太麻烦了,要一本一本核对……所以到今天也有几个地方没有弄好。你说现在人怎么那么缺德,做这种损人不利己的事情。"

"确实缺德!"我说。

"走吧。"猴哥又一次显现出不耐烦的样子。

把书店里的书错位地放在本不属于自己类别的书架上,是什么人出于什么目的做的无聊之事啊!

"无聊的恶作剧,倒霉的可是我啊。哎,阿礼,来帮帮叔叔吧,帮忙把书架复原……"老板对着猴哥说。

我长叹:"叔叔,我才是……"

猴哥打断了我的发言:"下次吧,下次一定!走吧。"猴哥拉着我出了书店。

"你觉得是怎么一回事呢?"我把炸串递给猴哥,问道。

猴哥吃下一口酥脆的土豆片,番茄汁从他的嘴角流了下来,他擦擦嘴:"什么怎么回事?"

"就是书店的怪事。"

"这种事情你怎么想都想不清楚的。"

"为什么这么说？"

"因为不是所有的事情都事出有因，很多事情只是某些人临时起意，没办法合理解释。"

"我不这么觉得。虽然的确有的事情不能合理解释，但是只要了解了行动者的本意，很多本不能用逻辑解释的事情也会得到一定的解答。"

"干吗，你想要玩推理游戏吗？"猴哥拿起另一串土豆。

"哎，这个土豆是我的。"

"腐竹两个，留给你。"

"土豆贵一毛钱哎。"

"你这也太龟毛了吧。"

"关键是番茄酱的土豆串超好吃的。"我据理力争。

"行吧，给你给你。"猴哥撇着嘴，放下土豆。

"回到刚刚的话题。你怎么想，书店的事情。"我问。

猴哥坐直了身子，把桌面上的餐巾纸丢到垃圾桶里，抬起头看了看并不干净的天花板："嗯……我觉得并没有小偷之类的角色。"

"因为没有丢东西？"

"不，不是，我的意思是没有人在书店老板打盹时进入书店，然后打乱图书。"

"可是图书确实被打乱了。"

"那有两种可能性，第一，书从一开始就是乱的。从这家书店开业以来书就没有按类别分过。"

"应该可以排除这个可能性,这家书店我来过很多次,书确实是好好分类的。"

"那第二个可能性……是老板自己把书打乱的。"

"老板为什么要这么做呢?"

"如果书被打乱会有什么后果?"

"老板的营业会变得很麻烦?"我说。

"那也许老板的目的就是让营业变得麻烦。"

我摇摇头:"如果他真的希望营业变得麻烦,就不会在结账的时候邀请你帮忙了。"

"是邀请你。"猴哥说。

"是对着你说的。"我说。

"可是他邀请的是阿礼……啊,原来如此,他的目的是你。"猴哥一副恍然大悟的样子。

"我?"

猴哥继续说:"老板为了让你去店里帮忙,故意把书摆放的顺序打乱。"

我想了想,摇了摇头:"不,老板根本就无法预测我会来买书。今天之所以会出现在这家书店,有两个原因,而这两个原因都是老板不能控制的因素,第一因素是你让我的书被班主任没收,第二因素是你提出这家书店会有第十四册的可能。老板并不能预知此事,并且提前把书打乱。再者,就算老板真的打算用这种方式让我去店里帮忙,你不觉得他放弃得太快了吗,没有多加说服,只是当作一个玩笑一样带过……"

"那这一假说也驳回？"

"老板并不是自导自演的。"

我和猴哥都深深地叹了一口气。

"又回到原点了，也就是说真的有人无聊到去打乱书店里的书吗？"猴哥无奈地说。

"应该不是无聊，但是我们手头上的线索太少，不可能分析出犯人这么做的原因。只能从现有的线索分析，看看能不能勾出凶手的画像。"

"呜，总感觉并不是什么有趣的事情，天色不早了，吃好了吗，吃好了就走吧。"猴哥擦了擦嘴巴。

我把面前最后一串火腿肠一口吃下，外皮微微焦脆，内部软嫩鲜美，酱汁香辣可口。

长吸一口气，回味口腔里的美妙。

灵光一现。

"犯人的身高和我和你差不多。"我微微抬起眉毛，看了看猴哥。

"什么？"猴哥不解地看着我。

"是从被替换的书的位置看出来的。大多数被替换位置的书，高度都和我的身高齐平，应该是犯人下意识地把替换的书放在和自己视线齐平的位置。"

"不对啊，你记得我一开始找错的那本闪闪发亮的十四册，还有放在最高一层的你需要的那本十四册吗？"

"是啊，犯人本不可能让那本书出现在最高的那一层，"我顿了顿，看了眼猴哥，"除非，有猴在说谎。"

"别开玩笑了。"猴哥挥了下一下手掌，笑道。

我抿起嘴："老板说，出事的那天，自己是靠着那个阶梯睡着的。在老板睡着的时候，犯人溜进了店里打乱书架上的书。那个时候犯人是没法用到阶梯的，如果要动用那个阶梯，一定会惊醒老板。"

"那为什么《酒鬼》十四册会出现在最高层？"

"犯人绝对没办法把《酒鬼》十四册放在最高层，但是你却说那本书是从最高层拿下来的。能想到的结论只有一个，你在说谎，那本书根本不是从最高层拿下来的。

"你站上梯子后，是背对着我的，这让你可以随意操作。你就是在那个时候，把怀里的《酒鬼》十四册假装从书柜上拿出来。"

"可我们是一起进入书店的，你知道我进书店的时候手上没有带书。"

"没错，因为《酒鬼》十四册是进入书店之后才得到的。我想，《酒鬼》十四册应该就被你藏在那本闪闪发光的《酒神》十四册的书壳后。被替换下来的《酒神》十四册，就随意放在某处了。你也不在意会不会被我看到《酒神》十四册，对我来说《酒神》和我需要的《酒鬼》没有一点关系，就算看到了我也会忽视。这就是灯下黑。"

"可我没有说谎的理由啊。"

"当然有，因为你就是打乱书柜的'真凶'。"

猴哥张开的嘴巴又缓慢地闭上，等待着我的发言。

"我从一开始就觉得很奇怪,为什么作为老油条的你会被班主任没收书。但是如果这个行为是你故意的,就可以理解了。不,比那个更早,今天的一切应该都早就在你的计划之中。你的计划应该是从很早就开始的,从你在这家店里看到了《酒鬼》第十四册的那天,就开始了。

"在你原本的计划中,你只是想在老板睡觉的时候偷偷用阶梯做某件事,但是老板靠着阶梯睡觉打乱了你的计划,于是你灵机一动,打算利用刚刚看到的《酒鬼》十四册做一个计划。

"那天,你先是打乱了书柜的书,为了给之后的'借阶梯'埋下伏笔,又把《酒鬼》套上了《酒神》的外壳放在上层书架。

"今天,你找我借《酒鬼》十四册,不是因为你正好第十四册没看,而是在时代书店里,正好有着这本《酒鬼》十四册。你借了我的《酒鬼》十四册,故意被没收,就是为了今天我能和你一起来书店。

"进店后,你拿到本不应该放在上层书架的那本套了《酒神》书壳的《酒鬼》,之后称书塞不进书柜里,但这只是你的一面之词。实际上,当时拿着书的还是你,我虽然和你一起尝试把书放回去,但我只负责把右边的书拨开。你只要坚称,书塞不进去,我也不会追究。而你用这种谎言借到了阶梯。"

"可我为什么那么执着于阶梯啊?"

"这我无从得知。但是从结果来看,你最终是买下了那本私印本,也许那本书才是你真正的目的吧,阶梯不过是一个'垫脚石'。但我依旧有着疑惑——你大费周章,把书替换,站上梯子,假装先看见《酒鬼》十四册，再好像是意外一样发现那个私印本，将其买下。但是，只是为了买一本私印而已，你为何要绕这么大的弯路呢？"

短暂的沉默过后，猴哥抬起头不好意思地笑了笑。

"嘿嘿，你都猜得八九不离十了，再猜一下嘛。"猴哥吐了吐舌头。

我无奈地看着眼前的这位朋友，摇了摇头："那我就乱猜一下咯——你之所以这么绕圈子，是因为你想让自己的行为不那么引人注目，不，或许是自己的其他行为多么引人注目都无所谓，你只在意买下私印本这个动作，是意外的、顺其自然的，而不是早有预谋的。当然，以下就是我的妄想了。

"大概是因为，那本私印本是你自己卖给这家店的。把自己卖掉的书再买回来，还是放在最高那一列并不容易被察觉的私印本。如果老板察觉到，可能会起疑心，你就是不想让老板起疑心，才绕了一大圈买书。"说完，我找了根牙签，剔起了牙。

"真是被你看透了，"猴哥说，"没错啦，这本私印本是老爸以前所在的社团弄的。前些天我们不是去打游戏吗，但是我正好没钱，不过说好了我请大家，又想到这家书店一直在收二手书，就灵机一动，随便拿了家里的一些书去卖。当时这本书就随便放在家里的书桌上，我以为不是什么重要的东西就一起拿出来卖了。后来老爸发现书没了，勃然大怒，我才知道这是对老爸而言很珍贵的东西，我就想来买回去。但是来到书店找了半天，才发现书被放在了最高的那一列。其实当时要是叫醒老板，借梯子去拿下来，然后买回去也没什么问题，但就是害怕老板想起来是我卖掉这本书的，事后再把这事给我老爸说漏了。"

"你老爸认识老板？"

"嗯……他偶尔会来书店，但是他和老板是什么关系我就不知道了。"

"那这么说来，今天带我来的目的，就是混淆老板视听，怪不得你一定要让我来付钱呢，这样在老板的认知里，是你卖了这本私印本，而我买下了……虽然还是怪怪的，但是总比自己卖了自己买下好一些。"我说。

"其实今天的所有行动都是计划好的——最开始找你借了《酒鬼》十四册，是因为我正好在这家店看到《酒鬼》单独一本十四册。当时我就萌生了这个计划，于是我把书的分类打乱。今天我是故意让书被班主任没收，这样就能让你陪我一起来这家店。不过还好，书是买回来了，就是什么都被你看透了有点不爽。"他噘起嘴。

"那我觉得你还是和你爸自白吧，这种事他不会对你怎么样的。"

"这个，下次见到他再说吧。"

"下次见？今天晚上见不到吗？"

猴哥吞吞吐吐地说："嗯……是这样，他出差了，我们很久没见了。"

"你之前还说他骂了你。"

"那是他出差之前的事了。"

"好吧……"猴哥的解释并不能说很有说服力，但是我回想了之前和猴哥推理的过程。很多时候都是以"为什么要这么做呢"为分析的一个节点，每一个行为都可以被展开，但是只要一直展开下去，就会没完没了。犯人为什么要这样做呢，这种问题也许真的像猴哥说的那样，是不能被分析的。就像我依旧不能理解猴哥的动机一样。

天色没有变得很暗，我还不是很想回家。猴哥得到了他想要的私印本，想要快点回去，于是我们就在巷子里分了手。闲着没事，我在这条自己最熟悉的巷子里逛了逛，还企图溜进母校老年大学里，看看有没有什么变化。可惜被看门的阿姨逮了个正着，只能作罢。

我又买了一些熟食，坐在关东煮的店里，和店里的奶奶聊了一会儿天。她好像没什么变化，但是脸色看上去不是很好，听她说，爷爷生病住进了医院，今后可能不能每天都开店了。我鼓励了她两句，没有多问。

店里现在也开始卖一些小玩具，但是买的人已经不多了。偶尔会有高中生来这里买着玩。

我走到里面，看到一种手枪的模型，盒子上写的是仿真玩具。透过外盒就能看到这玩具有的螺丝孔位过于暴露，用料也不那么结实，这种小玩具的价格应该也就几十块。

"这个啊，还挺少有人买的……哎？这里是怎么回事？"她清点了一下数目，随后，在一个本子上查询起来，说了句："果然没错，看来是少了一盒。哎，应该是我老糊涂记错了吧。"说着，她从口袋里拿出一只蓝黑色的镶金边的钢笔，在本子上勾了几笔。

"奶奶，这支笔挺好看的啊，从哪里买的。"我问。

奶奶说："这支笔啊？是前些天有人落在店里的，是你的吗？"

我侧过头，说谎道："我好像是丢了这么一支笔。"

"那还给你吧。"奶奶把笔递给我。我道谢，接下笔。

最终什么都没有买，我走出了关东煮店，却悄悄在桌子上留下了一笔钱，用来支付这支笔。又在巷子里徘徊了一会儿，无处可去的我，打算到时代书店里找本漫画读一读，度过这无聊傍晚的最后时光。

一进门，就看见坐在收银台的，不是老板，而是一名少女。

夜月正在低头看着一本封面印着我看不懂的英语的书，进入初中以来她的英语水平突飞猛进，但是这么快就能看懂英文原版书了吗……而摆在收银台一边的是一本英语词典，用以辅助看书。

她抬眼看了看我，又像什么都没看到似的放下眼神。

"喂，不欢迎一下客人吗？"我说。

"哦，欢迎光临，随便看随便选。"语气冷漠无比。

我走到柜台旁，随便找了个椅子坐到她的旁边，问道："在看什么？"

她有些不耐烦地把书合上："哈利波特，封面不都写了吗？"

"啊，原来哈利波特这么拼。"

"小学生都认识……"

"英文差真是抱歉啊！"

"别向我道歉,好好学习就可以了,你要是不会的话,我可以教你。"

"你也太正经了。"

"是你太不正经了。"

我撇嘴,不想再搭理她。她应该也抱着同样的想法,又把书本打开,自顾自地看了起来。

书店安静无比,只有夜月偶尔翻页的声音。我走到里屋,想要去把猴哥打乱的书一一归位。把错位的书拿下来,再找到正确的位置放回……如此反复几次,也觉得有些乏味,老板也不给我发工资,没必要帮到这种程度。

站到梯子上,能够看到书架最高层的私印本合集,都是一些破旧的书。有些书也并不成套,一二四册,唯独少了第三本,有些则是散本,只写着第几册,见不到首尾。这些书都是印量稀少,作为社刊或者私印本发行的稀有的东西。当然并不是说只是稀有就足够值钱,这些书的需求也不是很多,所以才会被放置在这种落满灰尘的书架上,品相也不好,价格应该不会太高。

落满……灰尘?

我仔细地看了一眼书架,上面已经染了一层的灰。

说明近期没有人打扫过……

我直接从梯子上跳下来,小跑到夜月的面前。动作太大吓了她一跳,她惊恐地把书本抱在胸前,不解地盯着我:"干吗那么激动?"

"你知道那边放私印本的架子吗?平时那里不打扫吗?"

"会打扫的,有时候爸爸也会让我去打扫。"

"那最上面那一层也会打扫吗?"

"啊……那里的话,我确实没有打扫过,主要是我站上梯子也够不到。爸爸的话,可能也是嫌麻烦有段时间没打扫了吧。怎么了,就算不清理灰尘也没问题吧,那些都是没人要的老书,从我有印象以来,就一直在那里没人动过……"

"你说啥?"

"那些书好像就是装饰物一样,一直在那里,没有增加也没有减少过……啊,不过今天好像被人买走了……我看看……"

"看什么?"

"像这种有些年头的东西如果被买走的话,爸爸都会做些记录的。"她低头在柜台里翻找着什么,不一会儿,她就拿出了一个厚厚的已经有些发卷的册子。

她直接把册子翻到最新一页,我伸头想去一起看,她却把册子拿了起来,挡住我的视线。

"干吗?这是客人隐私,不能随便透露的。"

"不是什么隐私啊,因为今天买下'老古董'的就是我。"

她抬头看了我一眼,又看了看本子:"你在胡说什么,不是你……"

"那肯定是记录出错了,或者是刚刚才买的还没有记录上。"

"不,今天确实有最新的记录。再之前的话,有人来买老书还是去年呢……"

"等等,难道说这里还记载了购买人的姓名?"

"没错,是购买老书的话一般都是熟客。偶尔也有第一次来的,爸爸都会记录,但是记录的方式就很粗糙了,比如这里,写着'马脸秃头',还有这个'圆脸辣妹'之类的,用以记录。"

"这种粗糙的记录有什么意义……"

"也没什么意义,我想这么做,可能是爸爸的一种执念吧,毕竟放在这里很久的书,也会产生感情。他大概是把这些书当作出嫁的女儿一样,想要给它们找到一个好下家……所以才想知道客人的名字吧……我猜的。"

"把书看作是女儿……哇,好奇怪,不能理解。"

"像你这样从来不读书的人怎么能理解!"夜月蹙眉。

"但是我真的买了啊,就在刚刚。"

"是吗?那你什么时候改姓伊了?"

"伊……难道记录上写的名字是……伊候吗?"

"啊!你真的改名了啊?"

"改个屁,那是我同学啊。我们班的伊候。"

"不认识。"

"可是明明是我付钱买下来的啊……"突然间,我意识到,老板一直把我和猴哥认错。而且在付钱的时候,老板叫猴哥"阿礼",他一直没有否定。老板是把我认成了猴哥。

从门口传来一阵脚步声,我转头看去,一个瘦高个中年男子进入了我的视线。他穿着牛仔裤、衬衫,戴着一顶白色的鸭舌帽。身材高瘦,相貌极其惹人注目,眼睛圆大,双腮外突,双颊布满黑白相间的络腮胡——俨然一副猴子相貌。

"伊叔，晚上好。"夜月打招呼。

"夜月啊，你爸呢？"

"回去吃饭了。"

"哦，今晚不来了吗？"

"不确定。"

男人点点头，无视我，径直走到里屋。

如果是巧合那未免也……太巧合了吧！这副相貌，还姓伊。直觉告诉我，没错了，这个人就是猴哥的老爸！

猴哥的很多行动，并不是"必要的"。

按照之前的推理，猴哥为了"不被老板怀疑"而采用了这种绕圈子的方法把私印本买走。但是这种兜圈子的方法未免太过"兜"了，绕了八十个弯。其中最不能让我理解的就是"我"，阿礼出现的必要性。

他的很多行为，直接的目的不是迷惑老板，而是把我忽悠到书店，让我来买下私印本。如果单纯是不想让老板起疑心，特地把我的书弄丢，特地和我说这里的书店有十四册，特地把书全部打乱，都是没有意义的。更何况，"不让老板起疑心"只不过是一个幌子。

被猴哥骗了。

不，不如说是我自己做了错误的猜测，猴哥只是没有戳破我而已。

书架的最高层布满了灰尘，夜月说那里的书一直没有增加也没有减少过。也就是说,猴哥并没有把什么私印本卖掉。

那么,猴哥为什么要这么做呢……

又回到了最让人头疼的问题,这份动机我依旧不能理解。

我走到猴哥父亲的身边,他在书架上看似无章法地浏览着书,嘴里还念叨着:"怎么乱成这样。"忽然间,他的视线定格在最高那一层的私印本的位置。只是短暂的一瞬间,他的肩膀确实颤抖了一下。

我低头看了眼他的手,右手无名指的指根,有一圈细细的白色痕迹。

我深呼吸,开了口:"被买走了。"

"什……什么……"

"那本你有参与过的、被你卖到这里的私印社刊,被买走了。"

"你怎么……"

"你不想知道是谁买走的吗?"

"你知道?"

"我怎么知道,你得去问老板。"

他低头看着我,嘴角挂着苦涩的微笑,"莫名其妙……"他有些不愉快地转过身不再搭理我,但是很快,也许是好奇心作祟,他愈发难奈,最终离开书店,朝着夜月的家走去。

大概是去找老板了吧。

等到猴哥的父亲一脸莫名其妙地离开之后,夜月走到我的旁边,用厚重的哈利波特拍了我的头一下:"捉弄客人干吗?"

捂着被敲打的地方,一点都不疼:"什么捉弄?"

"他刚刚脸色那么难看，肯定是你捉弄他了吧。"

"姐姐，他是成年人，我是小孩子，我怎么捉弄得了他。"

"我怎么知道，你鬼点子那么多。"

"好吧，你不信就算了。时间不早了，我走了。"我向门口走去。

"等等，你听说了吗？"

"什么？"

"学校的事。"

"合并的事？"

夜月都能听到风声，看来这根本就不是什么秘密了，估计全校上下很快就要传遍了吧。

"嗯。"

"你怎么想？"夜月的语气有些颤抖。

"我……也没办法吧。"

"你不觉得伤心吗？"

"也没什么特别值得伤心的……怎么了？"

"没……没什么，只是想到学校被这样'欺负'，心里不是很好受。"

"要说被欺负，的确是被欺负了……不过，这也是没办法的事情。别伤心，只不过是一所学校而已，又不是你的家没了。"

"说不定呢。"

"别乱想了，我走了啊，拜拜。"

"嗯，拜拜。"她有些失落地说。

又是伴着月光的路，我独自一人向着车站走去。

在猴哥的计划中，最重要的部分不是老板，而是我。大部分行动的直接目的都是我。

是从邀请我上厕所开始？明知道我从来也不愿意和别人一起去上厕所，还邀请我，就是逼着我拒绝。当然，一个人在拒绝别人的一个请求后，就很难拒绝另一个请求了，所以当他找我借《酒鬼》第十四册的时候，我没得选，只能借给他。

他故意让书被没收，还告诉我时代书店说不定会有。在此之前他已经把书店的书打乱。事情按照他的计划进行，确实"自然而然"地发现了那本私印本。

他也按照计划买下。

但我却是他计划中不可或缺的那一环。

和我最开始的推理恰恰相反，猴哥并不是不想让老板意识到自己买下了这本私印本，而是他打算让老板意识到"伊候"买下了这本书。

老板知道"伊候"的名字，可能是因为他和猴哥的父亲相识。

但是老板，分不清我和猴哥——与其说是分不清，不如说是必定把我俩弄混。这就是猴哥计划的核心，他没办法自己买下这本书。因为只有用我的手买下这本书，老板才会记录成"伊候"购买。

猴哥的目的就是让自己的名字出现在购买记录里，购买那本私印本的记录。

猴哥的父亲，见到老板后会问是谁买下了自己年轻时候创作的私印本。以老板的性格，可能会当作茶余饭后的下酒料，把购买者就是他儿子的事情告诉他。

猴哥，想让自己购买了父亲私印社刊的事情被父亲知道。

猴哥父亲，和他母亲分开了。

在我说一个唱红脸一个唱白脸的时候，他说"没有白脸"，我还以为是他的父亲已经去世。但是之后他的自白里，还说什么父亲收藏的书，父亲骂了他之类的胡话。虽然这一部分是胡编的，但就算是他，也不会用死人来说谎，更何况那个人是自己的父亲。所以我那时候就想到，他的父亲应该没有去世。那么"没有白脸"这句话的含义就变了，意思是他的父母已经离婚了，后来看见猴哥父亲的无名指上一圈白白的痕迹，应该就是摘下婚戒留下的。

猴哥明明那么聪明，却突然成绩变差，就是受到了这件事的影响吧。

在说到他父亲的时候，他说父亲出差。但就在刚刚我见到了他父亲，所以这个谎言也不攻自破。猴哥说这些话，都是用来欺骗我的，只有一句话是真的，他真的很久都没有见到父亲了。

离开了家的猴哥父亲，一次也没有回去看望他。

此时的猴哥会怎么想呢，他会恨这个对自己不闻不问的父亲，还是会想念他，这些都是我不能推断出来的事情。

但是事实是，猴哥想见到他。

猴哥想让自己再被父亲注意到，让父亲回趟家。

他找不到父亲，见不到他，只能用这种方式提醒父亲。他或许会在时代书店里等着父亲的到来,但是一次都没有等到过。今天也是,没碰上自己的父亲,他一次都没有遇到过。但是今天自己一走,他的父亲就来到店里。

这恐怕不是巧合。

他的父亲,应该是有意在避开猴哥。

至于为什么,同样是我不能推断出来的事情。

两个人就这样,互相周旋。像镜子外的人,明明能见到镜子里的人,却触摸不到对方。

人总是在这样绕着弯,今天到底绕了多少个弯呢?

当然,若只是见见父亲的话,也许有其他更为简单的办法。不用这样绕弯子,也能很快和父亲见面。

但是猴哥有着自己的小心思,这从他所购买的这本由他父亲参与编写的私印社刊的标题就可以窥见。

我回想起那本完全泛黄,书页也已经有些残缺的破旧老书,封面粗糙地印着一个镜子,碎裂的镜子。但是那个镜子,却紧紧地连在一起。虽然裂缝不可修复,但是未完全分离。

那本私印社刊的标题是《碎镜》。

暴雪、枪与魔法

下雪了。

有些唐突,天气预报没有说今天会下雪,但是确实有白色的东西从天上飘落,像春日的柳絮一样,回旋在寒冬的晴空。我是无意间看向窗外的时候发现的。

最后一门英语考试,是我最不擅长的科目。语文的话,看得懂汉字,姑且还能分析出一些看似正确的答案。但是英语这种看不懂就完全一筹莫展的科目,只能胡乱填上 ABCD,按照三长一短选最短,三短一长选最长的基本原则,苟延残喘地把答题卡涂好。

将所有答案填完,时间才过去了半个小时。虽然可以提前交卷,但是我没有这个胆量,我只能无所事事地东张西望。坐在窗边,视线能够望及蓝色的天空。教室里没有空调,很冷。监考老师把门紧闭,有些闷。在这种闷与冷并存的地方,还要无事地待上一个小时,一想到这件事,我就觉得心好累。

或许是太冷的缘故,双颊双耳竟然有些发烫,已经通红。闷得实在受不了,我把窗户打开了一个小缝。忽然间,一阵寒风陡然刺入,带着清新的空气,结结实实地打在我的面门。我眯起眼,看向风吹来的方向,操场上,有个女学生正在往校门口走,应该是提前交了卷子。

下雪了。

那天，我第一次想到了"鹅毛"这个词。人们总是说鹅毛大雪，确实，没有比鹅毛更适合这偌大雪花的形容词了，随着风密集地浮着、浮着、浮落。无数的雪花不规则地在空中舞动，几乎要把眼前的一切都遮住。

考完试，我第一个出了教室。

雪花已经飘到走廊。

最后一门考试占用的是早上的时间，考试结束就意味着进入假期，但十天后要回到学校拿考卷，再评讲一番。我不太能理解为什么要在寒假前做这种事情，好像就是为了不让人过个好年似的。

不过，刚刚考完试，心情还算不错。比起那些整天因为一个题没有答好的好学生，我这种死猪不怕开水烫的人，根本不会在意刚刚考完的试卷。身边有些同学已经迫不及待地对起了答案，我皱皱眉，赶忙从他们身边走过，生怕听到了什么自己记得的内容，要是他们说出的答案与我记忆里的答案不符，一定会破坏我的好心情的。

走出校门，因为没带伞，所以头上已经落满了晶莹的雪花。

看看手表，时间还早，又是闲来无事的半天，我决定去堕落巷逛逛。

堕落巷距离大山初中不远，但是逢雪天，又没带伞，我决定坐公交车。站台在这个时间格外冷清，我哈了一口气，气团在面前很快散开。等了一会儿，我坐上了公交车。

在后排落座,依旧是靠窗的位置。

这时候我才想到,平时是鲜有机会见到这个时间点的城市的。总是闷在某个地方上课、学习,却见不到上午的街道。比起放学下班点的拥挤,这街道显得不像是有人生活。此时已经落了一层白雪,在阳光下闪耀着,纯洁无瑕,是不曾有人来过的梦想乡。

树上的花——是雪,在绿叶上。

真好看啊。

路上,我欣赏着这些我不常见的景色,差点坐过了站。到了万柳井站,下了车,进入了练兵巷。

一行白雪,绵延从这巷口向里面蔓延。上面没有一个人的脚印。

我抬起脚,踏上雪走出第一步,舒适的声音传到我的耳朵里,脚踏进了雪里。一步一步,走了几步,回头望去,雪地上,只留下了这么一组脚印。心里有些莫名地开心,就像是第一次登月的人看见自己的脚印一样,但也有些不舍,这纯洁、工整的雪地的绝妙平衡被打破。

一个月没来巷子了,路上都没有见着人,万柳高中的教学楼里是阵阵嘈杂的声音,兴许是在朗读书里的课文。而再往前去,那所老年大学里却没有什么声音传出来。听说,最终老年大学也只占用了那一栋多媒体的楼,原因是这附近想要入学的老人也没有想象中那么多,而靠着巷子的那栋我曾经待过的大楼,则完全闲置了,至今用来干什么,我已经完全不得而知了。

或许明年的这个时候,我也不知道大山初中的教学楼会用来干些什么吧,不,那时候应该叫它"太山初中"了。

路上的店铺大多没有开门,以往的店铺大多是转让或关门了,这无人的景象,更为整个巷子增添了一份寂寥。

走到商业街底,只有那家动漫店还开着。

动漫店,虽然早十来年前就有,但是从最近的两三年才开始流行,好像是什么新鲜的外来物种一样,很快就把整个城市的生态蚕食。不敢说别的地方,只要有学校,有学生出入的地方,就会有这种叫作动漫店的店铺。

实际上,这些店里售卖的东西,大多数都没有经过版权方授权,价格也相对便宜,毕竟开的地方靠近学校,第一消费人群是学生。学生能买得起的东西,通常都不会太贵。

商品也就是二十元左右,挂在墙上的以小吊坠挂饰居多。吊坠多是和日本动画相关的产品。比如某热血动画里的"苦无",又或者是某恋爱漫画里"心形吊坠",总之就是这些小玩意儿。

也有摆放着头发颜色各异的美少女、美少年的海报区域,这些东西就比较便宜了。纸质差一些的只需要一元。用纸讲究一些的,则能卖到两元到五元不等。

如果不是很喜欢日本动画的人,大概也就会买些又便宜又有趣的小物件,作为钥匙和书包上的小装饰。但是把动画当作热爱的,称自己为宅男、宅女的人,则会深入店里,购买更上等的货品。

作为压箱底的东西,贵重的商品会放在动漫店靠里面的位置。这些都是正版产品,价格也非常昂贵。有机器人拼装模型和各种武器类的模玩，这种产品大多是两三百起步。在我看来已经是天价，只不过依旧敌不上那些被称作是"手办"东西。

手办，指的是动漫角色的模型，实际上这也只是一个泛称，还可以分为很多小类，只是我对此一窍不通，只知道它们用材比较讲究，不是普通的塑料，做工也十分精致。其中，特效华丽的能达到千元，一般一些的也少不了大几百。店里不仅拥有这种硬核产品供有钱人购买，也有一些盗版的手办，做工粗糙了不少，价格也相对便宜，只需要一两百。

前段时间总是在堕落巷打发时间，到那些卖食品的商店里去，什么都不买，苍白地坐在那总感觉过意不去，但是钱包确实也禁不起我这样挥霍。就在这种时候，我突然发现这家动漫店的老板很好说话。

平时店里的客人不多，二十多岁的老板就一个人坐在收银台旁看动画片。一开始我也只是闲着无聊在店里瞎逛逛，渐渐觉得老板看的东西还挺有趣，后来就站在老板的身后，悄悄地一起看动画。再后来，我就厚颜无耻地直接搬一个凳子到老板身边，和老板边看边聊了。

老板是一个年轻的小伙子，看起来很友善，对我这种人，大概只认为是同好，而且并不妨碍经营，就放任我白看动画。

基于对动画的喜爱，我和老板越聊越欢，现在已经和他成为了朋友。身为朋友，在朋友的店里总是不花钱也是不支持朋友，所以我在店里也消费了一些，但并不是什么昂贵的东西，都是小玩意。积少成多，老板也推荐我办理了这家店的会员卡，以后买东西都可以获得九折甚至更低的折扣。

走到动漫店的正门前,我看见地上的一排脚印,横在巷道,从围墙边的树直到动漫店。

就像有人从天而降,落在围墙旁,再走到了店里。

"哦哦,真是奇遇啊,礼君。汝也从试卷之暗黑深红地狱逃脱了吗?真是不幸啊,人类终究是愚蠢的,还要进行这种互相伤害的事情。"少女幽幽地说道,她戴着一顶黑色的巫师帽,帽角微微下垂,被上身深色斗篷罩住的是一套非常标准的中学运动校服。竟是这样一抹正常的气息,却显得和她的装扮整体格格不入。

"什么……"

"就是说啊,礼君。考试这种事情,只不过是魔女密会用来区分常人和我等的一项无意义活动。那些家伙想靠着这种无谓的活动筛选出那些天之骄子,可我等早就知晓了,这次考试,为了伪装自己的身份,我故意漏写了一个大题……哼,愚蠢的家伙,以为这样就能洞悉吾等魔女的真面目,实在可笑。"

"也就是说,你忘记写了一个大题吗?"

"忘记?愚蠢的家伙,没想到你也如此愚蠢。是故意不写的。"她皮笑肉不笑地说道。

少女把帽檐拉低,遮住了自己的脸,哼了一声。在那一瞬间我好像是看见了她的眼睛里写满了不甘心和后悔。她只是嘴硬而已。

这名奇装异服的少女名叫念儿,并不是我的同学。

回想起第一次看见她的照片的时候，我与众友人都有些不敢相信这是一个小学六年级的学生。颜良拿来的照片里，一名穿着白色皮衣的女人，长发披肩，戴着华丽的黑色墨镜，遮住了双眼让人觉得神秘不已，虽然是女孩，但是怎么看都是有着异于常人的英气，说是男性化也不知是褒是贬，但从照片看来，她有着不属于我们这个年龄段的成熟。

实际则不然。

颜良告诉我，那是他的小学同学。也就是说，这个女人和我们年纪相仿。

但是她也太酷了吧！

后来，在一次运动会中，她的学校也正好在附近开运动会，颜良就把她约了出来，那时我才第一次见到了这个一直在照片里的神秘女子。那一刻我们才想起来，方便面上的图，总是会有一行字写在底下，一切以实物为准。

那个酷酷的皮衣女子不见了，一个梳着马尾，戴着又大又厚重眼镜的普通中学生出现在了我们面前。

其实不难想象，它要是把马尾放下，再戴上墨镜，穿上皮衣，说不定真的会变成照片中的样子。

但是一个正常的中学生是不会在平时那样装扮的。

在此后的交往中，我们发现念儿并不如照片所展现的那样飒爽英气，反而在某些事情上有些忸怩。原本大家就是冲着她那帅气的样子和她做朋友，也就是当成了"兄弟"，可她却和普通女生毫无二致，而一群男生中难以融入女生朋友也是因为他们讨厌同年龄段女生的处事方式,觉得太过于婆妈。就这样,她凭借着颜良这个端口时不时会和我们一起游玩,但她与我们的距离,却随着我们对她的了解,渐渐疏远。

我对女生倒没有什么特别的偏见,而且从一开始我就认为照片中那么酷的女孩大概是不会在现实里出现的,所以也就没有落差。一回,众人出来打球的时候,她只在一边看着,而我因为刚刚扭了脚,也坐在一旁,便一边看着友人们打球一边和她聊天。

"你不要试试吗?"我坐在地上,指着一旁没人用的篮球说。

"我……这些男生的玩具我不太会玩。"

"哎……你要是一直这么扭扭捏捏,就没办法和大家玩到一块去了啊。"我拍了拍手上的灰尘。

"也许因为我是女生吧……"

我皱了皱眉:"什么呀,篮球又不是男生限定的运动,全世界男女老少都可以玩啊。"

她不好意思地挠挠头:"是哦……赤木晴子也喜欢篮球。"

"哦?你还看过《灌篮高手》啊!"

由此展开的话题便如滔滔江水延绵不绝。她不仅喜欢《灌篮高手》还喜欢很多动画、漫画作品,有很多与我的喜好正好重叠,于是我们相谈甚欢。此后,便偶尔相约一起去动漫商品店购物。

她家境还算优渥,手头上总是能得到在我看来望尘莫及的零花钱,不过这一切都要取决于她的成绩,成绩不好的话,一分零花钱都要不到。

"考得不好也没关系,还没有到中考呢。"我安慰道。其实这种好学生,就算不写最后一大题,成绩也比我好,但是我只能去安慰她。

"哼,谁会在意成绩这种事!我……吾等魔女,魔女……分明就是那个卷子的印刷有问题!"说到一半,她就气鼓鼓地跺脚,"整整六页的卷子,为什么会在第五页倒数第二题的地方留那么大一个空位!这不是很容易让人误会吗!万一考生以为这就是最后一题,而不翻页的话……的话……不就会像我这样吗!真是可恶!万恶的敌星人!这一切都是敌星人的阴谋。"

敌星人和什么魔女,都是她的设定。

这个女孩在和我们相遇的最初还是一个普通的中学女生,但升入初中二年级后,就不知道通过哪一部动画作品爱上了魔女这种神秘的东西,并且逐渐把自己置身于自己的设定之中。活在这种设定之中时,她总是会戴着魔女帽,条件允许的话就会换上一身合适的套装。今天是刚刚从考场归来,很多衣服都没有准备,所以才穿了一半正常的衣服……

她原本的性格是有些温软,特别是与之前照片给我们的成熟印象不同,很容易就被弄哭,也不敢和陌生人讲话,说话的声音总是很小。但是当她自称魔女时,就像是换了一个人似的,说话的语气也变得自信而坚定,时不时地也会朝人怒吼,一扫之前温柔的形象。

"而且,而且,成绩什么的,魔女会在意吗?"她没好气地说。

"那你在意的是成绩差了之后,零花钱会也会随之变少吗?"

"零花钱那是你等麻瓜的货币,在我们世界,交易的货币是茉莉花的种子。考试其实是魔女密会的阴谋，若没法取得好的成绩，种子会变少，让世间变得更美好的茉莉花也会变少。"

"让世界变得美好怎么想都和邪恶的魔女无关吧。"

"汝等麻瓜懂得什么！万物运行都有其道理，茉莉花的种子承载的是这个世界的安危，若世界消亡，我等魔女又会何去何从，当然只能遁入里世界。可是里世界有那群家伙，届时世界之战不可避免。"

"哦，哦，我懂了，我懂了。"

"懂了就好。"

这个时候如果不说懂了，就会没完没了下去。每次和她聊天都会不断地接受她抛出的新设定。偶尔一次两次也罢，每次都有新的东西，脑子根本记不住那么多。而且我总有种感觉，这个自称魔女的女孩肯定也无法把所有设定都记住，有好几次我明确发现，新的设定和之前设定有矛盾……

我无视念儿，环顾四周，第一眼没有见到老板。便问道："老板呢？"

"钥匙的话，去厕所了。"

钥匙是念儿对老板的称呼，她这么称呼是因为她说老板是通往里世界的钥匙。如果把她常说的二次元当作是里世界的话，那么她的比喻可以说是相当恰当。

"哎对了，"我想起门外的脚印，"你是刚刚才来吗？"

"哼。吾等时间并非是连续的，我可以说百年前就存在于这里，也可以说一直不存在。不过按照你们世界的说法，我确实是十点就到了。"

挂在墙上的长得很奇怪的时钟，显示的是十二点。我记得雪好像是十点出头开始下的。

"下雪之前你就到了？"

"雪是洁白的污秽之物，沾在身上就不好了，我决定等污秽散尽之后再离开。"

也就是说，她因为没有带伞，只能在这里避雪。当然，她的这身斗篷看起来价格不菲，想必是不想让它被雪弄湿才不得不在这里滞留了两个小时吧。

"真奇怪，你看到外面的脚印吗？"我指向门外。

"脚印？什么脚印？"

我指了指门口，她便走出了门，很快就回来。我清晰地从她的眼中看见了惊讶，但是很快她就把情绪控制住，拉了拉巫女帽的帽檐，发出了冷笑。

"哼哼哼……"她冷冷地笑道，"有什么……有什么值得惊讶的，麻瓜终究是麻瓜。不过是长着天鹅翅膀的魔女，同类而已。"

"那你的那个'同类'现在在哪儿呢？"

"就在刚刚，已经通知了我魔界最新情报，从门口又用天鹅翅膀飞走了。"

"原来如此！"我装作惊叹的样子。

念儿抬头望了望天花板，似乎正在思考怎么把刚刚脱口而出的设定完善，这个时候，老板从里屋走了出来。这个男人穿着深蓝色的牛仔裤，白衬衫上印着我不认识的动画角色，他蓬头垢面的，摸了摸胡子拉碴的下巴，又把厚厚的眼镜往上推了推。眯着眼，视线看向了我。

他认出了我，对我傻傻地笑了笑，我还以微笑。没有其他的交流，他回到了自己的收银台，打开电脑又看起动画片来。

不折不扣的宅男。

我走了两步，凑到收银台旁边，随意地看了两眼，发现不是自己感兴趣的类型，就自觉地离开，在店里随意地逛了逛。

念儿一直站在模型的区域，没有目的地四处张望，像是对大千世界都感到好奇的新生儿，但是这些东西她明明都看了成百上千次了。

我走到念儿身边，问道："是不是看上了什么，想买？"

念儿支支吾吾地点了点头："嗯……不过……不过这种东西，别看外表看起来是人类的玩具，其实是具有魔力的……所以，我等魔女需要靠它们补充……"她盯着玻璃柜中的某个机器人模型，眼睛灿灿发光。

"你怎么会喜欢机器人啊？"我问。

"怎么了？女生不能喜欢机器人吗？"

"倒也不是……只是一个魔女要买机器人模型……太奇怪了。既然你喜欢，那让老板拿下来给你看看？"

"不……不必……我就看看。"她慌慌张张地说。

"买不起吗？"话一出口我就意识到自己失言了。她刚刚才告诉我考试失利，肯定是拿不到太多零用钱。此时再说这句话，无疑是伤口上撒盐。

"嗯……"

"这个多少钱啊……"我尴尬地接话，看了看下面的价格牌。

我的老天爷啊，整整一千大洋。

这片区域的东西都这么贵吗……

我的额头渗出了冷汗。

"要是魔界的货币……"念儿还在一边念念有词。

"魔界的货币也没用吧，毕竟你们和我们不是一个世界的。"

"你！你怎么知道魔界的事！莫非，你就是敌人派来的……"

"什么啊，不是你刚刚说的吗？"

"哦，原来如此，我误会了。不过你还是小心为妙，因为你是我的朋友我才把这些事情告诉你，如果你在外面多嘴，引来了祸患，可别怪本小姐没有提醒你。"

"能有什么祸患？你们魔女不是只会拿着玻璃的水晶球，说一些骗……占卜的话吗？"

念儿竖起食指，在我面前摇了摇："愚蠢之徒，你所言皆虚。我劝你还是不要小看魔女为好。"

语毕，她摘下帽子，我这才发现，她原本的马尾不见了，剪成了一头清爽的短发，只看背影的话，很像一个男生。她把手伸入自己高高的帽子里，从里面抽出一根棍状物体，随后又戴上帽子。

做工精致，仿佛真的藤蔓交缠在笔直的树枝上，这根小小的棍子上雕刻着许多我不认识的花体英文，绕着握持的部分一整圈，隐隐地散发着神圣又高雅的气息。被她握在手里的部分，则可以看到恶魔的犄角与天使的翅膀相交,难以言说的诡异之感。

"这是……魔法……杖吗?"

"哼哼,"又是一阵冷笑,但是夹杂了不少自满,"算你识货。"

"真漂亮啊,多少钱买的啊?"

"五百……"她好像意识到了什么,顿了一秒,"五百滴幼龙的鲜血和九百九十粒茉莉花的种子。"

"这么贵啊!"我捧场道,接着就开始拆台,"那……你能给我表演一下魔法吗?"

"蠢货!你在说什么呢?魔界的规定,不能在凡人面前使用魔法。魔法终究是太危险!"

"哦,说得也是。"我识相地附和。

"不过,不只是魔女,敌人也同样使用魔杖作为武器。他们与我们这些有良心、顾忌人类安危的魔女不同,那些家伙完全就视规则为无物。如果现在他们发现你知道魔界的事,你就很有可能会受到攻击。"

"攻击……"我挠了挠脸,"确实,挺危险的。"

念儿看我一脸不安的样子,竟然想要安慰我:"不过,你也不要担心,毕竟你们人类也有着不俗的武器,比如……"她竖起手指旋转着,上下左右打量了几秒。

我赶忙岔开话题:"哦哦,我明白了,我会小心的。"

"比如这个!"她指向放在货架上的一个精致的盒子,盒子的封面上印着一把手枪的彩色图,图中的手枪精致不已,感觉就和真实的手枪没什么两样,应该是手枪的模型玩具。

"这个……这个……也不是很好用吧。"

"才不是呢,你看看,"说着,她就把盒子打开。让人没想到的是,这个盒子竟然没有塑封包装,直接就能把盒子的盖子揭开。揭开后,露出了里面的"手枪"。

和封面上的图出入太大,以至我和念儿都愣了一下。这把放在里面的手枪,光看起来就不像一把真实的手枪,塑料质感太强,涂装质量极差,还有明显的螺丝孔洞。

"这个……姑且也算是武器,"念儿把手枪从里面拿出来,嘴里不自觉地念叨了一句,"这么轻?"

"喂,擅自把商品拿出来不好吧,也不买,快放回去。"我一边尝试阻止,一边回头看了一眼收银台,老板把头埋在下面看着动画片,没有看向这边。

"有什么关系嘛,不过,这个还挺有意思的。"念儿对小手枪感了兴趣,顺手就把手上的魔杖递给我,把玩起手枪来。

我握着这五百块的圣物,感觉非常沉重。

"这东西看起来也不是很像真枪啊……这种东西竟然值……"她看了眼盒子上标价,"哇,三百块。太扯了。"

"是……是啊,无商不奸。"我有些紧张。

"但还是挺有感觉的嘛……怪不得男孩子……咳咳……怪不得人类都用这种武器。"

"快别玩了……放回去吧。"

"嘿嘿,"念儿丝毫不听我劝说,竟然把手指放入手枪的扳机孔,转动手腕,让手枪在手上旋转起来,嘴里还说道,"老爹说过,只有魔法能战胜魔法……但是我不这么认为。人类,是没有极限的。"感觉她嘴里叼着一根无形的香烟,马上就要吐出一团烟雾。

下一秒,枪口对准了我。

"就让你见识见识吧!这就是……人类的武器!"

下意识地,我竖起魔杖,在空中画出一个符号,脱口而出:"除你武器!"

魔法真的发生了。

收银台的电脑音箱传来一阵巨响。

不知道是念儿想要配合我,还是我的魔咒和巨响吓了她一大跳。总之等我意识到的时候,手枪已经脱离她的手,在空中继续旋转,向着地面而去。

接下来,在我俩大惊失色之下,手枪重重地摔在了地上,扳机从里面摔落……不,应该说整个手枪几乎解体。扳机、弹夹,甚至还有螺丝钉,全部散落在地。

这阵摔碎的声音,恰好和老板看的动画片的巨大音效重合,被淹没。

我俩战战兢兢地回头,老板没有看向我们这边。

念儿和我对视了一眼。

我眼睛里的情绪大概是复杂的,有责备、绝望、疑惑。

但是念儿的眼睛里只有一样东西——她的眼泪。

"怎……怎么办啊?这个……这个……"她慌张地指着地面上

已经摔坏的各个零件。

我慌不择言:"快把它放回去!"

"啊,什么?"

"哎!"这声叹息不到半秒,我就蹲下身子,开始把地上的碎片一个一个放回盒子。中途我抬起头,又看到念儿不知所措的表情,轻声说道:"你看看老板有没有往我们这边看,引开他的注意力!"

她重重地点了一下头,从我身边走开。

时间一分一秒地过去,我的额头不知道什么时候已经渗满密密麻麻的汗珠,顺着我的脸颊滴下。我擦了擦汗。

耳朵高高地竖着,要是老板那边有什么动静,希望能第一时间注意到。

细小的零件碎得满地都是,在我的努力下,大块的部分已经放回盒子里,还有一些螺丝钉之类的小东西好像滚入货架的底下,我把脸贴到地面,闭上一只眼在货架与地板的缝隙搜索起来。可是到光线无法照射到的地方,什么都看不见。

"哎呀,钥匙君你看完啦?你要去哪儿?"念儿故意放大声音提醒我。

我汗毛一竖。

"什么去哪……我去倒杯水。"

如果要进里屋倒水,是会经过我的位置的,我放弃寻找那些已经化为地精灵的零件,把盒子盖上。正要起身,就看到老板的身影逼近,此时起身他一定会问我刚刚趴在地上做什么,我无奈只能继续压低身子。

"哎，哎，钥匙君，你听过天鹅人的传说吗？"

"什么天蛾？"

"就是长着翅膀的人哦。"

"哦？又是什么新设定？长着大蛾子翅膀？"老板来了兴趣，但是脚步没有停下。

"是天鹅！白色的羽毛，像天使一样。"

"天使？"

"差不多。"

"等等，我倒完水再说。"老板继续向我这里走着。

要被发现了，我尽可能地压低身子。

"停下！"念儿突然叫道。

拿着水杯的老板被吓了一跳，吃惊地望着念儿。

"愚蠢之徒！天鹅人是极其危险的角色！"

我眉头紧皱。

"说什么胡话……"老板正要继续接近我。

"让你停下！不要命了吗？"念儿突然大叫。

"什么……玩意？"

"你你……不信的话，跟我来！"在货架的缝隙中，我看见老板被念儿拉走，往门口走去。

趁着他们的背影消失在门口，我赶忙站起来，把盒子放回货架。再仔细确认了一下地面，乍看之下好像没有留下什么痕迹，于是悄悄地松了一口气。

没一会儿，老板从门口归来，一副不可思议的表情。

他张着口，小跑到我的身边："喂喂喂，你看到了吗？门口的那一组脚印。"

"啊？嗯……嗯，看到了。"

"是你弄的吧？"

"啊？不是啊，我来的时候就那样。"我下意识地说道。

"不可能啊，下雪后只有你来过。"

念儿突然出现在老板的身后："哼，告诉过你了，那是天鹅人的杰作。天鹅人已经悄悄潜入了，他们肯定藏在哪里。"

"不，不可能。"说完，老板跑回收银台的电脑旁，操作了一下，音响传来一阵熟悉的背景音乐。

难道他要说出那句台词了吗？

"真相……永远只有一个！"老板推了推眼镜，眼镜上反射出天花板的灯光。

"那真相是哪个呢？"我问。

"我还不知道，但是只有一个。"

"哦。"我挠挠头，装作无所谓地离开了案发现场。

虽然雪地上脚印之谜的真相是不是只有一个我不知道，但是枪模型坏损之谜的真相，的确只有一个。这个时候，我的大脑在努力工作，希望能够为这件事想出一套说辞。

老板一边摸着下巴，一边回到了柜台，连之前想要喝水的事情都忘得一干二净。他沉思着，眉头紧锁。

突然，他抬起头，看向我："哎，我刚刚要倒水的时候好像没看到你，你到哪儿去了？"

我心头一颤，随后急中生智，撒谎道："去上厕所了啊……"

"大的小的？"

"你是变态吗……"

"我是在考虑不在场证明，你是否有作案机会。"

"我……是……小的……"

"不，只听取你的一面之词是没有意义的。"他站起身，往厕所走去。毫不夸张，我明确听见他在厕所里深深地吸了一口气。然后他自信满满地走了出来："确认，不臭。是小的。"

我要吐了。

"咦……"念儿在一旁被老板恶心到了，露出嫌恶的表情。

"不过……也不能证明你一定在厕所。"

"老板啊，你为什么只怀疑我啊？"我不解地问。

"不，不是只怀疑你。我是怀疑你俩。"

"为什么我也要被怀疑？"念儿有些不开心。

老板坐到柜台里，不知道从哪里摸出来一个烟斗，很明显里面没有烟草。他把烟斗叼在嘴里，摸了摸不存在的小胡子说道："这家店……被暴雪围困。"

雪明明停了……

他接着说："被暴风雪困住的店……出现了单向通往店内的一组孤独的脚印，明显犯人无法去往这家店以外的任何地方，这家店里只有你们二位。而我自己深知，我不是犯人，所以犯人就在你们之中。这暴风雪山庄……哦不，这暴风雪动漫店之谜，就由我来侦破，赌上……"他突然停了，眼神变得锐利，在我们身上摇摆不定，迟迟没有再开口。

"你爷爷的?"我亲切地提示。

"赌上，爷爷的名义!"

你爷爷以前也是开动漫店的吗?

我擦了擦汗，看了眼念儿。

真是让我体会到了什么叫物以类聚，人以群分。

念儿不愉快地背过身去："幼稚。"

你有资格说别人吗?

"但是啊，老板，"我说，"你没有考虑到一种情况吗?门外不是只有一组脚印，还有我来这里时留下的脚印对吧?"

"确实，我也看见了。"他咬住烟嘴。

"如果犯人沿着我的脚印走回去，就不会有别的脚印了。"

"我亲爱的小礼，你弄错了根本性的一点。很明显，你刚刚已经说了，在你来的时候就已经看见了这组脚印，而你并没有提到你见到任何避雪的人，你见到过吗?"

"没有。"我坚定地说。

"所以，在你来之后，就没有人离开了。"

"等等……可是在阿礼来之前，好像有一个客人……"念儿说。

"是吗?我没注意。是一名怎样的客人?"

"嗯……我也记不清了，当时我在和你说话，也没怎么注意。"

"记不清了?记不清你说了什么?你把新的线索牵扯进来反而

让本来明朗的局面变得又难解了起来。"老板没好气地说。

我说:"算了吧,那种人怎么看都是一个普通的客人,我觉得可以排除在我们的讨论之外。"

"我认为阿礼说得在理。"对老板来说,真相可能真的一点也不重要,他只是享受扮演侦探,当然,如果谜题是不可解决的,那么侦探的乐趣就荡然无存。

念儿无奈地耸耸肩:"随便你们吧。反正我是很明确地告诉你们了,那是天鹅人。"

"不要那么迷信,你要相信科学。"

"什么科学?我只相信魔法。"

"侦探这门学问建立在科学搜查的基础上,我可能不能承认魔法。"

"科学无非就是低级的魔法。"

"魔法是骗人的把戏。"

眼看两个人就要吵起来,说不定会成为魔法界和科学界大战的导火索,我连忙打断:"两位,在争论之前,我们还是把雪地谜题解决吧。"

老板站了起来,把烟斗拿在手里,来回踱步:"我记得小念你说过,天鹅人还躲在这家店里,你为什么这么说?"

"魔女的直觉。"

"不,也许不只是直觉,"我抢过话茬,"如果那组脚印是指向店内的,那说明肯定有人走进了店里。没有走出去的脚印,这不是最直接能够说明所谓'天鹅人'还在店里的证据吗?"

"但是这个前提是这组脚印是指向店内的。你是怎么在雪地上看出脚印前后的?"念儿说。

"首先从脚印的大小可以判定,这个人的脚印和我相当,应该是一个男人。同时,脚印外八字指向店内。作为一个男人,我宁愿相信这是外八指向店内的脚印,而不愿相信它是内八指向店外的。"

"你分析得很有道理,华生,"老板肯定,"但是同时,你也把自己置于一个相当被动的境地。"

老板这一说,我才反应过来。

"你说这人脚和你大小差不多,难道这是自首吗?你真是我见过最愚蠢的犯人。"

"对你而言确是如此,但是对我而言,情况恰恰相反。"我冷冷地说道。

"哦?说来听听,华生。"老板摆出一副令人讨厌的样子,窝在了自己的椅子上。

"你或许会说,只有三个人有作案嫌疑,你我和念儿。通过脚印大概率属于男人这一信息,你把犯人锁定在了你我之中。同时你说,你知道自己没有做过这样的事,所以你认为我是犯人。当然,这一切都是站在你的视角,如果是我的视角,就恰恰相反。我能够确定自己没有做过这种事,所以我要把嫌疑锁定在你身上。"

老板露出欣慰的笑容,拍了拍手:"诡辩,优秀的诡辩!"

"这不是诡辩,是悖论。你相信自己没有作案,所以怀疑我。

这在我看来是荒谬的，就像我相信自己没有作案，所以怀疑你，在你看来是荒谬的一样。"

"那真是可笑了，既不是你，又不是我，还能真是天鹅人所做的不成？"

"如果没有什么确凿的证据，我认为你的分析方式是没有用的。"我说。

"聪明的人不会轻易地否定他人……"老板指了指自己的太阳穴。

"但是聪明的人，却要善于否定自己。"

老板不再接话，眯着眼盯着我，眼神里充满了敌意和不满，似乎在告诉我不要多说废话。

"你们在乱扯些什么啊，我说得很清楚，是天鹅人。"念儿似乎不想再把这个话题继续下去。

"你先别说话，小念，你也没有被排除嫌疑。谁也不能保证，你没有换上大一号的鞋子，在雪地上留下这个痕迹，就为了符合自己刚刚编出来的'天鹅人'的设定。"老板现在已经是无头苍蝇了。

"我为什么要做这种事？"

"你问到点子上了，犯人为什么要做这种事？看来……"老板起身走到门口，"还要再勘察一遍现场啊。"他推开门。

门外寒风凛冽，落下的雪把全部的脚印缓缓掩埋。

"情况真是愈发严峻了，华生。"老板把双手合十，抵在下巴上。

他倒了一杯热乎乎的奶茶，放在桌面上，马克杯的上方飘着淡淡的水汽。

"现在不论做什么推理，都是空想、妄想而已，是不会有什么证据支撑推理的。我看这次就算了吧。"事到如今，我只能这样劝老板。

"真的如此吗？"老板开始在店内巡视，"虽然外界的线索已经被掐断，但是仔细想想，脚印是指向店内的。那么在店内会不会留下什么线索呢？"

"会……会有什么线索……"我说。

"就……就是啊，天鹅人是会隐身的，是不会留下什么线索的！"念儿在一旁紧张地附和道。

我和念儿对视一眼，达成共识，不能让老板对店内进行搜查。如果老板开始勘察店内，就会有很大的概率发现我们把商品弄坏的事。

但是老板丝毫不听我们的话，又不知道从哪里摸出来一个放大镜，拿在手上，对着离他最近的柜台一通检查。按照他的这个速度，检查到模型货架可能还有一段时间，但也是迟早的事情。

"那个啊，老板，我还有事，先走了。"此时要遵循三十六计中最优质的策略——走为上。

"站住！"老板弯下腰，在地上把什么东西捡了起来。

"可是我有事……"

"我已经闻到了，真相的味道。"他把捡起来的东西放在手掌上，另一只手拿着放大镜，透过放大镜，我看见他巨大的眼睛，略显扭曲，紧紧地盯着手掌上的那颗螺丝钉。

"此前让我难以理解的是，犯人为什么要做出在雪地上留下一排脚印这种引人注目的事情。但是这颗螺丝钉已经揭示了真相。现在所有的证据都摆在面前，让我向两位发出挑战书吧——雪地上的一排脚印，以及这颗螺丝钉所导向的真相，是什么？"

我和念儿面面相觑，心脏快要爆炸了。

老板难道已经发现了我们弄坏模型的事情？但是我们弄坏模型和雪地上的脚印并没有任何关系……一种难以言说的奇妙感情在心中发酵，我似乎已经能够确定，接下来我和念儿一定要赔那盒模型的标价，但是老板又把此事和雪地上的脚印结合，明显是误会了什么事。

有可能弄拙成巧……

我转头看了一眼念儿，她的脸色惨白，眼眶红润，好像马上就要哭出来一样。我下定决心，作为一个有骑士风度的男人，不能连累她。

"我坦白。"我缓缓地把手举了起来。

"哦……哦……你，你要坦白了对吧？"老板显得有些惊讶。

"嗯，"有些后悔，但是话已经到了嘴边，"这颗螺丝是……"

念儿一言不发，面色铁青地盯着地面，双手紧紧握着，帽檐遮住了她的双眼。我长长地吸了一口气，吐了出来："是我弄坏了这里的模型。"

"啊？哦，哦，我知道……"老板惊讶地呼出了声，故作镇定地挠挠头,"我知道,就是让你自己说,你懂的,侦探总是让凶手崩溃、自白,然后自首,这是常规情节。"

"哦。"我随口应答。

"那么你接着说。"

"你不是知道吗?"

"呵呵,我的确知道,"他又把烟嘴叼在嘴边,"犯人阿礼还不乖乖束手就擒,你弄坏的,就是……"老板华丽地转了个身,指向了某个货架上的飞机模型,"就是这个吧。"

"不是。"

"那肯定就是这个吧。"他指向轮船模型。

"不是。"

"那就是这个。"这次他指向的是一个巨大的机器人模型。

"不是。"

"那……那就是……就是……"老板慌张地四处张望,不知道要指向什么地方。

"是这个啦。"我走到枪支模型的货架,从上面把摔坏的手枪模型的盒子拿了起来。

"啊?啊?"老板一副难以置信的样子,咳咳,他咳嗽两声,转换一下心情,"我知道,我只是让你自白。"

"那我继续说了,是我把这个模型摔坏的。"我瞟了一眼念儿,她好像想要站出来说话,于是我往前一步,挡在了她身前,她刚刚张嘴说道:"其实是我……"却被我抢走了话茬。"外面的脚印也是我踩的。这不是废话吗,只有我可以做到,因为在我进来之前，没有任何人知道我在外面做了什么。

"我先踩着雪走到这家店的门口，走到了围墙处，再沿着原来的脚印走回来。造成了雪上的脚印。"

"但是你为什么要这么做？呃，我的意思是，现在请你陈述自己的动机。"

"其实也没什么，是为了隐瞒我把模型摔坏了的事实。"

"什……什么意思？"站在我身后的念儿说话了。

"很简单，有一件事被你误解了，念儿。刚刚你以为是自己把模型掉在地上摔碎了，但实际上不是这样的。这个模型，是不可能摔一下就四分五裂了。它之所以如此脆弱，是因为这个模型在之前就已经是坏了的。"我说。

"可是我拿在手上……"

"什么，什么意思，我有点乱，到底是谁摔坏的？"老板问。

"是我，"我说，"在上回来这家店的时候，我就已经把模型摔坏了。虽然有些地方裂开了，但是并没有让整个手枪断掉，我把一些细小的零件简单地组装回了枪里。但是此时枪已经是一触即碎的状态……所以看念儿把枪拿在手里玩的时候，我真的吓坏了。结果最后枪还是掉在了地上。虽然此时枪才彻底碎掉，但是此前这把枪已经受到了致命伤……是我之前来店里的时候弄坏的。"

"什么时候？"

"上周吧。"

"上周你来过吗？"

"来过，你不记得了吗？"

"每天那么多客人我怎么记得住。也就是说,这把枪早就坏了?还在我的店里放了一周?"

"是这样的。"

"谢天谢地……你这个混蛋……坏了你就告诉我啊,要是放在这里售卖,被客人买走,成了残次物品,被客人投诉就不得了了……哎,总之这种事也没什么,不是什么大钱,但是损失了信誉就很糟糕了。"

"啊?会很糟糕吗?"

"当然!这条街不是会有那个什么店铺投票吗?如果信誉受损,很容易在论坛上传开。错失了最受欢迎店铺倒没什么,毕竟最受欢迎的只有一家,但要是成了垫底的,最不受欢迎店铺,那估计就再也没有客人来了。"老板心有余悸地说。

"对不起,对不起,我没想到这么多。总之我今天来的目的就是把这把枪买走……当然这是备选方案,其实我有一个A计划,和外面的脚印有关,"我弯腰道歉,继续说道,"靠着这个雪,我计划着塑造一个'不存在的人'。简称X好了。我准备塑造的假象是:X在我进入店之前就离开了,并且偷走了被我摔坏的那盒枪。之前这巷子不是有几家店丢了东西吗,我就打算栽赃给X。

"我在外面留下了围墙和店面之间的脚印。不过我失误了,本打算伪造成X离开时留下的脚印,却因为我不小心下意识地走了外八,变成了走入店面留下的脚印。在进入店之前我就意识到这种失误是不可能欺骗得了老板的,所以我就放弃了这个方案。"

"那你把枪弄坏的时候怎么不偷走,还放在店里一周。"

"那个时候太紧张了,没想到这么多,就灰溜溜地跑回家了。"

"那你接着说吧。"

"于是我准备用 B 方案,就是把枪买走。"

"那你当时买走就好了,为什么要等一周之后再来?难道又是太紧张了,没想到?"老板问。

"没钱啊。攒了一周的钱才够买。进店之后我就看见了念儿,我把脚印的事情告诉念儿,企图分散她的注意力,然后随意地把枪买走。但是她却一直站在枪模型货架的附近。如果我在她旁边买走枪,她说不定会想要让我打开看看,这样就会暴露枪是坏的事实……当然她肯定也猜不到是我弄坏的,只是如果在店里打开盒子,老板也看到坏掉的枪,以老板的为人,一定会给我换一个,或者退款。

"也不是我多么有良心……但是一想到老板会退款给我,然后把枪坏掉的罪怪在别人身上,自己承受损失,还对我感到抱歉的话,总感觉这样比偷走还令人感到不适。哪有受害者对加害者感到抱歉的事啊……总之,就因为念儿一直在旁边,导致我没办法下手。接着发生的事,就是念儿把枪拿在手里把玩,摔在地上碎了一地,我蹲下身子捡零件。此时老板要去倒水,念儿为了把你引走于是带你去看了外面的脚印……其实当时我不在厕所,而是蹲在这里捡零件。可惜,没有把所有零件都找到,让你发现了蛛丝马迹……"我无奈地摆摆手。

"哈,哈哈!确实没有逃过我的法眼。"老板不好意思地摸了摸脑袋,脸上露出了灿烂的笑容。

看着老板的笑容，我的心情也轻松了许多，跟着笑了起来。

"不过，这把枪你该赔还是得赔！"老板一边笑一边说。

我的笑容凝固了。

"一共是二百五十元。"

"抢钱啊，这么个破玩意二百五？"

"是啊，这还是进价，售价还得贵。"

"会员卡不打折吗？"

"会员折扣价二百七。"

我不情愿地把钱从钱包里拿出来，十块二十块的，凑了半天才凑够二百五，丢在柜台上。老板笑眯眯地看着我，说："谢谢惠顾！"

"死财迷。"

"明明是你做了坏事怎么还骂我啊？"

"好吧，我错了，请原谅我老板！"我装腔地说。

把东西收好，枪的盒子拿在手里。我问老板："对了，刚刚你的推理其实是错的吧。"

老板把脸别到一边说："没有啊，我推理对了。"

"得了吧，我说出真相的时候，你震惊得不行。"

沉默了一会儿，老板开口："其实我以为是有人把玻璃柜子里的模型偷走了，因为这种螺丝和玻璃柜子锁的螺丝很像……当然外面的脚印，我以为是犯人伪造成走向店外的脚印，走到墙边，翻墙离开了。"

"这脚印明明是指向店内的。"

"反正都是错的，你不用在意这些细节。"

"好吧好吧，那你把螺丝也给我吧。"

"什么螺丝？"

"就是你捡到的螺丝。"

"给你干吗？"

"不是，我可是花钱买了这把枪啊，这螺丝也算是里面的一部分，不应该给我吗？"

"你弄错了啊，这把枪采用的是最新的模具和装配方式，通体上下没有一颗螺丝！"

"啊？"

"所以你问我，你弄坏的是什么的时候，我才没有说是这把枪。我把有螺丝的几个模型都点了一遍，结果你都说不是，我才显得有点慌张。"

"那这颗螺丝是？"

"这我就不知道了，也许真的是柜子上锁的螺丝呢？"

"那也就是说，我为了一颗根本连线索都算不上的螺丝，就坦白了？"

"是啊，我也觉得很奇怪。这就是侦探剧里面的犯人吗？竟然会在没有明确证据的时候就哭泣自白，太蠢了！"老板讽刺道。

我刚准备还口，就看到念儿走出了店门，于是我闭上嘴，从老板手上拿回螺丝，立马追了出去。

她低着头快速行走，在雪地上留下一串足迹，我追上她的背影。

"魔杖，还给你，"我把一直拿在手里的魔杖还给她，看她的样子有些不对劲，"有什么不对的吗？"

她突然停了下来："钱我会给你的，谢谢。"

"什么啊？"我也站住了。

"我知道你是在袒护我啦，多谢了阿礼。"她挤出一个笑容。

"不是，我说了，是我之前就弄坏的。"

"现在老板听不到，你不必再说谎了。"

"我没有。"

"你有，不要再耍帅了，不要再彰显你的骑士风度了。"

我挠挠头："的确是骑士风……哦不对，枪确实是我弄坏的。"

"枪虽然质量不好，但明明就是我弄坏的，你能帮我解围我很感谢，但是我会把钱给你的。"她又向我鞠了一躬。

"是我弄坏的啊，不然你怎么解释外面脚印的事？"

"你那套解释根本就没有说服力，说什么计划失败了，还不如说是自己的恶作剧呢。"

"可那就是事实。"

"你知道吗，在你来之前，店里来了个客人，我想起来了，是个女生，年纪和个子都和我差不多。女生走路时内八也很正常，也许就是她内八走向围墙时留下的脚印。"

"但是脚印消失在墙边不是吗？"

"嗯。"她没有否定。

"那你就没办法解释了。而且脚印的大小明显就不是女生。"

"总有办法解释的。"

"我说了……那就是我弄的。"

"阿礼,你不要再说了。你总是这样,我都懂啦,从一开始愿意和我做朋友……以前女生嫌我太男孩子气,男生又嫌我女孩子气,都不愿意和我一起玩,所以你能和我成为朋友真的很感谢。还陪我玩这种角色扮演游戏……"她把帽子摘下,放在胸前,短发在寒风中微微地律动。

我不好意思地摸摸鼻子,转移话题:"剪了头发啊,很好看……"

"谢谢……但我不希望你因为我是女生就特别袒护我。"

"不……不是……"我不知道该如何反驳下去了。

"你觉得……我的名字好听吗?"

"念儿……很好听的名字,从第一次听到,就觉得是个很好听的名字。"

"是吗,"她垂下眼帘,"其实这个名字,不属于我。"

"什么意思……"

"家里人给我起这个名字,不是为了我而起的。他们其实想要一个男孩,但是却生了我这个女孩。他们起这个名字,是念着能有一个儿子——念儿。之后,我便有了一个亲弟弟,当然啦,他也更受到家里人的喜爱。"

"嗯……"

"所以呢,我想,是不是只要是男生的话,就能和你们这些男孩处好关系,是不是就能被家里人喜欢,是不是就能不那么软弱,是不是就不用被袒护了？啊对，如果有魔法就好了……有魔法我也能变成男生，有魔法就能把摔坏的枪复原，就不会有今天这样的事情了。"念儿说着擦了擦脸，手紧紧握着女巫的帽子。

"没关系的，就算没有魔法，就算你是女生，我们也是朋友……什么都不会变的。"我苍白无力地安慰着她。

"嗯，我会把钱还给你的。谢谢你，阿礼，希望一直和你是好朋友。但是我希望有一天，你能把真相告诉我。如果你需要帮忙，我一定会帮你。"她吸了吸鼻子，戴上帽子，把帽檐压低。

我看到她咬了咬嘴唇，随后寒风扬起她的斗篷。她转身离开，我驻足，看到她的背影消失在雪白的巷子里。

雪地上，只留下了一组孤零零的脚印。

堕落之源

冤有头，债有主，树有根，水有源。失败的人有失败的理由，堕落天使有堕落的缘由。

而巷子的堕落，也是有源头的。

如果练兵巷只是消耗了我们的大把时光，那怎么都不能和"堕落"两字牵扯上关系。但正是有那个源头的存在，这看起来普普通通的巷子，突然多了一份阴暗的气息。

在谈及那个源头之前，请容许我介绍这个堕落魔王的手下，人称非洲忧郁儿童，皮肤漆黑，长相阴郁的男人——流星。这个人，正是堕落之途的引路人。

我与此人的相识，要追溯到第一天步入大山初中。

有人说，你最好的朋友永远是初中的朋友。因为那时候你是青春期，一切刚刚懵懂，一切又豁然开朗，世界就在眼前，但是叛逆的我们总是只在乎世界中最微不足道的那一隅。就是这样的一群青春期孩子，走到了一起，在自以为广阔的世界中，寻找着根本不存在的栖息之地。在和全新的自己相处的过程中，若遇到了同样处境的青春期同性——那时交到的朋友，将会是你一辈子的朋友。

而在进入一个新环境之后，怎么获得一个朋友呢？

只要搭上一句话，对方态度还不错，就会成为朋友。

这就是胡扯的地方，在进入初中后，最先搭话的人很大概率会成为你的朋友，而这个朋友将会伴随着你的一生。根本没有选择的权利，如果你的朋友是一个积极向上，努力学习的人那么无伤大雅，怕就怕你的朋友是流星那样的堕落之徒。

新生报到那天我去得有些晚，只能到最后一排寻找位置，此时我遇见了流星。他邀请我坐下，并且问我的名字，我告诉了他。他有些自来熟，随口问起我的爱好，我说我喜欢看漫画。他问什么漫画。当时我正在看海贼王，所以就告诉了他。他听了以后，起立握起了我的手，告诉我他也超爱海贼王。就因为这个共同的爱好，拉近了我们的距离。

随后，他向我介绍了坐在他前面的那个同学。

文科和他是一个小学的同学，剃着一个平头，一脸傻傻的样子。这种人只用看上第一眼就知道，是一个好学生。而他身后贼眉鼠眼的流星，看一眼就知道是一个不学无术的坏小孩。

以貌取人固然不对，但是这次的推测相当精准。

和流星成为朋友后就没有遇到过什么好事。先是因为我们话太投机，所以上课的时候说个不停，理所当然地被老师叫去办公室狠狠地批评，盛怒之下的班主任，更是提到我在班级里的成绩是倒数第一。

很快我们就被调开了，这也成了我邂逅颜良的契机。

不过，即使座位分开，我们依旧玩得不错。

某日放假，流星邀请我外出游玩，我问去哪里玩，他让我别多问，来就是了。

万万没想到,那就是罪恶的开端。

最先让我惊讶的是,约定的地方是我小学所在的那个练兵巷。能升入同一所初中,说明我们的小学属于同一片区域,非常接近,练兵巷属于他的活动范围一点都不奇怪。

我们在巷口碰头。我有一些疑惑地问道:"去哪里玩?"这一整个巷子就是我小学时代的后花园,可以说我对这个巷子无所不知。同样,据我所知,除了一些好吃的,这条巷子没有什么可以"玩"的地方。

他神秘兮兮地笑道:"再等等,马上带你去。"

不一会儿,之前坐在流星前面的他的小学同学平头哥文科出现了。

记得最开始听说流星的名字的时候,我怀疑是我听错了,还半开玩笑地说道,你叫流星,我还叫陨石呢。谁知道他的真名就是"刘星"。而我还没有缓过神来,他小学同学平头哥的名字就又一次震撼到了我——文科,不是理科,而是文科。

"哎?阿礼你也在啊。"

"嗯。现在人齐了,我们走吧。"我说道。

"好,这就带你去。"流星笑着说。

"不过,这条巷子我熟悉得很,并没有什么好玩的地方。"

"嘿嘿,"他笑了笑,"你真的很熟悉吗?"

"是啊,我小学就在这。"

"不会吧。小学在这里你还不知道那个地方?"一旁的文科惊讶地问道。

"那个地方,是哪个地方?"

"你真的不知道?"

"什么啊?"我有些急了。

"别急别急,去了你就知道了。"流星摆摆手。

先是经过了万柳高中,再走过即将变成大学的小学,走过商业店铺的区域,来到了一片卖早点的地方。这时候,流星回头张望了两下,暗下对我们招招手,示意我们跟着他。他左钻右钻,走到了一个门面的跟前。

这个门面就在巷子的角落里。它确实就在那,从巷子走过的话,不可能会看不到它。但是我却没有印象,好像它从我的世界里隐身了,它就这么隐身了六年。我每天都经过这里,却没有意识到这是什么地方。

先是被玻璃门隔开,再往里,一块已经泛黄的白帘子,从入口的顶端垂下,挡住了里面的景色。门面上没有任何招牌,这儿不是商店,不售卖东西。只看外表的话,根本不知道这是什么地方,就算告诉我是某家住户,我也不会觉得奇怪。

门的面外,是一片花坛。

流星站在花坛旁边,向我比了个请进的手势。

门帘里,传来了难闻的气味。我向后退了退。

文科没有注意到我的动作,驾轻就熟地推开玻璃门,撩开门帘走了进去。在他进去的那一瞬间,我看到了似乎有同龄人并肩坐在一起,他们的视线紧紧盯着前方。

"怎么了,进去吧。"流星见我迟迟不肯迈开脚步,便提醒我。

那就是我第一次进入游戏厅。

那一天我的世界观被刷新了。最先被刷新的是，发现了我活跃六年的地方，竟然有着我不知道的"暗网"存在。其次，那个看起来是好学生的文科同学，竟然和流星一起混迹游戏厅。

我想到了小学的时候，班级里有一些总是说自己作业忘带的孩子。某天，他竟然连书包都不带就来上学。在班主任的逼问下，他执意说书包忘带了。之后联系了家长才知道，书包也不在家。

经过调查，他因为打电动没钱，把书包抵押了。但是又一直没能赎回来，所以才不背书包上学。

我这才反应过来，原来扣押他书包的游戏厅，就在小学的旁边。

那天最后刷新我世界观的，是我原本以为散发罪恶、糟糕气味的游戏厅，竟然会这么好玩。

流星把这个游戏厅一个一个介绍给了朋友们。有些像我这样无知的人会觉得新奇，也有像友人B那样觉得不足为奇的人。友人B原来也一直去游戏厅，而且还不止一家，对他来说，只是多知道了练兵巷也有一家游戏厅而已。

时过境迁，很快我就自学成才，称为游戏厅老油子也不为过。偶尔，就算不叫上流星和文科，我也会自己一个人来游戏厅，玩上一个下午。

我堕落了，我们都堕落了，都是因为那个男人，那个堕落之道的领路人，流星。

夏天的某日，临近期中考的周末。被密不透风的作业困扰了多日的我、文科、流星三人，相约游戏厅聚头，打算以一下午酣畅淋漓的游戏，一扫考前的阴霾。与之相对的，考后的阴霾可能会更大。

撩开门帘，映入眼帘的是一排三个液晶电视机，以及旁边老板用来收银的小桌子。电视机镶嵌在大小正好的木柜子里，柜子的上方放着白色的机器。这是最新的第三代电视游戏机，与它相连的电视上的游戏画面精致，场景和人物几乎能做到以假乱真。

游戏机的价格也相当不菲。

往里走是一个长条形的长廊，长廊的右手边有一个老式木门，把手是旋转式的。门后是一个小包间，同样摆放着三个电视。电视不是液晶的，而是俗称"大屁股"的电视机，看起来又老又破，打开电视还需要等待几分钟，等它"暖"了，才会慢慢地显示画面。摆在这种破旧电视上面的也是破旧的第二代电视游戏机。常常会因接触不良，要重复开机多次才能使用。买上一个小时的游戏时间，可能有半个小时都会耗费在调适设备上。

如果不进包间，顺着长廊往里走到底，又会到达一片新的区域——最廉价的街机区域。最廉价这种说法是针对老玩家而言，一块钱一个币，熟手可以一命通关，得到奖励的一条命，技术足够强的话，一块钱玩上一个下午也说不定。但是对新手而言，这是最贵的游戏机，只要不到三十秒就能死一条命，换算下来一分钟就要花上一块钱。

有四台不同的设备。区域最中心的两台机器背靠背相对而立，机器上的游戏是同一款格斗游戏。这是用来双打的游戏机，败者如果要再次挑战胜者就需要再投币，而胜者则可以免费再玩一次。所以很多高手也会来这个游戏机，以实力守擂，获得多游玩的机会。另外两台机器则是支持双人并肩游玩的冒险类游戏，在房间的边角位置。

此时我们正处于老板的收银桌前，思考着玩什么游戏。

一般来说，以我们的经济实力，会选择二代游戏机，它有着可以接受的画面以及不错的可玩性，既可以双人对战或合作，也可以单人游玩。不用投币，玩起来压力就小了许多，更适合放松。

"嗯……我要，我要……"流星盯着游戏菜单，思考着。

"我俩来个足球08，双打，二代游戏机的，先来个四个小时吧。"我抢先说道。

要知道，我的这位朋友是处女座的。人们总说，星座只不过是巴纳姆效应，是不靠谱的东西，但是看到流星就能知道，星座还是有一定参考价值的。有时候去买炸串，他能选菜选上半个小时，最后来一句："不吃炸串了，选不好。"然后掉头就走。此时我和其他同学已经吃完了……

"我想想啊，我要……"他又一次展现了自己惊人的选择困难症。

文科从口袋里掏出十块钱，交给老板。

"你们没带零钱吗？"老板有些嫌弃地说。

"没有。"文科摇头。

这个时候，还在选游戏的流星有些炫耀似的把右手插进口袋，摇了摇自己的口袋，里面发出了叮咣的响声，那是硬币碰撞在一起的声音。

"出来打游戏不带硬币！业余！"他嘲笑道。

我们都没有搭理他。

老板有些不耐烦地先把游戏碟递给我们，接着把钱放到自己面前的小抽屉里，抽屉里都是皱巴巴的钞票和硬币，以及码放得整整齐齐的游戏币。他从里面摸了一会儿，拿出了两个一元硬币找还给文科。文科拿到硬币后，看了两眼，兴奋地说道："哇，这是今年最新的硬币。"

我凑上前去看了两眼，确实是崭新无比，上面没有任何使用过的痕迹。

"你慢慢选吧，我俩进去了。"文科同学拿着老板给他的游戏碟说道。

最外面的三代游戏机区域坐着一个年级和我们差不多大的男孩，正在最新的三代游戏机上玩着赛车游戏，画面精致，金属质感的跑车上浮光掠影，极致的速度感，在最新的画面上展现无遗。

我略微羡慕地看了一眼他手上的白色无线手柄，自己也走上前去，找到一个最新的手柄拿在手上摆弄了半天，手感正好，而且比起二代游戏机纯黑色的有线手柄，显得更具有未来感，可惜三代游戏机价格比较贵，我们只能选择二代游戏机。

无奈地离开三代游戏机的区域，步入走廊，文科拧开门把手，进了包厢，我跟了进去，随手把门关上。他表示不想坐在包厢的门口，又考虑到流星马上就会来坐在我们旁边，在狭小的包厢里起身换座位比较麻烦，所以我们就自然而然地选择最里面，靠墙位置的机位。

打开游戏机，把碟子放进去，等待游戏机运行。随着刺耳的风扇声，电视上缓缓显示出了画面，两束绿色和紫色的光芒在交织，这是加载画面。我在心中祈祷着，这时候是最接近加载成功的，但要是在这里加载失败，那就功亏一篑，要重新开机。

画面果不其然一直卡在开机画面。

体感大概是过了半个小时，实际上是十分钟左右的时间，流星打开门进了包厢，几乎是同时，我们的机器终于顺利打开。流星坐到我们旁边的位置，把碟片放进机器里，同时他从口袋里拿出一个黑色的小匣子一样的东西，对准了游戏机的接口插入。

那是一个叫记忆卡的东西，在这种二代游戏机上通用。虽说机器里也附带存档功能，但是有了这个记忆卡，就可以在所有的二代游戏机上共享游戏内的存档，类似于电脑上的移动硬盘。

他选择的是一款角色扮演游戏，这种游戏需要长期地玩，不断地升级人物以及装备。据他自己说，他已经玩这个游戏两年了，周末一有时间就会去随便一个游戏厅玩上一两个小时，但是至今游戏还是没有通关。

流星比我们幸运得多，几乎没有等待多少时间，游戏机就正常运行了起来，他选择了设定按钮，把很多设定调适到自己习惯的样子。

而我与文科已经选择好自己的球队，球赛马上开始，我便不再看他的机器，埋头进入了游戏世界。

比赛开始。

上半场，文科把足球转移得非常漂亮，但是迟迟没有进攻的态势，只是无谓地控球。每当我操控前场队员逼抢，他便把球传到下一个球员脚下，循环往复，皮球一直停在中场附近，没有推进。

球权一直在他脚下。

临近中场休息，我有些烦躁这样无聊的踢法，嘴里骂咧着，开始让节奏加速，操控两名球员逼抢。似乎一切都在他的计划之中，他看准了这个机会，把球直塞传到空位。此时名为克里斯诺的球员像战神一样，速度宛如火箭超越姗姗来迟的防守队员，冲到前场掌握皮球。我有些慌张，又一次派出两名球员逼抢，但是这样一来空位就更多了。

克里斯诺在两名球员的重压下并不好受，从禁区的正前方被逼到右路，他选择从右边下底，眼看皮球就要在两名后卫的逼抢下越过底线，谁知他突然停下，晃过两名球员，从右边角球点的位置向中路传出一记高球，而落点位置竟然已经有一名叫作贝尔的球员待命，他高高跃起，比我禁区内最后一位后卫高上了一个头不止，皮球经过他的头部反弹，正中球门死角。

一比零。

上半场结束。

"好一记……下底传中啊……"我咬牙切齿地说道。

"哪里哪里，你回防的速度还不错。"这明显是讽刺的话。

"下半场我看你还笑不笑得出来。"

"等下，我换个人。"说着，他把刚刚进球的贝尔队员换下，换上一名中场球员。很明显，他打算加强中场球权，而不急着再次进攻，进攻的压力已经来到我方。

摆在我面前的有两个选择，一是换上一名前锋，加强进攻。但这明显是无谋的，纵使前场的利刃再锋利，如果中场丢失球权，就等于是手握无把的刀刃，只会弄伤自己。所以我选择和他一样加强中场。

下半场球赛开始。

起初球权在我手里，我效仿上半场他的做法，在中路不断传球。可他也不慌忙，能逼抢就逼抢，不能就在自己的位置上待命。其间偶尔爆发一些冲突。突然间，他断了我的球，一边在中路传球，一边悄咪咪地推进到我的禁区附近。刚刚进入禁区他就立马变奏，前锋毫无征兆地起脚，球正中横梁，我惊出一身冷汗。

皮球通过横梁的反弹没有立马出界，来到我方后卫的脚下。我操控后卫一脚长传，皮球来到中场位置，被我的中场球员牢牢控制，迅速传给前锋。我的前锋马拉多纳是以速度和技巧见长的选手，对方因为这下反击非常突兀，他的几乎所有队员都在我的后场。

马拉多纳的面前仅仅有两名后卫，打破这层防线就和张飞吃豆芽一样容易。马拉多纳从中场长途奔袭到禁区前，光是速度就甩掉了一名后卫，另一个后卫穷追不舍。我看了一眼时间，还有五分钟比赛就要结束，换算成现实的时间只有三十秒了。

我料定，他必然会在我进入禁区之前，从后面给我来一记老树盘根，把我的前锋撂倒。这样虽然会有一个极好位置的任意球，而且他的后卫也必定被红牌罚下，但是总比让我的顶级前锋单刀杀入禁区面对空门来得好，这样的战术犯规足以让他度过这三十秒，取得肮脏的胜利。

但我怎能让他得逞，在他出脚的那一刻，我操纵马拉多纳来了一记巧妙的带球纵跳，躲过一劫。门将出击，想在我射门前封堵角度，我也早就知道他会这么做，摇杆转动，马赛回旋，晃过门将，面对空门，马拉多纳轻轻一脚推射，球滚入球网。

"哎哟！"文科差点跳了起来。

"怎么样？"我为刚刚的操作沾沾自喜。

"现在只是打平而已。"

"还有不到二十秒，你能做啥？"我笑道。

"等着看吧。"

我沉迷在刚刚的操作之中，文科已经操纵手柄略过进球画面，趁我还没有回过神，突然开球，又是克里斯诺的速度，把大部分防守队员甩下，又一次下底传中。

这种招数的优势就是，即使你知道他会这么做，但你就是防不住。靠着身体优势，球又一次从高空逼近大门。可惜他的贝尔已经被换下，场面上大家的身高都差不多，我的后卫将球顶出，出界。

伤停补时两分钟，这意味着文科还有最后一次进攻机会。我用光最后的换人名额，换上一名后卫。

出界的球又来到克里斯诺的脚下，他在寻找着我的空隙。

如有神助,他盯到了我的缝隙,地面的一脚直传,射穿了我的防线。让人惊叹,出现在我禁区里的竟然是他的后卫!那名带刀后卫突然出现在我的门前,轻轻推射将球打入。

"好球!"

"啊!"我重重地拍了一下大腿。

这次轮到文科高兴了,他冷冷笑道:"哼哼,你输了……哎,无敌是多么……"

画面一转,进球的球员没有庆祝,边裁走到了他的身边。

"啊?"文科一脸不可思议地盯着画面。

"越位了!"

"什么啊!"文科仰面长叹,"运气游戏。"

"真是精彩!"一旁的流星凑过脸来。

"你干吗,不玩自己的游戏看我们的球赛?"

"这不是读盘吗?"他指了指自己的显示屏。

他的角色扮演游戏,每进入一个迷宫前都会有一个读盘时间,而过于破旧的机器让那个时间被延长。我怀疑他两年都没有通关这款游戏的原因就是这个读盘时间过长,游玩时间说不定还比不上读盘时间。

球赛结束,最终比分一比一。

"可惜,没有打爆你。"我撂下狠话。

"靠运气才没有被打穿,你也太菜了。"

"我看你俩实力相当,不如去踢世界杯吧。"流星随口一说。

我们对视一眼,默契地点了点头。两个人踢世界杯,就是各选一支队伍，各打各的，直到两队碰上，再进行双打。但是有很多不可控因素，我们只能保证在小组赛不会遇到对方，但是很有可能在决赛前的任意一场淘汰赛遭遇。那样决战世界之巅的想法就会破灭。

我们选择了世界杯，金色的大力神杯赫然在眼前，璀璨夺目。

"希望你不要在碰上我之前被淘汰。"文科一边挑选球队一边说。

"不会的，今天就让你见识下我的潘帕斯雄鹰。"我选择阿根廷队。

"打爆你我只需要……"他把区域定在欧洲，"那就让你看看什么叫欧洲中国队。"他选择英格兰。

我哈哈地笑了笑："什么欧洲中国队，这么弱智的外号。那你不如选真正的中国队。"

文科摸了摸下巴，沉默着思考了起来。我有种不祥的预感，他取消了先前的选择，语气高昂地说："让你见识什么叫亚洲巨龙。"选择界面来到亚洲，在一众亚洲球队中，他精准找到中国男子足球队。

"你能不能撑到淘汰赛都难说……"这下我是真的担心了起来。

"用不着你操心。"

世界杯即将开始。我和文科摩拳擦掌，都期待着眼前的大战。过度紧张导致产生尿意，我起身说道："等等，在开始之前……我去上个厕所。"

"……那好吧，正好我渴了，我去买点水。"文科也站起身。

"一起去吧，"流星也站起身，"还在加载……"他苦笑着指了指电视画面。

我们三个人走出包厢，流星随手带上门。我往位于街机区域的厕所走去。他们往门外走。街机区的对战机器对面而坐两个高中生，从他们身边经过的时候，我瞟了一眼，随即判断两个人不是一个实力层面的。

头发长一些的高中生是左手手掌向上，无名指和中指夹着摇杆，另一只手按着按钮。短头发的高中生则左手手掌向下，像鸡爪一样抓着摇杆，这完全不利于对摇杆的操纵，在很多需要"搓"的招式上，可能很难旋转摇杆。

可想他只是个新手。

我悄悄叹气，又是平凡的一天，高手虐新手，白玩一下午。

厕所旁边还坐着一个个子小小的小学生，在玩着街机里的冒险游戏。他在台面上放着三个游戏币，关卡正好是最后一关，需要一刻不停地操作，注意力一秒都不能分散。如果他的水平不高可能很快就要用完这几个币。

一时感到肚子有点痛，于是我在厕所里多待了一会儿。从厕所出来之后，我看见那个反手握手柄的长发高中生一脸不爽地往机器里加币，而那个鸡爪手的短发高中生，则面无表情地盯着屏幕，看起来游刃有余。

我判断错了，那个看起来像新手的家伙是在扮猪吃虎，虽说姿势不对，但技术是过硬的，果然真人不露相啊。

而那个打冒险游戏的孩子，桌上还是三个币，只不过画面显示是在第一关了。看来他的技术很好，只用一个币就通关了最后一关，机器奖励他从头开始二周目，不用投币。

回到包厢，我拧开把手，进门，回身关门，看见他们二人已经回来，并在地上找着什么。

"怎么了？"我上前问道。

"帮我找一下，记忆卡没了。"

"掉地上了？"

"我不知道。"他的语气明显有些焦急。

我弯腰，在狭小昏暗的地面上仔细看着，从第一台机器看到最后一台，什么都没有看到。

"哎呀，搞哪儿去了，真是的。"流星擦了擦头上的汗，烦躁地说。

"这里没有，你刚刚出去的时候带走了吗？"

"怎么可能，游戏机当时不是在加载画面吗？那时候拔走记忆卡肯定会出事。"

"出什么事？"

"出这个事……"他指着电视，上面显示"游戏出错"。

"这什么意思……"

"意思就是，在加载的过程中记忆卡被拔下来就会导致存档出错，可能会让一个小时左右的档废掉。我是知道这个的，所以我不可能自己在加载的途中把记忆卡拔下来。"

"会不会是卡槽松动？"

"卡槽很紧，而且若因为卡槽松动掉下来的话，应该就在地上，可是现在地上什么都没有。"

"所以记忆卡是被人拔下来的？"

"肯定是被人拔掉了。"流星沮丧地说。

"为什么要做这种事……"我疑惑道。

"我怎么知道，可能想拿去卖钱吧，记忆卡还是挺贵的。"

"啊？你是说有小偷？"

"肯定啊，就在我们都离开的时候。"

"那……怎么办，和老板说？"

文科摇摇头："刚刚我俩去和老板说了，他说这个事他不管，怪我们自己没有把东西放好。"

"那你们问他有没有看到谁进这个包间了吗？"

"问了，他说没注意，但是他说在我们来之后，没有新客人进来，也没有人离开。"

"那有什么用啊？把犯人锁定在游戏厅的几个人之间？"

"没错。"

"那你们问过其他人吗？"

"问啥啊，问了人家也不会乖乖承认的。"流星泄气地坐在凳子上。

"不承认也要问啊，难道就吃了这个哑巴亏？"

"不然呢？那两个高中生一看就是万柳高中的，你惹他们找死啊？外面那个初中生，一个人玩游戏……说实话根本就看不透人家的底，万一又是一个扛把子那不惨了……"流星说。

"不是还有一个小学生吗？"

"那我们就去问一个小学生，也不问其他人，不知道的还以为我们找碴呢……"

我气不打一处来，这个也不行，那个也不行，有些生气地说："那你到底要怎样？"

流星结结巴巴地说："我……我也不知道啊！这……这我玩了两年的卡……要是丢了的话，我就再也不来玩游戏了！"

"你自己都不去问，我们也没办法。"文科恨铁不成钢地说。

"不是，没办法问啊。"他窝囊地说道。

"行吧，行吧，那你就在这里墨迹吧，我俩继续玩吧。"这下，我是真的生气了。

"哎……我的……我的记录……两年的记录……"他窝在椅子上，游戏也不继续玩了，一直念叨着一些词。

虽说他的样子确实让我们挺难受的，但每当要做决定的时候，流星就扭扭捏捏的，让旁人觉得很不愉快。这毕竟还是他自己的事，如果他真的认为这样就好，不愿意去找，我们也无可奈何。

不再管他，我和文科开启了世界杯的旅程。

球赛开始了，我还是想着流星的事，第一场面对宿敌巴西队，我输了。

"怎么这么难踢……你选的什么难度？"我抱怨道。

"啊……专家……"

"我们踢高手难度都不容易……竟然开专家难度。"

接着到文科了，中国队对上德国战车。零比五惨败。

"这啥啊，差距太大了，把难度调低一点吧。"我建议道。

"不，就这样吧。想想中国队，实际上在世界舞台也是面临这种对手，也是这个难度，我们不能退缩。"

"所以中国队连世界杯都进不去啊……"

"我这不是进来了吗？"

"那是因为游戏里不用踢预选赛，你选的球队等于是直接晋级了……"

"好吧好吧。"文科意识到，如果再这么踢下去，我们两个都要在小组赛被淘汰，无奈地把难度下调到"高手"。

果然难度下降后顺利了许多，电脑操作的对手逼抢没有那么凶，传球也没有那么犀利，小组赛剩下的两场，我都取胜。虽然都是险胜，但好歹是作为小组第二出线，文科也是小组第二。在后面的分组上，我们被分到了不同的半区，这意味着我们将不会在淘汰赛上见面，只要我俩一直取胜，就可以会师决赛。

但是我的第一场淘汰赛对阵的是德国队。

一旁的流星虽说还在闷闷不乐，但不知道什么时候已经看起了我们的比赛，还非常起劲地解说。

"有机会在决赛见啊。"文科说。

"是啊。"

淘汰赛开始。

文科异常艰难地赢下了韩国队，场面惨烈，多人负伤，这可能会导致下一场比赛球员的状态不佳，不过这个时候我已经没有精力担心别人了，因为我的对手是刚刚三战全胜出线的德国队。

比赛开始，德意志战车的进攻摧枯拉朽，几乎要把本就稀烂的阿根廷后防线碾碎，渣都不剩，探囊取物般轻松地就进了一球。我很清楚，巩固后防线是没有意义的，战车之下没有万无一失的防线，已经没有退路，我选择背水一战，和德国队强势对攻。

每当德国队进攻，就感觉我方的禁区宛若敌方舞池，而我的进攻则非常艰难，步步为营，但是依旧凭借着一众杰出的前锋，雄鹰的利爪数次撕开敌方后防线，强行让比赛变成进球大战，光是上半场就战成二比二平。

此时，我的手心已经布满汗珠。

下半场开始，我先下一城，将比分改写为三比二，但是刚刚取得进球的主力队员兼队长的里奥内尔也因此受伤，我不得已将其换下。

失去了里奥内尔后，进攻变得更加困难，屡屡受阻。九十分钟，伤停补时阶段，德国队后卫的进球追平，将比赛拉入加时赛。上一秒还沉浸在要晋级的喜悦中，下一秒就要面对加时赛，我的心态受到了巨大打击，绝望地把手柄摔在桌上。

一旁的两个人紧张地盯着屏幕。

比赛再开，因为有体力的设定，所以加时赛双方都没有展开如上半场一样的惨烈攻势，一球未进。

比赛拖入最后的点球大战。

在游戏里的点球大战和猜拳没有什么两样，只能用摇杆选择守或攻的方向和点射力度。如果和玩家对战，才有真正的尔虞我诈，如果对手是电脑，那真的是运气游戏了。点球战至四比四的时候，我方球员踢丢了最后一个球，这意味着如果德国队能够得这一分，比赛就会结束。

"这球肯定是往左扑！对面那个人是左脚球员。"文科说。

"如果是左脚球员不是肯定会往右边射吗？往右。"流星好像忘记了自己的记忆卡丢失，兴奋地加入了讨论的行列。

"到底往哪儿？"

"左下。"

"右上。"

"左下！"

"右上！"

"你们别吵了！我看还是……"我已经决定，正要按下摇杆。这时候流星突然叫道。

"你手怎么啦？"

我低头看向手，我的右手上一片乌黑，像是沾染了墨汁一样。

这一瞬间，对方球员的球射向了左下角。而我的门将站在原地，一动不动。

阿根廷队惨遭德国队淘汰了。

"哎？我手上也有！"流星把他的手摊开，右手上沾染了一大片油墨痕迹。

"我怎么没有。"文科看了眼自己的手，上面什么都没有。

"这是什么？"

"什么时候弄上的？"

"不知道啊。"

我仔细检查起来，墨黑的痕迹很容易沾染，随便摸在什么上都会留下痕迹，无法判断是什么时候碰上了这种油墨。

"怎么现在才发现……"我看了眼手柄，漆黑的手柄竟然也染上了黑痕，但因为本来就黑，所以不仔细看，就看不见墨痕，两者的黑色完美融合。

"是手柄上的吗？"

流星摇摇头："肯定不是啊，我手上也有，我们用的不是一个手柄，而且文科也拿着手柄，他就没有墨痕。"

"那是怎么一回事？"

"这种事有什么关系，你被淘汰了才是大事！"文科说道。

"没办法，"我看了一眼手表，"时间不早了，你也别玩了，反正都没办法会师决赛了。"

文科坚定地摇了摇头，说："不，我要打到决赛，我要见到那个场景……"

我说："下一场你要对巴西队……中国队对巴西队，赢了可是大新闻。"

"哼哼，"文科冷笑两声，"更大的新闻还在后面。"

他指的是夺冠，但是在这区区的电子游戏中夺得世界杯冠军有什么意义呢？我摆摆手："那好吧，你继续造你的大新闻吧，我出去看看，顺便把手洗了。"

我被德国队淘汰，想到往届世界杯的各种场景，心里不是很好受，加上脑子一直被流星丢失记忆卡的事情困扰，决定出去透透气,顺便看看能不能碰上新的线索。

出门后,我下意识地回头看去,看到门外把手上有一层墨痕。回忆了一下,似乎我和流星都接触过这个把手,我们手上墨痕的区域也正好对应着开门拧开把手的动作,想来手上的墨痕正是来自这里。

但是不知道这把手上的油墨是什么时候染上的。

接着,我走到了三代游戏机的区域,原先坐在那里的初中生已经不见了,于是我走到了老板的旁边问道:"之前坐在那的人呢?"

老板说:"两分钟前走了。"

"他在玩游戏的时候一直都没有出去过吗?"

老板想了想,点点头。我到他之前坐的位置坐了下来,到处检查了一通,没有看见任何奇怪的地方,所有的白色手柄上都没有留下墨痕。

于是我折返,走过长廊来到街机区域。对战区域的两个高中生也已经离开。只有那个小学生依旧在进行着原来的游戏,他的桌面上依旧摆着三个游戏币。

"真的假的……"我喃喃道。

他从之前到现在一个币都没有投过吗……这年头小学生的游戏水平已经到了这种让人望尘莫及的地步了吗?

我站在他的后面,看着他的操作。有些地方称不上有多么高明,很多不该掉血的地方也掉了点血,但是总是能避免致命一击,最后也能吃药恢复到满血。不过就算如此,一直不投币也有些夸张,我的脑海里,那些能一个币玩一个下午的大神玩家的形象渐渐与这个男孩重叠。

带着怀疑的心情,我仔细看了看他桌上的三枚硬币,突然注意到三个硬币的位置和我第一次来时看到的有些不同。靠近了我才发现,竟然有一个游戏币的一个面上有黑色的墨痕。正想上去问个清楚,谁知道身后传来一声可怖的声音:"阿诚!你又跑来打游戏!"

比我先回过头的是那个被称为阿诚的小学生,下一秒他的脸色就变得惨白,接着起身就跑。谁知可怖声音的主人是一个身强力壮的中年男子,像抓起一只老鼠一样把阿诚抓起来,接着就是一巴掌呼在他的脸上。阿诚伸手阻挡,但是无济于事,我看到阿诚的右手食指和拇指上竟然也有墨痕,但其他地方都是干干净净的。

阿诚掩面痛哭,被中年男子带出游戏厅……

回家后必然又会是一阵腥风血雨。

失去了质问他的机会,我来到他之前坐着的位置,看见他面前的两个按钮上也粘上了墨痕,但是只有两个按键。按照习惯来看,按按键的手指应该是右手食指和大拇指,这和我看到的情况相符合。

之后我仔细检查了整个街机厅,其他任何地方都没有墨痕。

检查完毕后,我进入厕所,在洗手台把手上大片的墨痕一点一点洗掉。

回到了包厢,看见文科生无可恋地头依靠着墙,双目无神地盯着电视。看来是长时间的游戏几乎消磨了他的意志，重复操作让他感觉烦躁，但他还是没有放下手柄的意思，他还有更伟大的目标要实现。

我坐到流星的身边，拍了拍他的肩膀。

"怎么了？现在正精彩呢，刚刚靠着龟缩战术逼平巴西，最后在加时赛取胜。现在是四分之一决赛，对西班牙。很焦灼，现在还是零比零呢。"

"龟缩战术是什么？"

"中国队的进攻软绵无力，所以文科专注防守，打防守反击。"

"哦，"我随口应答，接着把话题转移，"问你一个问题。之前你们出去买东西回来的时候，看到坐在外面玩三代机器的初中生正在玩游戏吗？"

流星想了想："没错，我们回来的时候他正坐在那里，握着手柄玩得热火朝天。"

我长舒一口气。

"我知道你的记忆卡是是谁偷走的了。"我说。

流星转过头来，笑容慢慢消失："真的吗？"

我先把自己刚刚调查到的线索一一告诉了流星。

"能够洞悉真相的关键点，是我们手上的墨痕。你手上都有墨痕，有一个共同的来源，也就是这个包厢的外门把手，而我们刚刚出去的时候，门是关上的，因此可以推断出，如果犯人想要进入到包厢内，必然需要触碰门把手，也就是说犯人的手上，理应也留下了墨痕。"

"所以就是那个手上有墨痕的小学生吗？混账东西，看我下次见到他不把他打一顿！"

听到流星如此欺软怕硬的发言，我摇摇头："首先被排除的就是那个小学生。至少可以确定的是，在我第一次进入厕所，到从厕所出来的这段时间，他确实是一直用一个币在进行游戏——当时他通关了最后一关，并且桌面上的硬币还是三个。虽然事后他把币用完，但那已经是案发之后了。案发过程中的三个硬币一直没有用，这说明他是没有时间来包厢偷记忆卡的。当然，同样没有离开座位的是老板，老板的桌子里装满了钱财，而且并没有上锁，他绝不可能丢下桌子里的钱，离开座位来偷取一个对他没有用处的记忆卡。

"我们已经排除了此二人的嫌疑，加上老板说没有新的客人进来，所以嫌疑人就可以锁定在初中生和两个高中生之间。此时，就要用到刚刚说的墨痕了。

"先说那个已经离开的初中生，假设他进入了包厢，手上就不可能不留下墨痕，而记忆卡失窃的那段时间，我一直在厕所，他没机会进入厕所洗手。

"犯人在这段时间没处洗手，而刚刚问了你，你说回来的时候看到初中生正在外面玩游戏，他一摸手柄，肯定会留下痕迹，但是我检查了纯白的手柄，并没有墨痕，所以我想可以将他也排除在外。

"最终可以把嫌疑锁定在那两个玩格斗游戏的高中生之间。我检查了整个游戏厅,也没有发现他们的游戏区域有留下痕迹。但这不能证明他们是清白的,因为我从厕所出来的时候没有在意他们有没有在操作游戏,他们或许可以停手操作,等到我从厕所出来后,再把手上的墨痕洗干净。

"而那两个高中生中短头发的,是用奇怪的姿势握摇杆的,他的姿势会让手掌朝下,他第一时间是没办法看见自己的手掌的。墨痕不会让手有异样的感觉,不然我们也会第一时间发现手上的痕迹,所以他应该和我们一样,等到他发现的时候,摇杆上会有非常大的概率留下痕迹。而只有那个长发高中生是用正常的手姿,也就是手掌向上握手柄。试想,如果他的手上染上墨,那么就有很大的概率会在伸手握摇杆的第一时间发现手掌上已经染了墨痕,运气好的话可以在握上摇杆之前就发现,就不会留下痕迹。等我上完厕所回到包厢的时候,他再进厕所洗手,就万无一失了。

"当然啦,这是建立在我和你都不是犯人的基础上。"我把推论一口气说完。

"你说什么呢!你偷记忆卡又没什么用!我相信你。你的推理很有道理,看来真的是那个高中生偷走了记忆卡。"

"但是那个人已经离开了,现在肯定找不回来了。"

流星深深地叹了一口气,用没沾墨痕的手摸了摸脸:"可惜了,虽说东西不值钱,但是里面的存档是耗费了大量时间的啊……"

这个时候,文科无神的双眼突然发起了光,整个人都精神了一倍,半靠着白墙的身子笔直地坐了起来。

"好戏开场了。"

电视画面是我想都不敢想的景色，身着红色球衣的中国队员和身着黑白相间球衣的德国队站成一个横排，他们的面前有球童，更有那个璀璨的大力神杯。在世界杯的舞台上，中国队（游戏中）第一站上了决赛的舞台。

看着这些球员一个一个面目严肃，嘴巴开合，我一时间不知道该说些什么，心中竟然泛起了一阵感动。

流星很不合时宜地开口："已经六点半了……该走了吧。"

文科白了他一眼。

比赛开始了。

身体上的劣势在这种对局中被不断放大，文科在无奈之下又玩起了他最擅长的传控。可惜球员的技术也有限，屡屡被断球。德国队在一开始就造成了几个有威胁的进攻，获得了一个角球的机会。

大脚传中，不讲道理的身体压制，头球破门。

毫无抵抗之力。

但毕竟是操作中国队走到决赛的男人，文科不慌不忙地又组织起了进攻。不论是传控压制，还是下底传中，更有地面球直塞。看似频频的进攻却一直受挫，甚至没能获得一个射门的机会，上半场就这样结束了。

我看了眼表，竟然用了十五分钟。

"你不会把一场比赛设定成了三十分钟吧？"

"是啊，时间长才有悬念。"

怪不得之前累成那样……

"我顺便问一句,"流星显得有些无聊,说,"你们作文写了吗?"

"写了。"我说。

文科诧异地转过头:"什么作文?"

"你不会没写吧?明天上午第一节课就要评讲。"

"你说英语作文啊,我还没写,就八十个词,写起来快得很。"文科又把脸转向电视。

我竟然有点想笑,幸灾乐祸地说:"首先啊,英语作文是一百五十个词,其次啊,明天早上调课了,班主任的课。所以流星刚刚说的作文是语文作文,八百个字,还有语文的两张卷子,你写了吗?"

文科彻底沉默了,一言不发地操作着。从他操控球员的跑位来看,他内心急躁不安。

光是让这些身体能力低下的球员对抗欧洲战车就让他力不从心,他竟然还要分出心思来考虑进攻。

比赛还剩下最后十分钟,德国队换上两名防守队员,打算把比分锁定在一比零。果然决赛无名局,真是一场索然无味的对决,我和流星看得都要睡着了。

"太好了,就要输了,可以回家了吧。"我打了个哈欠。

文科死死地盯着屏幕。

伤停补时,我已经开始收拾起了东西,起身站在了门口。

德国队门将一个大脚把球开到中场,被中国队后卫截获,通过冷静的分球和传控，球终于来到禁区前沿，恰好被黄翔球员接到，作为刚刚上场的球员，他的体力高涨。明明是后卫，却奔跑起来，晃掉了第一个德国队后卫、第二个、第三个，一个后卫两条腿，三个后卫六条腿，通通没用，全部被黄翔戏耍，各种花式脚法果然层出不穷，从左侧禁区一路盘带来到门前。

文科的手柄都快按烂了。

这是最后的进攻机会，哪怕球被扑出一次，都没有补射的时间。

对方后卫无计可施的一个铲球，黄翔被迫抬起左脚射门，球射向死角，却被德国门将诺伊尔神来一拳打出，绝望就在眼前。可天佑中国队，就在被打飞的皮球飞出边线的时候，黄翔也应声倒地，裁判缓缓入场，被西班牙球员团团包围。

裁判对着德国队的后卫拿出黄牌，作出判罚。

点球！点球！黄翔立功啦！不要给西班牙人任何的机会！伟大的中国队左后卫，伟大的中国足球从来就不是一个人在战斗，那一瞬间，仿佛李惠堂、贾秀全、古广明等全体球星附体，他代表着中华足球悠久的历史和中华民族永不服输的精神，在那一刻，他不是一个人在战斗！他不是一个人！

点球，一比一平。

文科先是下意识地比了一个胜利的手势，但是又看了眼手表，汗水从他的头上渗出。

已经七点多了。

他还有两篇大作文没写，我问："你是打算今晚不睡了？"

"别说了,除了那两项作业,那两张卷子我也没写……"文科冷冷地说。

这个男人,已经做好了觉悟。为了让中国队夺冠,他不惜放弃自己的睡眠。

加时赛……刚开始进攻队员郝东就打入一球,接着文科立马换下他和另一位前锋,换上中后卫,加强防守。

接着他又半靠在墙上,双眼无神地重复着机械的防守动作。如果说之前的比赛是索然无味,那么这场加时赛简直就是味同嚼蜡,吃下一口就要吐掉整个胃里的食物,总之就是无聊至极。

自古决赛无名局。

索然无味,百无聊赖,文科赢了,中国队赢了,世界杯的冠军,金色的雨从天而降。

文科半眯着眼,脸色苍白,眼眶泛红,无神地望着这可能一辈子都见不到的场景。

他的眼里满是泪水。

不知道是为了中国队夺冠而开心,还是为了自己即将面对的两张卷子和两篇作文。

他没有看完颁奖仪式,撂下手柄就走。出去后还不忘找到老板,说道:"最后半个小时没玩完,你还要再找我一块钱。"

老板似乎没见过这么斤斤计较的人,无奈地用右手从抽屉里摸出一块钱纸币交给文科。文科接过钱,头也不回,不和我们道别拔腿就跑。

我和流星追了出去却只能看见文科的背影,以及他不小心掉在地上的一块钱纸币，真是讽刺，忘记告别却忘不了一块钱，最后还把这钱丢了。我打量了纸币，崭新无比的纸币上，正面反面都有一个圆形的墨痕。

文科的家就在附近，我想象着他奔跑的身影，夕阳下的眼泪，和今天的付出，以及中国队领奖的画面。

我的心中泛起了一个疑问。

文科，这一切，值得吗？

只剩下我和流星漫步在巷子里。

"你不觉得，这个巷子太令人堕落了吗？连文科那个好学生都被这个巷子蚕食成这副模样。"我说。

"只能说他自己和自己过不去。"流星摇摇头。

"不，还是这个巷子有问题。"

"这也是你堕落的地方吗？"

"没错，都是你带的。"

"是你自己的问题。"

"说了是巷子的问题。"

"那以后就叫它堕落巷好了。"

"太贴切了，这就是诱人的堕落巷，让人堕落的地方。"

我们相视而笑。

我和流星决定去吃一些东西，随便进了一家新开的店。

"你知道吗，我刚刚回想了我的推理，发现了一个致命的问题。"我唆了一口米线。

"什么？"

"就是关于摇杆那一段……我用正反手的姿势推断出了那两个高中生中谁可能进了包厢。但是我发现那是不准确的。"

"怎么不准确了？"

"因为惯用手……实际上我根本就不知道他们的惯用手，但是大部分人的惯用手是右手，如果他们开门用的是右手，握着手柄的是左手，那么用左手推断他们有没有接触过把手，是没有意义的。"

"所以没办法排除任何人的嫌疑了？那果然最可疑的就是那个小学生！"

我摇摇头："不，之前就说了，他在案发时间内没有机会去包厢。并且，他只有两根手指有墨痕，拧开把手的话，一整只手都没办法幸免。而如果认为他看到了把手上有墨痕才故意只用两根手指开门，就没办法解释他会事后把痕迹留在街机上而不提前洗掉了。很容易想象，他应该只是用食指和拇指碰硬币时候粘上了墨痕。

"不过，小学生手上的墨痕确实让我有了想法，小学生的手指沾染了墨痕，而且不是门把手上染上去的，那么他手上的墨痕，也就是硬币上的墨痕又是什么时候染上去的呢？墨痕的源头又在哪里？对，此时我才意识到，门把手的墨痕，可能不是真正一切墨痕的源头，那么门把手上的墨痕，也有可能是后来才被染上的，而并非是一开始就带有的。

"这让我又发现了自己推理最大的硬伤——我之前并没有分析墨痕是什么时候沾染上门把手的。"

"这很重要吗？我觉得还是直接想想谁有机会进入包厢来得直接。"

"很重要。因为你不知道墨痕什么时候染上把手，就不知道犯人进入房间到底会不会在手上留下墨痕，只有分析出了墨痕沾染上门把手的时间，才可以找到犯人。

"首先，文科的手是干净的，而他是第一个开门进入的人。所以，最初把手上是什么都没有的。而在你选好游戏后，进入房间时也摸到了门把手，墨痕可能就是那时你弄上去的，我们把这个称为可能一。

"可能二，在我们因为买水和上厕所都离开包厢后，有人进入了包厢，而那个人一手都是油墨，在把手上留下了大量的痕迹。

"可能三，在你俩买水回来之后，由你打开了门，这时候才把墨痕弄上，后来我从厕所出来，也碰到了墨痕。"

"那为什么不能是你从厕所出来的时候弄上的呢？"流星反驳。

"因为你的手上也有墨痕啊，如果最后进入包厢的我把墨痕弄在把手上，你的手就会是干净的。从头到尾我只碰到了把手一次，就是在你们买东西回来之后，而文科也只碰到了一次，就是在第一次进门。所以我们都不会在把手上留下墨痕。"

流星沉默不语。

"这三个可能里，最先被排除的，是可能性二——有人在我们离开的时候进入包厢留下墨痕。因为此前我彻底检查过了游戏厅，没有任何地方留下了大块的墨痕。按照可能性二假设，犯人肯定是在进入包厢之前就在自己手上弄上了墨痕，并且现场的除了你和文科的所有人，都未曾出门，犯人不论是在店里的某处沾染了墨痕再转移到了把手上，还是自己本来就带有墨痕再碰到了把手，可以确定的有一点，就是一定会有别的墨痕出现在店里的某个地方，除非犯人什么都不碰，并且按照把手上墨痕的大小来看，那墨痕只会更大。小学生虽然留下墨痕，但是只是两个手指的大小，所以排除这个可能性。

"排除了可能二，可能一三都共同导向了唯一的真相——墨痕是你弄上去的。"

"就算知道了是我弄上去的又怎么样呢？"流星说。

"接下来的问题是，你是什么时候把墨痕弄上去的。是第一次进入包厢，还是第二次。

"若你在第一次进包厢的时候就留下了墨痕，再假设犯人是除了你我以外的其他人的话，那么犯人手上也一定会沾染墨痕，且无法第一时间清洗。而正如前面所言，现场除了门就没有其他地方有大片墨痕，这不是恰恰说明在游戏厅的所有人都是清白的吗？也就是说，在这种情况下，唯二的嫌疑人，就是你和我。

"而在第二种情况下，你是在第二次进门的时候留下了墨痕，此时如果有一个除了我俩以外的真犯人存在，那么这个犯人也不会留下什么痕迹，我们是怎么都抓不住他的马脚的，只能任由他溜走了。"我停顿了，看了眼流星。

"说不定就是这种情况，我们怎么也没办法找到犯人。"他说。

"不，因为这墨痕的源头，我已经找到了——

"关键点还是小学生手上的墨痕。以那个小学生的技术，虽然最开始一个币通关了最后一关，但是很快他就用光了手里的币也没什么奇怪的。后来带有墨黑的游戏币是重新从老板那购买的。这说明他手上的墨痕是从老板那里传染来的——想象一下，若从老板那买下几个游戏币，老板肯定是从码放整齐的一大堆币里，拿出几个交给你。小学生也是如此，用右手的食指和拇指从老板手里接到了沾着墨的游戏币，手上因此沾上了墨痕。

"至于为什么现场只剩下一个墨黑硬币——很简单，因为本来只有两个硬币沾染了墨黑——一叠硬币中的第一枚和最后一枚，也就是对应着小学生右手拇指和食指上的墨痕。且这两枚硬币只有一个面是有墨的。第一枚墨黑硬币正因为摆在第一个，所以也是第一个用掉了，只剩下了另一个最末尾的硬币，被我后来发现。这就是小学生拇指和食指墨黑的由来。

"只有两个硬币染上了油墨，其他的硬币干净，说明硬币本身是不带有油墨的，加上硬币只有一个面有痕迹，可以想象，老板的手也是只有两只手指沾染了墨痕。虽然我没有直接看见老板的手，但是刚刚他找给文科的那张一元纸币上面有两个墨痕，同样，对应的是老板的食指和拇指的位置。

"在我们最开始进入店里的时候，老板找给文科两个硬币，崭新的硬币上没有任何痕迹，说明那个时候老板的手是干净的。而在把游戏币给小学生的时候，他的手却沾染了墨痕。老板就是在找钱给文科，到小学生购买新的游戏币的这段时间内沾上墨痕的。

"而在这段时间唯一接触了老板，有机会让他食指和拇指染上墨痕的，就是你——当时你晃动着裤子口袋里的硬币，没注意到自己的手全部都染上了墨,你把带着墨的硬币交给老板,老板用拇指和食指接到硬币,被染上了墨痕。

"所以你手上的墨痕,是在进入游戏厅之前就染上的,同时也说明,你在第一次进入包厢的时候,必定会在门上留下墨痕。

"那么流星同学,综合前面的所有推理,在这种情况下,嫌疑人被锁定为了你和我,你作为嫌疑人之一必定知道自己是否是犯人,所以你能锁定嫌疑人,排除另一个人的嫌疑。当然,我也一样。"

我冷静地盯着他的双眼。

小店里昏黄的灯在爬满蜘蛛丝的天花板上缓慢地摇动,他脸上的阴影来回反复。一阵风从大开的大门吹了进来。他拿起桌面上的玻璃瓶,将冒泡的可乐一饮而尽。

"其实也不是什么大不了的事。就算是喝可乐,也会上瘾对吧。"他打了一个嗝,慢悠悠地说道。

我也将可乐拿了起来。

"这杯可乐是我请你的对吧。"他问我。

我点点头,他继续说:"喝可乐,其实对身体不好,里面含有碳酸、过量的糖、咖啡因……说得夸张一点,是慢性毒药。是我请你的,我请你喝慢性毒药。"

"夸张了,不过是糖分饮料而已。"

"对,但是是我请你的,是我带你去喝的对吧。如果大家一起喝,一起被毒药蚕食那还好,只不过今天呢,我突然不想喝可乐了,那该怎么办呢?"

"什么怎么办，不喝就是了。"

他摇摇头："那你会怎么想呢？'明明是你带我喝的可乐，你带我上了瘾，自己却突然抽身了。'"

我沉默了，片刻才开口："你认为，那个请我喝可乐、只是想和我们分享快乐的你，有义务、有责任同我们一起被可乐的糖甜死吗？"

他笑了起来："哈哈哈，被甜死的话实在是说不上幸福还是悲惨。不过，我不是这样的高尚的人。我只是害怕你这样想而已，所以我就找了一个借口。我在自己的可乐里放了一块玻璃，喝的时候割破了自己的嘴巴。这样，之后我就可以正大光明地告诉你，我不想再喝可乐了，那会勾起我不好的回忆……这只是个比喻，但我确实需要那个契机。"

"扯得太远了吧，你记得我的问题吗？"

"当然记得。但我要说的已经说完了。"

"了解，"我举杯示意，把可乐灌入喉咙，冰凉的汽水，刺激着我的口腔，甜腻的犯罪，我爽快地打了一个嗝，缓缓地开了口，"其实是我偷走了你的记忆卡，怎么样，要我还给你吗？"

流星又笑了，笑得好大声，过了好久，才捂着肚子停了下来："不用了，送给你好了。"

我们都捧腹大笑起来。

夜月夜谈

我家楼下最近出现了一个奇怪的女人,她嘴里总是说着听不懂的话,在一个偏僻的角落里摆着一个小小的摊位,桌面上放着五颜六色的饰品——手镯、发饰、吊坠……看起来都是廉价东西。我的同学告诉我,这家店是不"售卖"物品的,商品都必须以物易物。并且,这个奇怪的摊主会要求用特定的东西来交换。同学就曾经被要求用一个橘子来交换一枚胸章。

这样奇怪的摊位,就摆在我家楼下。

而我的家,住在一个叫作练兵巷的巷子的巷首。

听说这个巷子是老早就存在的,曹操曾经在此训练过军队,后来人们叫它练兵巷。这个传说显得有些太过轻率,让这个巷子在我的印象里也变得轻率起来。曹操练过兵,那为什么不叫曹兵巷呢。或许,就像屈原夺走了端午节的起源一样,这个"练兵巷"也有着更早以前的说法——有某位名将军在这里练兵,因将军受到众人仰慕,人们才为了他把巷子叫成"练兵巷"。

只不过后来曹操的名气太大,盖过了那名将军,把传闻也翻了个新。

就算是给巷子起名,也不一定是先到先得的。

世界上许许多多的事情都不是先到先得的。

在这条巷子里,我家的书店应该是最早来的吧。这是爸爸在我小时候告诉我的事,他刚刚来到这个巷子时,没有什么像样的商家,只有一所小学孤零零地坐落在巷子的正中央。他瞅准了这个机会,在这里开了一家书店。起初,是专门卖一些教材的,后来爸爸扩大书店,也扩充了书库,不知道从哪里进了许多听都没听过名字的书。在爸爸开店之后,小学旁边也开了一家商品店,最初也卖一些图书,但是很快就放弃了,专攻小商品。

而后,爸爸的书店也正式取了一个名字——时代书店。

再后来,爸爸就在这里——这条巷子的巷首安了家,书店的生意越来越好,许多人听到书店里有很多奇怪藏书的传闻,慕名而来。渐渐地,书店的主营业务变成了收购和出售旧书,虽然也会售卖新书,但那只是顺便而已。

那时候,很多戴着眼镜的叔叔阿姨,会温和地在书店里寻找着他们需要的书,我总是坐在爸爸身边,看他向那些书友介绍着一本又一本的老书。那些封面已经脱落的,看不清印刷书名的,还有连装订都是爸爸自己动手的那些书,最终去往了一些爱书人的书柜里。

爸爸很喜欢书吗?

我以前总是会这样疑惑,后来我发现,爸爸其实并不是很喜欢书,或者说,爸爸本来是不喜欢书的,只是看中了商机开了这家书店,而且越做越好。不过日久生情,要说他对这些书没有一丝一毫的情感,那是假的。但是那种情感,是和爱读书的人完全不一样的,他只是喜欢书而已。

他不爱阅读,但这不妨碍他喜欢这些书。就像收藏家并不一定对自己收藏之物的内容抱有爱意，只是喜欢收藏这一行动本身。

爸爸会给这些书一一作记录。他有一本小册子，上面记录交易的旧书。比如有谁来买走了哪本书，又有谁来出售了哪本书。但是这个册子的记录并不精确。

有一个经常光顾我们家的叔叔，最开始爸爸不知道他的名字，他有时会带书来卖，有时会来买书。那个长得像猴子的叔叔买走了很多书之后，爸爸在那个小册子的第一页上写道：猴子兄买走了某某书。

猴子这个称呼虽然好像有些贬义，不过至少是爸爸对那个人最初的印象。

当然，那个时候这种记录还仅仅是普通的记录而已，但是对现在的爸爸来说，记录却真的负责在帮他记忆。他生病后，再也记不清那些顾客，也记不清谁曾来书店买过书了，就连熟客都会认错。

所以当我翻开这个册子的时候，才百感交集。

从我小学三四年级起，客流就愈来愈少。

上次路过学校旁边的书报亭，发现那家书报亭已经关闭了。

高中的这三年，很少从书报亭里买上一两本杂志，偶尔去买东西，也是买上一瓶水，或是一支冰棍。

它还是关了。

见微知著，实体书已经很难做了。报刊亭算是我们的半个同行，终于倒在了今天。所以像我们这样的书店，已经鲜有人光顾。

这本册子上记录的大大小小的人名、称谓，从前还偶尔会有重复，如今再也见不到了。回头客几近流失。不过也好，这家店就这么关了也不会对任何人有什么困扰吧。

白天，爸爸当班。以他的状况已经无法工作，但就算失去了认知能力，哪怕认不出我，他还是本能地，像是肌肉反应一样，继续做着这个做了好几年的书店老板。保险起见，妈妈在一旁陪着他。

不过，那应该就是他的最后一次了，这也将是书店营业的最后一天。

我翻到售书记录册子的最后一页的最后一行，看到上面写着——伊候，购私印刊物《白雪掩罪》。

书店里只有一本，我曾经读过。

好像是老早某个大学的推理社团所创作的社刊。当时鲜有外国的推理小说引进，那些小说也被叫作侦探小说。只有一些爱好者自己去国外淘来一些原文作品品读，再在小圈子里流传。有些大学中的知识分子，读了之后觉得很是有趣，便开始自己创作了起来。他们苦于没有地方发表自己的作品，就自行印刷成社刊，免费或者以非常廉价的价格限量售卖。少则十本以下，多则不过百。说稀少也稀少，但是也谈不上什么珍贵的东西。

《白雪掩罪》也是其中的一本，它的架构非常有趣，采用了接龙的方式。社刊由八名成员分别撰写，讲述八个不同的短篇故事。这些短篇看似是毫无关联的日常，却在隐线里串联出了一个完整的故事——一名饱受家庭暴力的女性与侦探笔友斗智斗勇，最终决定杀死自己的丈夫。

虽然很有创意，但这本书实在难称有趣，文字读起来过于艰涩，用了很多难懂的词，故意炫技，让文章的可读性大大降低。

初中的时候第一次读到这本书，虽然受限于其做作的文言辞令，也不是很喜欢它所讲述的故事，但是唯独对故事的结局难以忘怀。

故事的结尾，女主角成功杀死了自己的丈夫。此时，屋外下起了大雪，雪覆盖了整个城镇。女主角穿着被鲜血浸染的裙子，走到屋子外。她来到自己最喜欢的那片花田，在一束已经完全凋零的雏菊旁边，把足有数厘米厚的雪挖开，将沾满鲜血的刀具放入其中，掩埋。就在雪把那把刀完全盖住的那一刻，侦探出现在了她的身边。

故事没有继续往下写，但是侦探必然与推理相随，她的罪行毫无疑问终会暴露。

我在读完的那一刻，只有一秒，就仅仅那么一秒的瞬间，想到——这象征着白色、纯洁、无罪的白雪，是否可以完全把她污秽不堪的罪行掩埋。侦探是否会走到她的身边，故意说一段错误的推理，然后扬长而去。

明明知道这是不可能的事情。但是如果作者真的希望读者这么想呢？这会不会就是作者留下的小尾巴，才没有把推理最终写完。

读完的那几天里，我每天都在思考这个问题，也许和青春期有关，我会把自己置身于女主角的环境。如果我是她，我也会去杀人吗？很快我就摇头，抛开了这个愚蠢的烦恼。

就是这么一册奇怪的刊物，今天竟然被买走了，而且买家的名字看起来有些眼熟，好像是我初中同校的同学，希望他可以善待这本书吧。

合上册子，我走进里屋，想从架子上随意挑选一本书，用来度过这难熬的下午。到了晚上，就早点休业吧。视线不断移动，终于发现了一本能够吸引我注意力的书，书脊上赫然写着四个大字：《白雪掩罪》。

华灯初上，夜幕被路灯支开小缝。

睡意袭来，打了个哈欠，我揉揉眼。果不其然，一整个下午都没有一个客人，的确让我安生地读完了这本书。

原来如此。

店里，昏黄的灯光下，我在日历上今天的日期——六月三十日处打了一个记号，今天也会是一个纪念日吧。正准备起身打烊，从门口传来一阵铃声，那是门上的铃铛，一有人开门就会响起。

鬈发，穿着黄绿色短袖，黑色裤子，一脸学生气质的男孩微笑着走了进来。他挠了挠自己的脸，带着一点点的歉意和骄傲开了口："我找到了，今年你送我的礼物。"

"还算挺快的。"我装作不在意的样子。

"要不是你的误导，会更快。"

我不解，疑惑地望着他。

"对，对，其实你不是有意误导我的。不过那也算是叙述性诡计。叙述性诡计你知道吧?"

我点点头。

"不过我总算找到了,就在你家楼道的信箱里。"

"对啊,一点也不难找,为什么你找了整整三天?"

"啊!还不是你的叙述有问题,你记得当时是怎么暗示的吗,你话里话外暗示的是练兵巷的巷首。"

"我没有说谎。"

"就是这样!你根本就没有说谎,这是对你而言,但是对我而言却不是如此了!你暗示巷首,我一直以为巷首是卖鸡蛋饼那里,谁知道你说的巷首是你家!"

我蹙眉:"啊?你胡说什么呢,鸡蛋饼那边分明是巷尾。"

"你才是乱说呢,那边分明是巷首!我一直是这么认为的。"

"这么多年来你都这么想?"

"整整十来年,从我第一天进到这个巷子里,我就认为那是巷首。"他坚定地说道。

"那我就是整整十七年……"

"十八年吧。"

"还差几天呢。总之,这么多年来,我一直认为我家那里是巷首,鸡蛋饼那里是巷尾。"

"哈哈哈,"他突然捧腹大笑起来,"所以我才说你也没有说谎啊。因为你家就在那儿啊,那是你生命的起点,所以你认为那是巷首。而我,我总是从鸡蛋饼那里进巷子,所以我认为那是巷首也没有错。"

"哦。"我有些莫名地生气。可能只是因为他对巷首的认知与我不同，这是可以理解的，但我就是有些生气。

巷首明明是我家啊！

"好啦，好啦，"看到有些生气的我，他摆了摆手，继续说，"那么你找到了吗？"

我眯起眼睛笑着看着他，面目清秀的卷毛男孩，个子比我高半个头。回想六七年前，总是能够平视他，如今还要仰头，实在是让人不爽。那年的小圆脸，现在竟然变得棱角分明。

他是阿礼。

我从小学就和他是同学，一直到初中、高中都是如此。

小学时第一次注意到他，也没有发生什么好事。在一次课外活动里，他把我的脚给踢伤了。我抱着腿哭了很久，一直没见到他道歉。直到半个月后，他才不好意思地和我说对不起，并且告诉我当时他其实是故意的。不过他只是想简单地和我开个玩笑，而不是真的想弄伤我。

这种说辞下的道歉，我当然没有接受。直到过了好几个月，他都锲而不舍地和我道歉，并且还给我指导了一些天的数学作业，我才勉强原谅他。

某一天，一个巧合的机会，发现我们的生日竟然在同一天。那之后的一天，明明不是我的生日，他送了我一个发饰，我回送了他一本书。之后的每一年，我们都会互送生日礼物。除了第一次的那个发饰被我不小心弄丢了之外，其他的礼物，我都一一保存。

久而久之,只是送礼物变得无趣起来。四年前的生日,他没有直接把礼物交给我,而是把礼物藏在了某个地方,并且写给我一个密码条,让我破解。这个寻宝游戏虽然幼稚,但是他设计的密码还挺有趣的,我花了一节课的时间轻松破解,然后找到了礼物。

那天我嘲笑他的密码简单,他不满我的嘲笑,让我来试试设计。于是我把送给他的礼物也藏了起来,并且用密码的方式给他提示……

时至今日,送的礼物是什么,好像已经不重要了,新的密码也不再是朴实的一张字条,而是生活中的细节。比如对方的一句反常的话,也可能是礼物的线索。这使得每逢七月七日左右,两个人都会变得谨言慎微。今年我的暗示就是把礼物放在了练兵巷的巷首,直到刚刚被他破解。

如果对方能在七月七日之前洞悉礼物是什么、藏在哪儿,那么就可以直接自己拿到礼物,如果察觉不到,就会在七号那天被嘲笑,当然,礼物还是会得到的。

总之这样的小游戏,陪伴了我好几个生日。

"在此之前,你不应该发表对我的礼物的感想吗?"我装作继续生气的样子。

"这,这怎么说好呢?很微妙?"

我简直要气炸了,伸手就要打他:"竟然说微妙!竟然微妙!微妙!好你个微妙!"

"那你告诉我……你送给我一个男的,一个发饰,怎么不微妙？"

"哼，你再想想其中的意义。"

"还不如送一双袜子。"

"袜子你穿烂了不就扔了吗？"

"那我懂了，你送我发饰，肯定是因为我是男的，所以根本就不会戴发饰，因为不戴，所以不会坏，就不会丢掉，是不是？"

"……你这么想也不是没有道理。"

"行吧……真是肤浅，送个发饰。老实说我真没想到你会送我这个……我还以为……"他停了一会儿，耸了耸鼻子，"你不会还没找到我送你的礼物吧？"

我没说话，把他送我的礼物拿了起来，放在他的面前炫耀了一圈。他拍手称赞了两句敷衍的话，接着说："不会是你歪打正着发现的吧。"

"当然不是，还不是你的提示太明显了。提示就在这本册子之中，我在册子里发现了伊候的名字，这个人我有印象，是你初中的同班同学，也是伊叔叔的儿子。

"如果他来买书，也没什么奇怪的地方。但是，做记录的是爸爸，"我的眼神消沉了片刻，很快就提起精神，继续说，"我爸你知道的……总之，他会把你和伊候认错，从初中就一直如此。"说着我把册子往前面一直翻。"看，这里记载的，伊候购买《碎镜》，其实那天是你付的钱对吧。所以这里的伊候，也不是他本人，而是你，阿礼。

"不过接着我就卡壳了，买走了一本书，和礼物能有什么关系呢？后来我去里屋找书的时候，偶然发现《白雪掩罪》竟然还放在书架上。明明已经被买走的书，为什么还放在书架子上？我那时候就想到，这本书不会就是你送我的礼物吧。于是我拿下书，发现外壳是可拆的。把《白雪掩罪》的书皮拿下来，就是这本——印刷十分不走心的，还有好几个错别字的《放学后的小巷》了。"

"什么叫印刷不走心，这本书世界上只此一本，你好好珍惜！"阿礼突然插嘴。

"尽量吧。总之，我就用了一个下午的时间把它读完了。看这青涩的遣词造句，毫无水平可言的字里行间可以得知，这本小说的作者最多是一个高中生。所以，我今年的生日礼物，就是你这个高中生写的一本小说……"

他笑眯眯地看着我："怎么样，我的礼物？"

"嗯……很微妙。"

沉默了半晌，他颤颤悠悠地发了言："现在我是知道'微妙'这个词有多伤人了。"

"知道就好，希望你收回自己的话。"

"我依然选择坚持评价，毕竟送给男人发饰过于微妙了。"

"那我也不会改自己的评价，这本书写得太微妙了。"

书店里的气氛很快沉寂，我和阿礼怒目而视，互相瞪着对方。

外面的虫鸣聒噪，我别过脸去，把书放下，准备收拾店里，打烊。他静静地坐在了一边，无言地看着我。

"看什么。"我一边收拾一边说。

"没看什么。"他又把视线飘到天花板。

"没看什么不知道来帮忙。"

"哦。"他慌忙起身,有些滑稽。

在阿礼的帮助下,不到十分钟,所有的东西都收拾好。接着我把阿礼轰出了店。检查好所有的电器都关闭后,我也走出了店,把门锁上。

这本书里的故事,有些是我已经知道的,毕竟我就是亲历者,而有些是我第一次听闻的。想来,如果是第一次读到这些故事的人,难免会觉得有些无趣。只不过是小孩子们的日常琐事而已。但是对我而言,这些故事的主角,都是确实存在的。有些人我不熟,只在阿礼的嘴里听到过那些人的名字。

抱着书,走在安静的小巷,夏天的星空幽远寂静,繁星点点。

"故事就到此为止了吗?"我说。

"你怎么认为呢?"

"怎么说呢,有些地方欲言又止,但是故事的结局有点过于理想了。不过,这个故事是不是还有一个'巷尾'的故事没写?"

"理想一点也没什么不好,不然不就是丝毫不值得纪念的故事了吗,我也就不至于写下来了。不过确实如你所说,这本书并没有完结。也就是'巷尾'的故事。"

"没有完结?"

"是的,还差一个'终章'。"

"真的够无聊的,写小说什么的。"我撇撇嘴,其实心里有些羡慕。

"这只是一本日记而已啦,没什么认真构思的情节,我只是把事情原原本本地记录下来了而已。"

"真的是原原本本吗?"我停下脚步。

"什么?"

"你所记录的,真的是原原本本的小学到高中阶段的生活吗?真的毫无虚构吗?其中的阿礼真的是你本人吗?"

"嘿嘿……你怎么认为呢?"他傻笑了两声,"你认为终章,会是什么样子呢?"

"这么简单就让我找到你的礼物,我总觉得有些轻松了,难道真正的谜题是找出这本书的真相?"

阿礼不置可否地耸耸肩。

"接下来我所说,只是通过这些短篇里的细节,推演出的'真相'。"我说。

"洗耳恭听。"

"那你听好吧,"我清了清喉咙,"从结论说起,我认为这本书不是什么日记,只是一本无聊的推理小说,而其中的'我'和'阿礼'并非是你,只是你小说中的人物。他——小说中的'阿礼'其实不是一个人……"

"你说'阿礼不是人难道是会说话的鹦鹉吗?'不排除这个可能,毕竟你脑子里装的什么玩意我也搞不清楚,说不定就一拍脑袋决定用这种无聊的叙述诡计戏要读者。但是,从整本作品来看,这是不可能的。第一篇就否定了这个可能性,鹦鹉最多会说话,哪会骑车呢？而后面的每一篇，阿礼都像一个正常的人类一样，生活、购物、学习……每一篇都在否定这个可能性，因此阿礼不是鹦鹉。

"不愧是你，一下子又提出了一个夸张的见解——阿礼可以像人一样生活、购物、学习，那他肯定就是人，或者说，他曾经是人。阿礼已经死了，化为了地缚灵。

"那阿礼是死人化为的鬼魂吗？鬼魂存世肯定有怨念，就算是魂，也应该靠近'灵'，也就是所谓的灵魂。所以你才说他是地缚灵吧？人死后的活动范围受到地域限制，在固定的区域内活动。这个就是你把小说的舞台设定在'堕落巷'的原因。

"这个叫作阿礼的灵，活动的舞台就在这。灵偶尔也能对一些小物品施以灵力，因此可以骑车也没什么奇怪的。

"阿礼绝对不是什么地缚灵，因为他活动的舞台不只是这条巷子。在《暴雪、枪与魔法》和《碎镜》中，故事开场的阿礼都是在自己的初中。在第一篇《不加香菜》里就写道，阿礼从初中回家，需要绕路才能经过练兵巷，从此可以判断出阿礼的初中不在巷子内，阿礼也不总是被束缚在巷子中，故阿礼不是地缚灵。但要说他是其他的灵魂，又没有什么实质的根据，他又不害人也没有什么残念，没有化为鬼的理由。

"阿礼，我看你还是闭嘴吧，你是曲解了我的话才提出了那么多废话……其实我的意思是，这些短篇中的阿礼不是同一个人，而是有复数个不同的阿礼存在。

"最初让我起疑心的是，这些作品中的'阿礼'性格不同。《万柳常年青》中，不论这个阿礼说了什么，他所做的事情都是为了自己的朋友，这一点与《不加香菜》他最后的行为类似，默默为了朋友付出。这两个阿礼，都是为了朋友的事情挺身而出，是一个外向的人。当然，他们在处理事情的方式上有一些不同。而到了《蓝莲花》，这个阿礼就自顾自地发掘什么密室，自己和自己说话，默默地破解那个不存在的密室。在《堕落之源》和《碎镜》里，他又积极地说出了自己的推理，简直像是在炫技一样。这个阿礼，至少这两篇中的阿礼和《蓝莲花》里的阿礼，并非同一人物。文中的许多细节都有暗示。

"比如，每一篇出现的人物都不尽相同。每篇登场的人物都不会在下一篇登场，因为主人公阿礼不是同一个人，所以主人公旁边的配角也有所不同。似乎只有一个以我为原型的角色出现了两次。但在后续篇章中，你就暴露了。

"《万柳常年青》中的阿礼明显和时代书店的老板很熟悉，但是到了《碎镜》中，老板却将阿礼和猴哥认错。实际上把这两个篇章分开来看，把'阿礼'看作是两个人，老板认错人的行为就可以解释了。有着两个都叫作阿礼的人，并且都和夜月是朋友。但是其中一位阿礼，也就是《万柳常年青》的阿礼和老板是真正的熟人，《碎镜》中的阿礼，是另一个客人。老板的脑子里要记住两个阿礼，还要记住伊候的长相，认错一两个人也没什么奇怪的。

"至于故意这样写的原因，很简单，你在利用叙述性诡计混淆时间线——整个小说是以巷子从首到尾为线索，时间线却是错乱的。在你的误导下，读者会以为时间最早的篇章是小学时代的

《万柳常年青》和《商业街秘闻》，再是初中时代的《不加香菜》《堕落之源》《碎镜》《暴雪、枪与魔法》，最终是高中时代的《蓝莲花》。初看会发现这些故事的时间跨越久远，但若是里面的主人公阿礼不是同一个阿礼呢？小学时代的是同一个小学生阿礼、初中生时代是同名的初中生阿礼、高中生时代是同名的高中阿礼，而这些故事，如果全部都发生在一个时间呢？

"你的这些故事，就像是密集的蛛网，如果把蛛网——时间线拉长，那么蛛网的缝隙就会过大，无法轻易看到蛛网，但若是时间线集中，这密集的蛛网，就显露无遗了。这看似十年来的故事，只不过是几个月里的故事而已。

"来看看这短短的几个月里发生了什么事情——小学生的阿礼做出了学校要变成老年大学的推理，接着就发生了投票事件。

"我们已经得到了这些故事发生在一个时间节点的结论。初中生阿礼在《暴雪、枪与魔法》中提到，老年大学之外的那栋楼已经闲置，不知道用来做什么了。可在《万柳常年青》和《商业街秘闻》中出现的那些小学生呢？他们和小学生阿礼一样，没有出现在后文里。

"所以，这里所暗示的，就是原本应该在宿周小学的那些小学生，全部都消失了。那些孩子去了哪里？在投票的故事《商业街秘闻》里，孩子们针对是否提前搬校区做出投票。显然，从《暴雪、枪与魔法》的结局来看，虽然进行了第二次投票，虽然商业街商品店的老板横加干预，但是投票结果应该是依旧让他们搬走。

"而《碎镜》里，伊候也和初中生阿礼提到，他们的大山初中要变成太山初中的分校了。这和小学生阿礼的故事竟然奇妙地重合了。在同一时间节点，发生了两次校区变动的事情，不会很奇怪吗？你在书的结尾几个篇章，多次描述巷子日渐萧条，生意一天不如一天，学生们也不再聚集，之前繁华的一切好像都是一场梦。

"从结果来看，巷子空了、小学没了，甚至连旁边的初中也即将消亡，万柳井周边的障碍似乎被一个接着一个清空。最后一个地方，应该就是万柳高中了吧。这所本就寒酸的学校，又能撑多久呢？

"你在这个少写的终章里，会设计出一个合理的人物，他有动机清空万柳井周边。而你最后的伏笔，就在《万柳常年青》里所写到的'万柳井'，这个人物为了找到真正的'万柳井'，逐渐把这条巷子、这片区域一一收购，方便动土动工。如果我没有猜错的话，你依旧会用'阿礼'这个名字来命名这个寻找万柳井的人，并采取第一人称视角，继续误导读者，直到最后才揭露，这个阿礼和前文所有的阿礼都不是一个人。故事的结局，自然是这个阿礼找到了万柳井，万柳井，就在这条巷子的巷尾。"

"夜月，不得不说，实在是精彩的推理。对于叙诡的理解非常有趣！不不，不是揶揄你。在你说到'这些故事的时间线是集中的'的时候，我也浑身汗毛一竖，如果真的有小说以此作为终章，的确不失为一本佳作。而你对终章的描述也很符合你的推理，使得整个故事更为圆润。

"但不能这么写,因为可以确定的是——所有的阿礼都是同一人物。你不要用那种眼神看着我,随便抽出几个地方都能证明你是错的。在人际关系上,并非只有夜月反复出现。《不加香菜》里就提到了友人B和阿礼、颜良一起吃面,并且友人B不爱吃香菜。在《蓝莲花》里,也提到友人B与我们正式结缘离不开颜良。《堕落之源》里写到了阿礼和流星的初识,后来因为总是上课说话被调开,才认识了颜良,这在《不加香菜》中也有对应的记载。《碎镜》提到流星和伊候的关系非常好,《暴雪、枪与魔法》中的女主人公念儿也是颜良介绍给大家认识的——可以说,这一层一层的关系网建立得非常完善,每个人与每个人怎么认识均有迹可循。在这一层层繁复的关系网中,如果存在着复数的阿礼,那么必然会在叙述中露出更多的纰漏,而不是用一句'性格不尽相同'就可以解释的。也就是说,阿礼是同一人物,而且时间线确实是分散的。你利用的疑点将全部不再是疑点,推理也就不攻自破了。"

"你不要着急,我只是说出了我最开始的想法而已,很快我就发现这个想法存在着巨大的漏洞,解释不了你小说中繁复的关系网。阿礼确实只有一个阿礼,但是我依旧对时间线抱有怀疑的态度。通常的小说都是正向时间流动的,很少有这样打乱叙事时间,以场景推动叙事的。于是我想,你果然还是用了叙述的诡计,这些故事虽然只有一个阿礼,但是叙事的时间线,却是正向的。"

"你的小说有一个特性,就是每逢开头会出现一段你和这次配角相逢或成为朋友的故事，而这段故事只是介绍了这个角色而已，和后文中真正发生的故事可以不属于同一个时间。也就是说，最开始的部分可以称为'回忆篇'，而后面的，则可以称为'正篇'。显然，回忆在小说叙事里本就是插叙，'回忆篇'是不存在什么正向时间流动的，而我所说的，你的小说里按照时间正常流动为线索的是'正篇'。

"先从最开始的《不加香菜》开始，回忆篇之后也明确写到'升入初中二年级之后'这个时间节点，并自称"十四岁的我"。《蓝莲花》则可以通过阿礼的友人B跳级推断出阿礼此时刚刚升入高中不到一整年，《蓝莲花》'正篇'的开头也是这么写的。所以这两篇中，阿礼从初中到了高中，故事的发展的确是按照时间正向流动进行的。发生变化的是在第三篇《万柳常年青》中，故事的舞台一下子从高中来到了小学。

"但我认为，此时只是舞台移动了，时间并没有移动到阿礼的小学时代。

"《碎镜》一文中，伊候对阿礼说了一句话引起了我最初的注意：'哎，大学生，不回母校看看老同学？'当然，这句话也可以理解成，伊候在嘲讽阿礼的小学变成了老年大学，但是同样，也可以理解成他口中所说的'大学生'是真的指代大学生阿礼。也就是说，从《蓝莲花》之后，阿礼从高中升入大学，发生了后面的故事。

"你在《万柳常年青》《商业街秘闻》《碎镜》中通通没有明确地写到阿礼的真实年纪，只是写到他所在的年级、班级。但是除了学生之外，还有一种职业也可以用年级、班级来描述——老师。

"《万柳常年青》的刚开始，阿礼来到班级问夜月借了作业抄，他应该是一名实习的老师，而夜月是和他一同来实习的老师。所谓的'抄作业'应该是将之前在课堂上旁听的知识做一个记录和总结，而且为了了解小学生的学习，他们也会实际把学生的作业拿来做，也会做考试的卷子。这些作业当然不会是交给宿周小学的老师的，而是作为实习记录，交回给自己的大学。阿礼和夜月是大学的应届毕业生，正在宿周小学进行实习。

"阿礼能够在后续的文章里，站上讲台进行大段的演讲，作为小学生来看，这种举动显得过于成熟，而且难以镇压别的同学。但是如果他是实习老师，就可以理解了——这是老师站在讲台上的正常发言。阿礼和欧阳，只是老师和学生的友情而已，他作为老师，看到被欺负的欧阳，自然要选择帮助他。

"欧阳曾提出把童谣送给阿礼，说是可以写成什么民俗学的论文。正因为阿礼是大学生，所以欧阳才以为这份童谣对阿礼的论文有用。同样，阿礼在放学后说自己'一如既往到最后才走'，正因为他是老师，才会最后才走。

"还有一些点可以证明他不是学生，《商业街秘闻》中，阿礼能够帮助班主任把投票箱搬回办公室，因为他就是打杂的实习老师。当时四年级一班的班长认为他很可疑应该也是如此，如果一个没怎么见过，还不是老师的人出现在办公室里，任谁都会觉得可疑。事后，他说他投了空白的一票也不是谎言，他作为实习老师，应该没有投票的权利，所以他的意思是他自己没有投票。最后的证据——当时明明开了家长会，但阿礼并没有提到自己的家长前来开会，这也从侧面反映他不是学生，而是实习老师。

"紧接着，在《碎镜》里，老板把阿礼和伊候认错。显然，在小学时代就和老板结识的阿礼与长大成人之后的阿礼一定有着巨大的差别。老板认识小孩子阿礼，却把成人阿礼和伊候认错，这样想就合理了许多。《碎镜》中的阿礼，经过了在宿周小学一段时间的实习，前往大山初中进行新的实习。《暴雪、枪与魔法》里的考试，应该是指从小学老师升为正式初中老师的考试。

"因此整个故事其实是阿礼作为一个实习老师的成长史。所以终章很简单，阿礼的考试通过，成为了初中的老师。但是因为大山初中不复存在，阿礼离开了初中。这样的阿礼回到巷子里，他看到自己成长的学校，自己曾经执教过的地方，心中百感交集。最终，阿礼会在巷尾设立自己的学校，这就是这部小说的'终章'。"

"夜月，与其说这是推理，不如说是妄想更为合适吧？你在几个细节方面反复把握，做了两种不同却十分有趣的推理，让我十分钦佩。抱歉……不是嘲笑你的意思。只是这段推理中依旧有着大量不合理的事情。你说阿礼作为老师在《万柳常年青》讲台上发言——先不说他作为老师居然会重点照顾欧阳同学，就说他对夜月的态度。在你看来，夜月也一样是实习老师，但是作为实习老师的她竟然需要帮同为实习老师的阿礼补习小学数学，同时夜月为了小学数学报了补习班，如果她是成年人，而且是一个实习老师，不免让人怀疑夜月的智商……

"哎！很痛啊！别打我，我只是说小说中的夜月，不是你。不过你明明就是当时事件的亲历者，却非说那是实习教师，这未免有些站不住脚。一个关键的节点就能证明阿礼的年纪——他在《万柳常年青》中首次提到了江溪溪，并且叫她溪溪姐，后来也在《商业街秘闻》里提到溪溪姐是一名在读大学生。阿礼叫在读大学生的江溪溪为溪溪姐，他的年纪是比大学生小的，而在后文里，阿礼叫关东煮的老板'奶奶'，江溪溪却叫她'阿姨'，完全差了一个辈。同时，阿礼在《万柳常年青》中提到，他从'二年级升入四年级'，故事发生在他四年级的时候，若你咬文嚼字地认为，是他作为老师在执教四年级的时候，也是不合理的。假设他真的是老师，他至少执教了两年——一个应届毕业生执教两年，还叫一个大学生为姐姐，叫关东煮老板奶奶，毫无道理！

"至于你所说的家长的问题，就更简单了。阿礼之所以没有提到有人来帮他开家长会，难道不是因为江溪溪就是那个来帮他开家长会的人吗……阿礼，你知道的，是一个孤儿，一直由小姨抚养，所以他的邻居江溪溪帮他开家长会是非常合理的事情。而老板把猴哥和阿礼认错，其中的理由你应该比我更清楚吧。

"最后的铁证，猴哥提到自己朋友的酒吧的时候，阿礼不是还说自己是未成年人吗？老板想雇用他俩，也有说这是雇用童工——综上，阿礼确实是一个未成年人，是一个初中生，并不是老师。

"其实你的终章十分有趣，不过阿礼这个人，最讨厌小孩子了，所以阿礼怎么也不可能成为一名老师……"

"既然如此，那全篇的关键就不再是时间。我前思后想，唯有从空间入手。我想，如果这部作品有谜底的话，这个谜底一定和还未提到的巷尾有关——换句话说，巷尾就是谜底本身。

"《序章》写到，这条巷子东西朝向。我想这就是最早的误导，这样的描述不免会让读者这样想——既然是东西朝向，那么巷子一定是长长的直条形。但是事实不是如此，说到朝向，也可以指代巷首巷尾的朝向，如果巷首朝着东，巷尾朝着西，那的确可以称巷子为东西朝向。

"回想刚刚你和我说的话，你一直认为巷首是鸡蛋饼那儿，而我一直认为巷首是我家，其实你的提示——这个推理也因此诞生，为什么巷首不能既是鸡蛋饼摊又是夜月的家呢？

"这个叫作堕落巷的巷子，与其他的巷子并不相同——巷子并非直线形，而是圆形的。整个巷道呈现圆形，但巷首和巷尾并没有完全相接，而是空出了一个短短的空隙——想象一下，就是两个半径不同的同心圆构成了这个巷子，同心圆中靠外的那个圆并不闭合，而有一段打开作为巷口。以此作为边界，把巷子分为开头和结尾，就会出现一个巷口朝着东边，一个巷口朝着西边的景象。

"从巷子未相接的那个口进来，往一边走是鸡蛋饼豆脑摊，而往另一边，就是夜月的家。你写到万柳高中和宿周小学两个学校只是一墙之隔，但没有写明那个墙在哪里。你也从来没有写到这两所学校有被巷道的墙以外的墙围住——因为围住他们的墙只有两个,就是巷道的墙和隔开两所学校的墙。

"把整个巷子的内墙想象成一个圆形,那么这个圆形的直径就是把这两所学校分割。不,应该是圆的一根弦把两所学校分割成大小不一的区域,因为宿周小学比万柳高中大一些。

"你的每一个短篇,都做了两个以上的解答,这是你小说的特性,而唯有一篇除外——《暴雪、枪与魔法》只做了一段推理,那段不上不下的解答,必然是伪解答。而这个篇章的真解答,阐述了巷子的奇妙构成。如果按照原本的描述,围着两所学校的围墙,是没有任何店铺的。也就是说,靠着学校的内围墙,是不能开店的,因为在这里开店,等于会侵入学校一部分,学校是不可能允许的。你通过描述,误导了所有的读者。读者自然而然地认为,从宿周小学过去的所有店铺,都开在巷子靠内的地方,也就是和宿周小学是同一边的。但整个巷子是圆形,靠着宿周小学这边,所有的地方都是学校的围墙,唯一能开店的,是宿周小学对面的那一侧。

"所以商业街也好,动漫店也罢,全部都开在宿周小学对面,而非宿周小学同侧。由此,整个情况都颠倒了。

"回到之前的描述,你在《万柳常年青》里写到这条巷子的正中就是宿周小学,那么从这个'正中'往后,就是后半段,也是圆形的后半个圆。而动漫店又是商业街中的最后一家店。数一数前面的店铺,有商品店、抽奖店、关东煮店、时代书店,甚至还有你没有写到的其他店铺,动漫店的位置更加靠后了——一个圆形走到最后是什么?"

"圆形没有最后,一直走就会绕回原点。

"到动漫店时,已经绕了一圈回来。也就是说,动漫店的位置其实是靠近'巷首'的。从'巷首'进来,走过万柳高中后,你写另一边是布满涂鸦的墙。而这边布满涂鸦的理由,就是因为涂鸦的旁边就是动漫店。

"你从'巷首'开始顺着里侧的墙和学校描写,写到宿周小学之后,你写的就是靠着小学对面侧的墙和店铺了。直到动漫店,整个巷子已经转了整整一圈以上了。

"这家动漫店对面的那堵墙,应该是靠近巷口的万柳高中。而那组脚印,指向的就是万柳高中。你在最开始的《蓝莲花》不是还写到有关'枪'的细节吗?这正好对应着《暴雪、枪与魔法》中,手枪模型坏掉的事情。依我看,那组脚印的主人是你所包庇的挚友,友人B。所以他才会乖乖帮你修复手枪。

"这便是整个故事的谜底——巷子是个圆形,巷尾与巷首相邻。"

"有一种叫作'新本格'的推理小说,我深刻觉得,你有创作此类小说的天赋。你的结论依旧有趣,可是缺乏支撑结论的证据。按照你的说法,那游戏店岂不是正开在宿周小学的正对门了吗?一家不正规游戏厅正对小学校门,未免有些太不实际了。

"我的确写过宿周小学的校门在中间点,夜月的家是巷尾。在《万柳常年青》中,有一段写夜月从家出来,去买鸡蛋饼时还出现在了从校门出来走向巷口的我和欧阳的身后,如果夜月家是圆形巷子的巷尾,那她买鸡蛋饼就不会碰到我和欧阳,而之后,买了蛋饼的她又往回走,即使她的目的地是时代书店,但是宿周小学是巷子的正中,时代书店明显靠巷子的后半部分,从圆形巷子的'巷尾'处进去,不是更近一些吗?

"最为关键的,是我早在《序章》就写明:'两边均是青瓦白墙,左手边围起来的就是刚刚提到的万柳高中,右手边的墙,是贯穿巷子始终,仅仅为了"围住"而设的围墙',这里的四个大字'贯穿始终',就是最有力的证明。所有的店铺都是靠在巷子的里侧,即宿周小学同一侧。如果是圆形的巷道,这些店铺就没办法开在宿周小学的同一侧了。综上,你的推断,错得太过离谱。"

"我了解了,是我没有仔细阅读你的小说,忽略了一些细节,只顾着自圆其说。我放弃了,推理真是一件困难的事情,即使做出了各种各样的解答,但是作者说不对,就是错误的,这样也太不公平了吧。但是现实中呢,没有作者的故事,是不是就能轻易得出结论?

"不……没有作者的故事应该比有作者的故事还要难解。因为有作者,就有正解,作者会告诉读者,答错了。现实里的事,推理者有可能到最后都不知道自己是错误的,误解将会持续。于是我想,阿礼,这些故事里,你真的原本就做出了这么正确的推理吗?这些故事,并不是原原本本被记录下来的故事,而是被你改写的青春吧。

"阿礼，你究竟是为什么想要记录下这些故事呢？这些故事里，几乎没有坏结局，每一份误解都能被消解，每一个人的未来都有着希望。即使有些故事本就有着悲剧色彩，但是你却把它们都处理得很好。事实真是这样的吗？如果不抱有遗憾，你为什么会对它们印象深刻？

"几乎每一个故事，都有两重及以上的解答。明明有正确的解答，你却给出错误的解答，这又是为什么呢？

"你说这些故事不是虚构的，但应该只限于开头和第一重的解答，至于每个故事的结局，都是你虚假的妄想。

"《不加香菜》的结局，你成功推理出了颜良不加香菜的理由。如果只是这样，他又怎么会像你在后续《蓝莲花》里提到的那样，与你们渐行渐远？你记录的不是真实的结局，而是在原本的结局上，增加了一个美好的结局。实际的结局，是你的第一层推理——你误以为颜良的车被偷走了，因此在后面没有顾及颜良的心情，最终颜良无力支撑和你一起玩的花费，选择慢慢离开你。这是你失去的第一个朋友。

"《蓝莲花》的阿礼，是一个不怎么说话的人。阿礼我知道你的确有那么一段时间……当友人 B 发现你最近有点奇怪的时候，你应该没有像书中那样坦白。自然，结局一样是你后来才添加上的，真实的结局是你没有推断出那天密室的真正成因，你只是停留在自己无谓的妄想和自娱自乐中。同时因为你的沉默，友人 B 也没有和你说出'蓝莲花'的故事，他视你为不理解他，你和友人 B 也渐渐不再联系。

"《万柳常年青》是我亲历的事情，所以并没有什么虚假的地方。但正因为那个时候的你不加隐瞒，你和我才能保持这么多年的联系。但另一方面，那个篇章里，你的朋友欧阳并没有知晓整个真相，他也没有出现在后文中。

"《商业街秘闻》，这个故事的结局不是由你谱写，而是那个叫江溪溪的大学生。你提到，你曾经向她的母亲告黑状，她的母亲骂了她。我想在那之后她就再也没有搭理过你，却迫于无奈来帮你开了一次家长会。所以你才会写出那段有关'母女关系'的感言，你模拟当时江溪溪的内心，企图理解她的痛苦。你是想向这个早就失去的朋友道歉。

"《碎镜》，猴哥是一个社交能力很强的人。他和你的关系应该不至于到破裂的地步，只是他的舞台很大，社交能力强的人是不会有一个闷声不说话的挚友的。你们的关系应该只是微妙地保持着。现实里，你也只是做出了那段错误的推理，没有理解猴哥真实的意思，不知道猴哥为什么要大费周章买下那本《碎镜》。你很后悔，如果自己当时能够思考得再深入一些，多做出一段推理，是不是就能走进这个朋友的内心，会不会就能成为他真正的挚友。

"《暴雪、枪与魔法》只有一段推理，你也因为这个错误的推理和念儿的关系变得尴尬。你并不是不想挽回这段友情，只是你反复斟酌，怎么也想不出能够让这个朋友留下的推理。你发现，你根本不了解她。

"《堕落之源》，和前面的所有故事一样，真实的情况是你只做出了第一段推理，错误地指出了偷走记忆卡的犯人。你没能洞悉流星的深意,他之后也如同故事里所说的那样,不再和你们一起去打游戏了。你最开始是不能理解的吧,他为什么突然就不愿意去玩游戏了,所以你后来才想到那个理由——能够解释他不再去游戏厅的理由。如果,那段推理能在当时就想到,当天就和流星摊牌,他会不会也向你袒露心声,故事的结局会不会变得不一样?

"所有的小说,所有的推理,都是你的遗憾。你把这些遗憾写下来,把自己后来才理解的故事写下。都是真正按照当时情况推出的结果,只不过如今你才理解。但这些,分明是妄想——你根本不知道当时的事实是不是真的如你后来推理的那样。你只是想回到过去,完成这些推理,哪怕是错的,你也期待着故事的结局会变得和之前不一样……

"这部小说,只是纪念你无数段不完美的青春。你后悔做出的决定、你做出的错误推理、你想要挽回的这些朋友。所以你妄想、虚构出了这篇作品。因为误会不会消解,因为心意传达不到对方,因为结局不完美……如果能再来一次,你会动更多的脑筋,你会拼命地去推理,为的只是能够接近一些你朋友们的内心,为的只是,能有一个更好的结局……"

"在不是虚构的真实故事里,无法寻找一个完美的结局,一个漂亮的终章。正因为它们是不经过设计,真实存在的,所以它们才不一定会导向某一个完美的结局。所以我把那些故事用我的妄想和推理填满,——完善,把它们布置成我理想中的样子。

"作为我来说,这篇小说只是我的日记,我记录下我的青春,我真实和妄想并存的青春,作为送给你的生日礼物。以往我总是想,人的青春是什么时候结束的呢?是在高中毕业,升上大学的时候吗?不,对很多人来说,大学才是青春的开始。是大学毕业吗?不,大学毕业虽然伤感,但有的人还在奋斗,对他们来说,青春会一直在。有的人青春结束得早,有的人青春结束得晚,但是谁也不知道青春是什么时候结束的,就像谁也不知道春天是什么时候变成盛夏的。

"以往,缝补衣服上小孔的时候,没有剪刀把缝好的线头剪断,只能用牙齿来咬断。但是棉线也不会轻易断掉,于是我只能用牙齿反复摩擦棉线。棉线断了,不是突然崩断的,而是不知道什么时候,被我的牙齿磨断了。谁都不知道棉线是什么时候断了……

"青春也是这样。对所有人来说,青春原本是不知道何时消失的东西,和朋友们的交集也逐渐平行。但是我的青春就到此结束了。这本书作为我青春的结束,作为一个句号而存在。虽然那些是不完美的故事,虽然它们都没有完美的终章,但这次……

"我曾失去了很多机会,失去过很多人,这一次我不想失去,这一次我不想留下遗憾。

"我拼命写下的终章,没有华丽的推理,没有诡计,只有下面这段我想拥有的结局。

"我将这本书送给你,希望你能为我画上这个句号。"

夜月把头靠在一旁的围墙上，旁边就是她最喜欢的雏菊。夏日的夜晚也静悄悄地开着，她缓缓蹲下、抚摸着花，说道："这就是你要说的全部吗？"

"是的。"我说。

"作为推理小说来说，真是一个无聊的结局。"

"可这不是推理小说，是我的青春小说。"

"你的青春小说，和我以往看的校园青春小说可大不相同呢！"夜月笑了笑说道。

"但这就是我的青春呀，朴实无华，甚至有点无聊。"

"对你来说，青春就这么结束了吗？"

我点点头。

夜月缓缓站起身，伸了一个懒腰，纤细的腰肢打了个颤，说道："走了几个来回了？"

"没有数。"

我们从书店走到巷尾的途中，她缓缓道出她的推理。接着，从巷尾反过头继续沿着巷子走，并肩而行，我提出反驳的意见。刚刚走到巷首，她又回身，重新给出新的推理……

这一夜她不知道说了多少段关于终章的推理，都被我一一否决。

我其实没有构想过终章，她的每一个提议都可能让终章变得更好看，但是我偏偏要从她的推理中，找出漏洞。对一本推理书，是不可能没有漏洞的，更何况她的对手是身为作者的我。

她又怎么会不知道呢？

我们一遍又一遍地推测、反驳、推翻、重新推理——从巷子的首，走到巷子的尾，从巷子的尾，走到巷子的首。不知道从什么时候开始，我竟然也不觉得自己总是走入的入口是巷子的首了，失去了首尾定义的巷子，存在于我们两个不停来回的脚步之中。

她打了一个哈欠，眼泪珠子挂在眼角上，在路灯下发着微弱的光。揉了揉，整只眼睛都变得温柔而璀璨："我累了，这次真的要回家了。"

"嗯，那么……"我小心地投去视线，和她的视线碰在了一起。

她露出了可爱的笑容："再走一圈吧。"

"嗯。"

在不稳定的灯光下，我们继续并肩同行。

"现在高中也毕业了，你志愿填写得怎么样了？"她问。

"还能怎么样？考的分数那么低，说不定要去复读了呢！"

她睁大眼睛看过来："真的假的，那可真是辛苦。"

"谁知道呢？"我笑了笑，"你呢？"

"我？我……你知道吗，我们的高中也要没了，说是要改名……"

"你还真是一个瘟神，走到哪哪个学校倒闭。"我嘲笑道。

"你才是瘟神吧，这些学校你不也一直都在。"

"也许吧……你还没回答我的问题呢，你的志愿填写得怎么样了？"

"我……我可能会去很远的地方。"她的语气变得冰冷。

"哦……很远吗？不回来了吗？"

她点了点头，没有说话。

"不过这也没有办法对吧，你爸爸要去治病。"

"嗯。从生病以来，我们就一直想着带他去大城市里治疗。"

"书店呢？不开了吗？"

"今天可能就是最后一天营业了。"

"那我可真是幸运，成了最后一个客人。"

"作为最后一个客人，究竟是幸运呢，还是不幸呢……"她的脸上挂着苦笑，埋在灯光下的阴影里。接着她问道："你呢？"

"说了呀，复读去。"

"没和你开玩笑。"她微微蹙眉。

"去哪里呢？我应该哪里都不会去。这个城市多好啊，有高楼，有大厦，有青瓦白墙，有成群的梧桐树，有春日纷飞的柳絮，还有……"

"还有什么？"

我静静地看着夜月的眼睛，越过她左眼眼角下的那颗痣，看着她的双眼。以往曾拿她脸上的痣取笑，现在看来这根本不值得取笑，反而很美。

我好像从来不曾这样和她对视。

月光下，她的眼睛像是清泉里浸了冰块，清凉透彻。

"没什么，就是有很多回忆就是啦。"

"故弄玄虚。"夜月念了这么一句，就转过头不理我了。

月亮越来越明亮，夜月的夜谈也终于告了一个段落，她站在巷子口，不知道是被称为巷首还是巷尾的那个巷子口，她家的那个口，停下了。

"你家……就在这里了对吧……"

她笑道："你在说什么啊，你又不是第一次站在我家门口。"

"不是，我的意思是，这条巷子是你的家吗？"

她沉默着。

虫鸣窸窣，星光稀疏，夜月迟迟没有开口。

"你知道那个故事吗？《稻草易物》？"

"知道，收录在《宇治拾遗物语》以及《今昔物语集》中。讲述了主角用手里的一根稻草，以物易物，逐渐获得更有价值的物品，最终成为富翁的故事。"她说。

"据说当时没有货币统一物品的价值，所以以物易物是单纯的需求换取需求。也就是说，有些东西虽然在统一量度的定价下，是不值得购买或者交换的，但是在需求体系下，某个物品可能有着超过其统一量度定价以外的价值。

"另外还有一则故事是安徒生童话中《老头子做事总不会错》，这个故事就恰恰和《稻草易物》相反，老头子用一头牛换了一只羊，又用羊换了鹅，最后换成了烂苹果。他竟然能给自己的每一次行动赋予道理，最终他的妻子没有责骂他，反而是给了他一个吻。

"也许在老头子的需求下，一头牛确实不如一只羊，一只羊也比不上一只鹅，鹅比不上苹果……抛开各种现实的意义和寓言的部分，这个故事不是很有趣吗？"

"但是故事的结局是,两个英国人和他打赌不会获得妻子的吻,结果他赢了,还得到了一大笔钱。"

"因为是童话故事。"

夜月摇摇头:"正因为是童话故事,所以要给孩子一个'好人有好报'的结局。但如果获得一大笔钱是'好报',那不就恰恰否定了老头子的行为了吗?如果作者认为老头子换到了烂苹果已经是'好报'了,那么就不会多此一举设计这么一个赌注,让老头获得一笔钱了。作者明明知道,老头子是做了错误的选择,换了错误的东西……"

"没有人说老头子做的事情是正确的,但是作者想说,那也不是错误的。正因为每一个选择都是选择而已,不分对错,所以才在一个看似错误的选择后,让他获得了好报。"

"就算选择了一定是错误的答案吗?"

"没有一定是错误的不是吗,就像你做了'错误'的选择后,也没有想到最后能得到现在这样的结局不是吗?"

"现在……现在也没有什么好的结局啊。"

"因为结局还没到来,故事还在继续。"

"这种破烂鸡汤台词,真亏你能说出来……这是在鼓励我吗?"她停下了,我没有回答。半响,她接着说:"我还是会走。"

我点点头:"我知道。"

"那下次见了。"夜月转过身。

"也许再也见不到了吧……"我喃喃自语,最终没有把心中想说的话全部说出来。

她是不是也一样呢?

虫鸣依旧,空气中是潮湿的气息,明天会下雨。

这条巷子的结尾,是夜月的家。我的青春从堕落巷首的摊位开始,到这巷尾结束。

夜月星空之下,夜月终于是从巷子中,回到了自己的家。

这就是我与夜月的最后一次见面了。

终 章

你的心意，这一次确实传达到了，但是我没有能够为你画下完美的句号，对不起。

第一次错误的选择，是小学时那场家长会之前。

之前你送我的发饰我一直没能戴上。因为，那时候，爸爸的记忆力变得很差，他把我的发饰收起来了，却一直记不起收在哪儿，直到后来我自己找到。

而那个发饰，我也只戴过一次。那天你刚好请假，没有来学校。晚上放学的时候，我在校门口的一家商品店买笔，看上一支非常漂亮的钢笔，蓝黑色的，上面镶着金色的边。但是看了一眼价格，便失去了购买的欲望。我有些失落地回了家，才发现头上的发饰不知道什么时候不见了。

我焦急地从家往学校跑，先是在学校找了一圈，接着在放学回家的路上找了很久，直到天色变黑，什么都看不到。我绝望地打算回家，却看见了校门口商品店的阿姨，她头上戴着我的发饰。

我走到商品店，询问她头上的发饰是不是捡到的，可能是我掉的。她非常坚决地否定了我的说法，说那是她女儿的东西。

我抬头紧紧地盯着那个发饰，几乎可以确定那就是我的东西。

我和她说，这个发饰不是什么值钱的东西，可能几块钱就可以买到，但是对我来说是很重要的东西。如果她实在不愿归还，我可以把发饰买下来，多少钱都可以。

不知道为什么，她轻蔑地看着我："你是书店家的女儿吧，如果你再在这里胡闹，我就要去告诉你爸爸了。"

不论我怎么说，她都无动于衷，最终我伤心地离开。

后来我听爸爸说，这家商品店的老板娘，也是很早就搬到这个巷子开始做生意，并且商品店原来也出售书籍，当时她还和爸爸是好朋友，一起商量书的买卖。后来有一个姓伊的叔叔，抱着一大堆破旧的老书来巷子里卖，他最先去的就是商品店。商品店的老板娘看到这是一堆没人要的破书就出了一个极低的价格。伊叔叔觉得不划算，就拒绝了交易。于是他来到爸爸的店，把书全部卖给了爸爸。

这之后，他就经常带着一大堆书卖给爸爸，还把我们家的书店推荐给他学校里的很多人。于是越来越多的人来这里买卖书籍。整个巷子的书籍业务就这样被我们垄断了，商品店也渐渐变成了只卖小玩意的商品店，不再售卖书籍了。

而不知道为什么，也不知从什么时候开始，那家店的阿姨就不再主动和爸爸交好，并在很多事情上故作刁难。

爸爸没有和她计较。

那天晚上，我想，爸爸可能就是因为生意上的事和阿姨交恶，而阿姨看我是时代书店的女儿，也故意刁难我。虽然很生气，但这也是无可奈何的事情，没办法调解。爸爸的第一次商机是从商品店那里抢来的——不，应该说是捡来的。

当时正逢最受欢迎店铺的网络投票时间，我作为时代书店的女儿,自然是想投自家书店一票。书店已经很久没有得到好的名次了,我想通过我的一份力至少让书店挤进前三。投完票后,我看到令我震惊的一幕。网页上评论全部都是时代书店的恶评。有人说从书店里买回去的书缺页,有人说书店的老板态度很差,有人说书店雇用童工……这全部都是谎言,如果书有问题为什么不拿过来退换呢?我一次都没有见过哪个顾客对我们的服务态度不满,而且我也只是偶尔帮爸爸看一下店……

其中还有一些更为恶毒的评论,我实在看不下去,立马把网页关掉了。

当天晚上我趴在枕头上哭了很久,整个枕头都被染湿。

为什么,为什么大家会这么讨厌我们……

我隐隐地觉得这件事和商品店脱不开关系。

一整夜没有睡好,第二天,我很早就来到校门口。这时候,我看见商品店的卷帘门半开着,阿姨好像不在里面。以我的身高,只要半弯腰就能走进去。一个不好的想法钻进了我的脑袋……要不要报复一下"偷"走我发饰的阿姨。这样的想法和我对那支蓝黑钢笔的欲望纠缠着,最后,我从柜台里把那支钢笔偷走了。

以这种事作为报复,我在心里合理化自己的行为。我想,我只是用一个发饰换了这支钢笔。虽然价格不能比较,但是那个发饰对我来说也是很重要的东西。

我没有得到"好报"。

那次投票的结果,时代书店是最后一名。

书店的名誉受损,越来越少有客人来我们书店买卖书籍。

第二次错误的选择,是在初中的时候。记得那时,爸爸的症状已经有所表现,他会把一些明明很熟的人认错,也会固执地认为自己没错。

你和伊候就是很好的例子。

那段时间,我刚刚开始读《哈利·波特与魔法石》的英文原本。虽说英语成绩不错,但是要读原作还是非常困难。读得磕磕巴巴的,好多句子看不懂。读到烦躁的时候,我就会去旁边的熟食店,买上一碗关东煮,缓和一下身心。

关东煮店的奶奶非常和蔼,总是和我坐在一起聊天。我们会聊到小学时候我来店里玩的事,她也会提起一个鬈发的男孩。我知道,他提的肯定是你。那天,气氛不比平时的愉悦,有点沉闷。我问奶奶怎么了,奶奶说,爷爷病了,要去大城市治疗,所以这家店可能会在下个月关闭。

"只是暂时关了吗?"我问。

奶奶摇摇头:"不是,店面会租出去……不然负担不起老伴的医药费。"

我有点失落地点点头,接着吃起了关东煮。

接着,看到我失落的奶奶,开始和我袒露心声。她谈起了之前在网络上最受欢迎店铺的投票。她说,对不起我。

我的心脏狠狠地抽动了一下。

"当时……他们都说你们书店是巷子里的毒瘤。旁边的小方……"

"小方?"

"就是第一家商品店的老板娘，提议说在网络上买人……其实我也不太懂网络上的东西，不过她的意思就是付钱让别人给你们差评，这样就能把你们店的声誉败坏了。"

"为什么……要这么做？"

奶奶摇摇头："我也不知道，也许是她和你们有过节吧。但是其他的老板都同意了她的说法，她最后询问我……我，当时什么都没说。我害怕她也花钱找人抹黑我们……所以就默认了她的做法……"

"那为什么……现在还要告诉我？"

"我们店开不下去了……这里的每一家店都不好生存。自从宿周小学搬走之后，那些高中生也不会特地往巷子里走。这都是报应啊……"

她掩面往后面走。

只留下气愤的我，难以控制自己的情绪，随便抓起店里的商品往地上一摔，盒子里发出叮咣的声音。过了好一会儿，奶奶还没有回来。冷静下来的我把地上的商品拿起来看，是一盒手枪玩具。我把盒子打开，发现里面的玩具已经摔坏。我赶忙把它们拼凑起来，但是一触即碎。

觉得有些对不起奶奶，我准备掏钱买下这个玩具。

但是我没有钱，书店已经入不敷出，我好久没有拿到零花钱了。

无奈，我留下了手上最值钱的东西——之前从商品店拿走的钢笔，放在桌面上，带着这个坏掉的玩具枪回了家。

你在《商业街秘闻》里记录了关于商品店失窃的钢笔以及阿姨头上的发饰；关于钢笔和枪的细节，你也写在了《碎镜》之中，作为我"易物"的细节。

回家后，我用胶水把枪修好，但是依旧不是很牢固。

我也是在那时候，听说初中要被吞并的事。

小学、初中、书店乃至这条巷子，每一个地方，我曾踏足的地方，都在厌恶我，都在排斥我，都在……变得越来越陌生……

在那段时间，爸爸的状况越来越差，但是他依然为书店操劳，每日都会早早来到书店，把书架上被打乱的书籍整理好。他一脸忧郁，总是为了书店的生意发愁，身体也是越来越差，最终累倒。那次倒下后，他对事物的认知就更加模糊了，他的病情彻底恶化。

书店的生意不好，爸爸的身体变差，我把这一切都归咎于那次投票。

无数看似细小的恶意堆叠成山，我最终沦陷，我……想要报复。

当时迫害时代书店的店铺，大部分都已经关门转让了，现在只剩下一家店——在所有店铺最后面的动漫店。

我行动的那天，是期末考试，最后一门英语我很擅长，早早就把卷子做完，提前交了卷子，往家走。那天的雪很大，但是我并不在意。

回家后，我拿出那把被我摔坏的玩具枪，出门走向那家动漫店。

出门的时候，外面的雪还没停，我的脚印被雪覆盖。

小学时，和你讨论过校园暴力，你曾说："他们会一直试探你的底线，让你无处可退。"

现在我已经无处可退了，再这么下去，书店开不下去了，爸爸的病也愈发糟糕，我们会被逼着离开这条巷子……

这条巷子，是我的家。

我不想离开我的家。

带着玩具枪进了动漫店，之前我知道店里在售卖一种很受欢迎的手枪模型，我打算先把自己手上的劣质手枪模型和店里的手枪模型做一个调换，然后装作顾客买下这把劣质手枪，当面羞辱老板……

店里除了老板之外，还有一个穿着奇装异服的少女，年纪看起来和我一样大，她戴着一顶高高的巫师帽，穿深色的斗篷，打底的竟然是学生制服。她正和老板聊着天，嘴里说着"钥匙""魔界""巫女"之类的话，完全不知道在说些什么。

不过好在，她也为我创造了机会。老板好像没有看见我，我假装随便逛逛，走到模型的货架旁，把手枪模型中最上面商品的盒子打开，用劣质坏掉的手枪和里面精致的模型枪做了调换。拿着精致的模型走了出去。

出门才发现，雪停了。

有时候，只需要一个瞬间，就能让之前积累的情绪爆发。

看到雪停的那个瞬间，我的视线飘到了对面围墙旁边的树，那棵树下的雪里，埋着的是我最喜欢的雏菊——我的脑海里突然浮现了我和你的对话。

"只靠自己硬碰硬,不是什么明智之选。如果是我的话,我可能会私下里用一些小阴招。"

"这样你不就变成和他们一样的人了吗?"

"如果实在没有办法的话。"

"你可别变成那样的人哦,我很讨厌那样的人。"

我让你不要变成自己讨厌的人……但是我自己却变成了这副模样。我这么做,能改变什么呢?投票现在已经不再重要,而那些巷子里的店铺也一一关了门。这家动漫店,只是孤零零地开着,他不是主谋,也许他和关东煮的奶奶一样,是迫于商品店阿姨的压力,才不得已同意……

现在再陷害他,是为了什么?有什么意义?

只是为了泄愤,只是为了报复……

不是什么正义的理由,我变成了和商品店老板一样的人。

就在那一瞬间,我否定了自己的行为,我只是个小偷,是一个无耻恶人,是一个罪人。

果然我没办法……

看完《白雪掩罪》后我就问过我自己,如果我也受到了那样的屈辱,我会去杀人吗?不会……不是因为我正直,是因为我没有这个胆量,就像现在,连"报复"的胆量都没有……

我往动漫店对面的围墙走去,走到树的旁边,走到我最喜欢的雏菊旁边——那被掩埋在雪下,春天才会长出来的花。

我想到《白雪掩罪》中的女主,把凶器埋在雪里,埋在一束雏菊的旁边。

罪孽会就此被掩埋……

我蹲下身子，幼稚地模仿书里的情节，想把这把枪埋在雪里，让它随着我的罪孽一起被掩埋。

"那个，雪还真大啊，你没带伞吗？"

雪明明已经停了。

我转头望去，看见了你。你一脸无奈地挠了挠耳朵，看到了我手上的模型枪，没有多说什么，示意我离开。

你让我顺着走到墙边的脚印走回店门口，然后再顺着你的脚印从巷子的另一边走开。我看着你顺着我的脚印走了一个来回，因为我的脚印是内八朝向围墙的，所以你伪造了一个外八字从围墙走向动漫店的脚印。

虽然不解，但我只是沿着你的脚印离开。

刚才，我读了你的小说，才知道你耍的花招。

你的谎言中存在矛盾的细节，破绽就是你在《暴雪、枪与魔法》中先是写道"一个月没来巷子"了，接着又说和老板说"上周来动漫店"时弄坏了枪的模型。

你为我说了这个谎，买走了那把破烂的枪，并且修好它，在《蓝莲花》让你的友人 B 帮他重新涂装。

而那把用破烂玩具换来的模型枪就一直放在我家里。

直到我升入高中，直到我毕业，直到前几天。

父亲的病，是阿尔兹海默症，他渐渐失去了大部分认知。他失去了对熟人的认知，也失去了对我的认知。他一脸迷茫地坐在家里，呆呆地望着窗外。偶尔，妈妈会带他去书店，他会看着墙上的书傻傻地笑。

妈妈和我说，我们要搬离这个城市，把书店卖掉。

这里，这条巷子将不再是我的家。

但是我一点都不伤心了，回想起小学、初中时我还百般留恋这条巷子，把巷子当作是我的家，我的归处，觉得有些好笑。那些对于归宿的幻想，是在什么时候破灭的，我已经不知道了。是从商品店老板第一次刁难我，还是关东煮奶奶的坦白，或者是我在动漫店前崩溃的时候？

只是一层一层、一点一滴，像蜡烛一样缓慢地燃尽了我的幻想。

填完志愿后从学校回家，看见了我家楼下的那个奇怪的小摊子。摊位上的一个物品吸引了我的注意，在夕阳的照射下，发出了碧蓝色的璀璨光芒，它静悄悄地躺在法兰绒桌布上，好像和其他物品隔绝，像是吸走了所有的日光，使周遭的一切黯淡失色。

凝神一看才发现，它只不过是一桌子饰品中平平无奇的那一个，却因为某个原因吸引了我的注意。

和那个发饰，一模一样。

我走到摊位前，指着那个发饰，和摊主交谈："这个怎么卖？"

摊主身着黑色披风，兜帽盖在头前，遮住了她的双眼，显得非常神秘。她抬起头，盯着我的脸看了一会儿，然后清了清嗓子，装模作样地说："这是魔界的雏菊之种，比茉莉花的种子要珍贵千万倍，你若是想要，需要提供等价的物品。"

"那……多少钱？多少钱我都买！"

"哼，人类的货币……你是看不起我吗？"

"那……要用什么和你交换？"

"魔女，是以罪恶与堕落为生的。堕落的罪恶就是我们的氧气，就是一切。请用堕落且罪恶的东西和我交换吧……"

堕落且罪恶……我很快就想到了那把被偷来的手枪模型，于是飞快地跑回了家，翻箱倒柜，终于找到了那把手枪模型，来到楼下交给这个自称"魔女"的人。她把手枪放在鼻子下嗅了嗅，说道："这，并非是什么罪恶的东西。"

"不行吗？"我失望地说。

"不，这是寄宿了你以为的，虚假的罪恶。是你的罪恶的妄想。"

"不……不会是妄想……"

"我是魔女，汝等凡人休想欺骗我。我说了你没有罪，就是没有！不过这枪，我收下了。"

"那……"

"这雏菊之种，你拿走好了。"

我连忙道谢，取走了这个发饰。

这个发饰，就是我送给你的十八岁生日礼物。

读了你的小说后，我才知道这个"魔女"，是曾经以为自己摔坏了手枪的念儿。在《暴雪、枪与魔法》的结尾，她对你说："如果你需要帮忙，我一定会帮你。"她履行了自己的诺言。

所有的真相，你全都知道，却没有说出来。

你写了一本书送给我，里面塞满了你的青春和那些虚构的完美结局，却也有着我犯下"罪恶"的种种细节。你说那两个以物易物的故事，就是在暗示我的行为。

从最开始，我用送给你的礼物《雏菊》，换了发饰；接着弄丢了发饰，偷了钢笔；再后来用钢笔，换了劣质模型枪；用劣质枪调换了一把精致的模型枪；用这充满罪恶的枪，换来了这个发饰。

发饰作为生日礼物，从你那儿换来了这本叫作《放学后的小巷》的奇怪小说。

你后悔过去没有推理出结局，所以不想错过这次机会。

这次，你已经向我抛出了橄榄枝，我却没有搭上手。

如果那个时候，我和你坦白了，会不会真的让彼此没有嫌隙了呢？

你曾说，你在巷子里堕落了。

其实，我才是那个差点堕落的人……

这条巷子，是我最熟悉的巷子，它有着"堕落之巷"的恶名，是我差点堕落的地方，但是同时也承载了我十几年的青春，是我青春的舞台。

但它终究不是我的家。

阿礼，对不起，你想要的这个句号，因为我的懦弱而没能画上。

今天，我要离开这条巷子了。

后　记

　　非常荣幸能够凭借《堕落巷不堕落》获得本次 QED 长篇小说奖的首奖，得到各位评委老师的错爱实在是受之有愧。其实最初的标题就是《放学后的堕落巷》，几经周折后，最终还是确认了现在的标题《放学后的小巷》。

　　自然也非常感谢各位读者阅读《放学后的小巷》到最后。

　　非常抱歉没有写成一个完美的结局，但是我认为正是这样不完美的青春，才是常人们的青春，才是你我的故事。我很满意这个故事以及结局，希望你也喜欢。

　　本作的形式特殊，虽说是长篇小说，却采用了短篇连作以及作中作的形式。类比的话，若竹七海的《我的日常推理》也是同样的形式。其实我们本也担心，日常推理连作的形式会不会不受欢迎，特别是拿去参赛，未免有些自讨苦吃，但是，写作之时我们的脑海里所浮现出来的就是这样日常的琐事，这些故事。

　　本作的主角与本人笔名同名——以钟声礼这个笔名创作，并且以"阿礼"为主角，在推理小说中似乎并不少见，比如三津田信三老师的出道作《作者不详》就是以三津田信三为主角，而有栖川有栖的江神二郎系列亦是如此。可以说，不论是让笔名成为侦探还是助手，都是作者潜入自己作品的一种有趣的方式，是作者本人或浪漫或幼稚的体现。

但其实,《放学后的小巷》并不是由一位单独的作者所独立创作的作品,而是作者们共用了一个笔名,共同创作出的。

在推理小说的世界里,最有名的共用一个笔名的作者是埃勒里·奎因,此笔名为美国推理小说家曼弗雷德·班宁顿·李和其表兄弟弗雷德里克·丹奈共用,日本也有由井上泉和德山谆一组成的冈岛二人。

用一个笔名共用创作小说,并非没有先例。

感谢协助完成这本书的所有作者:

《不加香菜》的作者颜良、《蓝莲花》的作者王犇、《商业街秘闻》的作者江溪溪、《碎镜》的作者伊候、《暴雪、枪与魔法》的作者张念儿、《堕落之源》的作者刘星和文科、《序章》《万柳常年青》以及《夜月夜谈》《终章》《尾声》的作者,同时也是负责整理整部小说编者的我本人,林夜月。

这部小说的契机是钟声礼先生的葬礼。

听到他去世的消息时,我备感惊讶。那时候我已经和他有十来年没有见过面,离开了庐城之后,我一直没有回去,没想到第一次回去就是参加他的葬礼。

葬礼上,我遇见了以往认识的同学,也遇到了和钟声礼交往亲密的朋友。这些人大都是他的同学,也就是我的校友。他们各自成家,有些也不住在庐城,都是由于钟声礼的葬礼聚集在这里。葬礼结束后,我们一些人聚在一起,一边喝酒一边回忆往事。他们说了很多关于阿礼的故事,巧合的是这些故事无一例外,全部都发生在那个巷子——练兵巷之中。

葬礼上的一个十六七岁的孩子在那时联系了我,希望和我好好聊聊,他想要多了解钟声礼过去的事情。我原本以为他是阿礼的孩子,但是他却叫阿礼钟老师。

接完电话后,我在酒桌上随口问了一句:"如果大家对阿礼有想说的话,为什么不写下来呢?"

我没想到这个提议反响热烈,并得到了大家的一致同意。

我们决定把对阿礼的回忆写下来,给那个孩子——给更多的人看。

在商议过后,我们没有选择各自的视角写故事,而是使用阿礼的第一视角记述。因为我们也想去分析阿礼曾经的想法,模拟他行为中的思路历程,作为我们对阿礼最后的纪念。

但是这个过程很不顺利,用阿礼的视角记述非常影响小说的创作。

首先,在第一篇《不加香菜》中,早早离场的颜良是不知道阿礼到底和孟同学发生了什么,也不知道阿礼做出了什么样子的推理。在颜良的视角,发生的仅仅只有一件事,就是那天傍晚,阿礼突然敲开了他家的门,并且送了一大份加满香菜的豆脑。

阿礼为什么会这么做,他考虑了这么多年也不清楚。他只知道阿礼是为了帮助自己,同时阿礼的行为也感动了他。但是这样没头又没尾的故事,写下来是毫无意义的,于是我们便从头分析阿礼到底做出了怎样的推理。

颜良认为,阿礼肯定是从他自己的碗里没加香菜推断出所有的豆腐都没加香菜的，但是因为这样就给自己送一大碗香菜豆腐明显是不合理的。也就是说，阿礼可能发现了更多的事情。

他会不会是已经洞悉了自己家里最近很拮据，已经把获奖得到的自行车卖掉了呢？

最初的线索根本不足，只靠颜良拼命回忆。

他提到阿礼当时满头大汗地把豆腐递给他，而且豆腐还是热的。通过这两条线索，我们推理得出阿礼是骑车来的，而不是坐公交车来的。顺势而推，他是骑着孟同学的车来的。

自行车的线索接上了，颜良和其他同学都听说，孟有从垃圾堆里捡东西改装车的习惯，阿礼定是通过改装的零件判断出那些零件本属于颜良的自行车，再由此推断出颜良的自行车已经不在自己的手上了。

接着，阿礼一定会在"自行车被颜良弄丢"和"被颜良卖了"之间选择其一为结论。

阿礼最后的行为是给颜良送豆腐，从结果推理阿礼的推理，我们得出了最后的结论——阿礼知道了颜良把自行车卖了补贴家用，又看到自己的碗里没加香菜，从而作为朋友的他，给好朋友颜良送来了豆腐。

《蓝莲花》中的友人B，王犇作为"犯人"本人，是知道事情的真相的。但阿礼因为小姨成家而变得沉默，只是自顾自地思考。王犇并不知道他具体做出了怎样的思考。

后来，王犇想起来阿礼说过的一句话："我看到你的黑板报没了。"B回想起阿礼当时脚上没有油漆，得到结论，阿礼是误解了他的班级在二楼。虽然在这段过程中阿礼到底做了哪些错误的推理他怎么也不可能知道,但是已经有这个框架,创作出什么样的伪解答都是完全可行的。

之后,阿礼气冲冲地回到万柳高中,然后嘴角挂着鲜血回来。友人B认为,阿礼那时候已经把整个事件全部摸索清楚了,并且找了冯成把话和他说清楚。在那之后冯成发生了微妙的变化,听说后来也考上了一所不错的大学。

《万柳常年青》是我记录的故事,故事中的每一段推理都是阿礼从自己嘴里说出来的。他没有做什么隐瞒,因此这段故事创作得最为顺利。值得一提的是,那首童谣的最后一段,讲述的是万柳公主返回人去楼空的万柳井宅邸,却非常悲凉。这一段,写尽了物是人非,归宿已不再是归宿的凄凉。阿礼在那时候自顾自地念上了两句词,他的心情,如今我才理解。

《商业街秘闻》是江溪溪姐的作品,其中阿礼没有做出什么推理,所有的推理都是江溪溪做的。那时候是大学生的她,远比阿礼聪明,所以阿礼的想法她都可以猜到大概。但我还是有一个疑惑,她怎么知道阿礼说自己投了空白票是在说谎。听了我的问题后,她笑着说:"因为阿礼,真的把投票箱里的票偷走了一些。"

阿礼把投票箱搬到办公室之后,从里面偷走了一些支持搬走的票,被四年级一班的班长看到了,所以班长才去告状。这些都在阿礼的日记里有所记载,可惜这本日记也就记载了这么一个故事,后面可能因为懒惰,就再也没有写过日记。那一次阿礼实际投的票是,拒绝搬走。不知道为何,他不愿意承认。

《碎镜》最初由伊候一人创作，据他说，他已经听到了阿礼的所有推理，所以这个故事对他来说没有盲点。所以他负责创作了前半部分。但是我在读到这个故事的时候才发现，我也曾在这个故事之中。接着我把我的所见告诉了伊候。我告诉他，阿礼当时对伊叔叔说了一些话，伊叔叔就到我家找我的父亲问话了。之后，伊候苦笑了一下说道："最后还是被他猜出来了。"才把真实的结局告诉我，我们一同把故事补完。

同样由我负责补充的是《暴雪、枪与魔法》，这个故事对念儿来说，是一个遗憾。她对这个故事印象深刻，因为她直到最后都以为，阿礼是为了帮她隐瞒才站出来自首，花钱买下手枪模型的。

我把那天在动漫店之外发生的事情告诉她，她叹了一口气，说："原来是因为你啊。"她的语气，显得很落寞。最终，她还是坚持一个人把这个故事完成，所以这个故事会显得有些缺失。

我在《终章》中，把缺失的部分补上。

《堕落之源》的创作者之一文科对阿礼的整个推理毫不知情，他的记忆停留在那天中国队夺冠，然后自己心情急躁地跑回家补作业，一整夜都没睡。刘星倒是坦然地把真相记录了下来。文科是个球迷，并且坚持自己也是主角，要把球赛的过程记录下来。所以整个故事显得很是割裂，一部分是文科的球赛，一部分是刘星的记忆卡失窃案。刘星说，阿礼那家伙的脑子里不知道装了些什么，从一堆毛线球的逻辑中，竟然得出了正确的答案。他一边笑着一边回忆那天在喝可乐时，两人之间的小小博弈。

《序章》《夜月夜谈》《终章》都是由我单独完成的。

创作中，我发现用阿礼的视角写作的话，巷首是鸡蛋饼摊，而巷尾才是我的家，这与我的认知正好相反，我觉得很有趣，就把这个误解写在了《夜月夜谈》之中，甚至还以此构思出了"堕落巷是圆形"这一解答。

不过，《夜月夜谈》中的阿礼创作《放学后的小巷》以及夜月的夜谈，都是虚构的。

但《终章》里关于夜月的真相，却是真实的。

只不过，事实的结尾是，阿礼并没有发现我的全部的秘密，也没有送我最后的生日礼物，我也没有送他什么发饰，最后的罪恶——那把手枪仍然在我这里。他和我的最后一次会面，不知道是什么时候，也许是拍毕业照那天，也许是更早之前。

那一年，我在七月之前就离开了这座城市。

那一年，我们没来得及赠送彼此礼物。

这次，我创作这个结局，是为了和他告别。

和他的故事，就像是《夜月夜谈》中的比喻，如棉线一样，不知道什么时候断了。

不知道什么时候就再也没和他说过话，不知道什么时候就再也没见过他。一切都是那么自然而然，没有一个完整的句号。太过自然，以至于现在看到阿礼的遗像时，我觉得那么不真实。

这个人一直存在于我的青春之中，如今他却消失了。

用这样的创作方式也有弊端，首先就是千人千目，多少个观众就有多少个哈姆雷特。所以阿礼的性格在这些故事里不完全一样，每个人看待阿礼的方式都不一样。虽然能找到阿礼性格中相似的地方，但是也有很多前后不一致的地方。

我用这个"不一致"做了《夜月夜谈》中的"阿礼并非一个人"的解答，接着关于"有人把整个巷子都买了下来的推理"，以及"阿礼是个老师"的推理，也不是空穴来风。

阿礼现在的确是一名老师，不是普通学校中的老师，他自己设立了一家福利院，收养孤儿。而这个福利院，就开在练兵巷之中。

十几年过去了，整条巷子大变了样。围墙被推倒重新砌成，房屋也重建修缮，整条巷子都和原来不一样。

"众所周知，巷子之所以是巷子，就是被无数的建筑、土墙所包围，形成了细长的小道。但是，正如少了四个边的正方形已经不能被称为正方形一样，失去了那些古建筑的巷子，还能被称为巷子吗？这条巷子现如今被各种现代的建筑、青瓦白墙所包围，早就不是当年的'练兵巷'了吧。"

是啊，这条巷子现在又变了个样。不是古时曹操练兵的巷子，也不再是我们青春的舞台，更不是堕落巷。

巷子已经不再是那个巷子了，却依旧名谓"练兵巷"。

阿礼的这些朋友都一直记着那个叫作阿礼的男孩，他们印象里的那些故事，都是阿礼做出了最完美的处理，最正确的推理，没有误会，没有芥蒂，每个人的心与心都无比接近。

我有些嫉妒。

我想，如果阿礼没有做出那些推理，那么他的这些朋友是不是就不会记住他了，他们的友情会不会随着时间淡薄。我就以这个想法作为故事最后的解答，创作了"不完美的青春"这一结局。

最终，我怀有私心地把自己的故事也写了下来。

阿礼，你看穿了那么多人的故事，看透了他们的内心。那你到底有没有也洞悉我的故事，如果你早就看穿了一切，为什么不像以往一样，说出你的推理，画上那个完美的句号呢？

完成这个故事后，我又回到这条充满回忆的巷子里。

好久没回到家乡的我，带着这本写好的《放学后的小巷》来到这儿，和此前与我打电话的男孩相约在"练兵巷"中。我在这条巷子里漫步。以往的商店早就不见踪影。曾经的万柳高中、宿周小学、老年大学也不复存在。但是有新的店，新的老板。

突然，不知道从哪里传来一阵下课的铃声。年级参差不齐的孩子们，六七岁到十六七岁的孩子们，从曾经宿周小学的那个门里拥出，他们分散进入巷子门口的大大小小的店铺。

这个看起来像是学校的地方叫作"雏菊福利院"。原本宿周小学和万柳高中中间的那堵墙被打通，整个巷子都属于这个福利院。

福利院中的孩子也养活了巷子周边的商家们。

那些商家中的老板，有些面目和蔼对孩子们欢迎不已，有些则板着脸，只在收钱的时候抬眼看看，有些则细心地和孩子们聊天，双方脸上都洋溢着笑容……

那一瞬间，我仿佛回到了很多年之前。

恍然间，我看见了时代书店——原本时代书店的位置，竟然也开了一家书店。我记得当时妈妈把这家店卖给了一个卖拉面的，这么多年过去了,它又变回了书店。

书店的名字是"雏菊书店"。

我曾和他说过,我最喜欢的花就是雏菊。

听说,书店是福利院的校长开的,作为副营业以及孩子们查阅资料用。那位校长就是兼职老师和书店老板的钟声礼。

在《夜月夜谈》的推理中,有人买下了整个堕落巷周边的学校和店铺,有一名老师寻找着自己的归宿——这些推理,都是源自阿礼真正做的事。

阿礼曾经说,他不想当老师,他很讨厌小孩子。

这样的阿礼,最终还是成为福利院的校长、老师。

阿礼也是一个孤儿,从小就寄居在小姨家,在小姨结婚后,他就一个人生活。

他一直没有一个归宿——他的家,他的学校,所有的归宿都弃他而去。

所以他拼命地为朋友们推理,他把友人看作家人,他为了自己的"家"而推理。今天,他终于找到了归宿,同时,他为更多的人制造家,制造了归宿,他买下整块地,建造福利院,开了这家"雏菊书店"。

而我,明明出生在这条巷子,却不再把它视为家。

这个男孩苦苦寻找的归宿终点站,早早确定,却是我人生的起始站。

往事浮现,眼睛慢慢模糊了,从雏菊书店的门里走出了一个人,那个人还是拳曲的头发,高高的身子,我得抬起头才能看见他的脸,真是讨厌,明明一开始他和我一样高。

和记忆中不同的是,他已经满头斑白,模糊中,他好像慢慢张开了嘴,问道:

"你的家在这条巷子里吗?"

我摇摇头,这条巷子不是我的家,这不是我的归宿。

我轻易否决的,就是阿礼穷尽一生去寻找的归宿。

眨了眨眼,擦干泪水。从书店里走出的,不是阿礼,是之前在葬礼上见到的那个男孩,阿礼早就不在了。

奇妙的是,他也有着拳曲的头发,高高的身子。五官在某些地方,和十六七岁的阿礼神似。他引着我进了书店,说自己是钟老师的学生。

他先是微笑着和我介绍起了这家福利院,说起这家书店,说起阿礼。他说,他一直视这里为家,即使自己现在已经离开福利院,他还是在这家书店里帮忙,阿礼走后,他就完全负责书店的营业。

然后,他告诉我,阿礼曾经和他说,如果有一个叫林夜月的人到这家书店来,请把一个东西交给她。

他转过身,从店的里屋拿出了一个大大的玻璃箱子。箱子里是被白色粉末掩埋大半的街道,像是下满雪的道路,路上竟然奇迹般地绽放着雏菊,星星的菊黄和漫地的雪白交织着。我从侧面透明的玻璃看过去,看见了那被白色掩盖的两个东西——镶着金边的蓝色钢笔、被重新涂装的塑料手枪。

这被白雪掩盖的路,竟还留了一个空位。雪中,似乎还能埋下什么。

玻璃箱子上面刻着一行字，因为时间久远的缘故，已经有些模糊。

"十八岁生日快乐，林夜月。"

这是我的"十八岁生日礼物"。

他其实察觉了——一直被抛弃、被排斥、差点堕落的我。

"我在读完《白雪掩罪》的那一刻，只有一秒，就仅仅那么一秒的瞬间，想到——这象征着白色、纯洁、无罪的白雪，是否可以完全把她污秽不堪的罪行掩埋。侦探是否会走到她的身边，故作一段错误的推理，然后扬长而去。"

这次的阿礼，是做出了正确还是错误的推理呢？

若有机会，我很想再见见那个叫作阿礼的鬈发男孩，和他在雏菊书店的角落里坐下，在昏黄的灯光下翻看这本叫作《放学后的小巷》的书。我会把书送给他，和他说"这是你的生日礼物"。

他会笑着收下礼物，然后把这份"白雪掩罪"送给我。

接着他会做出或错误或正确的推理，补完书的终章。

我们会把那个句号画上。

最后，我会看着他像清泉里浸了冰块般清凉透彻的双眼。

我会问他，会认真又亲切地问他："这条巷子，是你的家吗？"

回过神，和我交换礼物的不是阿礼，而是他的学生。他欣慰地笑着，眼角含着泪水。他翻开书的第一页，疑惑地问我："堕落巷是什么地方？"

我笑了笑,摸了摸他的头,他拳曲的头发缠绕在我的指尖。阳光洒入书店。

"这里就是堕落巷,欢迎来到堕落巷。"